Il pleut, embrasse-moi

Pascal Sevran

Il pleut, embrasse-moi

JOURNAL VI

Albin Michel

Morterolles, 13 novembre 2003

Au cimetière, de préférence entre chien et loup, à l'heure où les bonnes gens se calfeutrent, juste avant ce qu'ils appellent « la tombée du jour ». Est-ce la tombée du jour ou celle du soir ?

Le cyclamen et les jacinthes ont résisté au gel de la nuit dernière, il faudra que je fasse arracher ce thuya doré qui aveugle la perspective sur l'étang et finirait par étouffer les bruyères, les pensées et les jonquilles du petit jardin à l'angle du mur, à droite de la tombe. Du côté de Stéphane. Le mien quand le soir tombera pour toujours. Serge T. m'attendait à quelques mètres de là, au bout de l'allée devant la grille verte. J'aime le savoir pas très loin, j'aime que quelqu'un m'attende ici et que ce soit lui justement, qui a une tête à cimetières comme d'autres à chapeaux. On peut être sûr de sa patience, de son envie d'être avec vous. Serge ne me demande rien. Il me devine.

– Quand je t'ai vu prendre les deux casquettes sur la console de l'entrée, je savais où nous allions, m'avoua-t-il. Je suis très ému que tu veuilles bien de moi là où tu n'as besoin de personne.

Morterolles, 15 novembre

On n'écrit pas pour soi. On écrit parce qu'on ne sait pas jouer au football et que la gloire de Zidane ne sera pas pour nous. On écrit sur les harpes du vent qui nous emportera. Nous sommes des cerfs-volants à la merci du temps qu'il fait.

Serge est allé casser la glace dans l'abreuvoir des ânes avec la canne qu'il a achetée à la brocante. Nous irons en fin d'après-midi chez le sabotier aux yeux bleus, sur la route de Bellac, chercher les sabots sur mesure qu'il a commandés l'été dernier.

Morterolles, 16 novembre

Depuis la mort de mes voisins les plus proches, je n'ai qu'une idée en tête : acheter leur hideuse maison et la faire démolir. J'en rêve depuis que je suis là, ce projet va m'occuper un joli moment. J'ai chargé maître D., qui sait tout ce qui se trame « par chez nous », de mener à bien cette affaire, discrètement et vite, avant qu'une famille avec cinq enfants et trois chiens ne se ruine pour venir habiter sous mon nez.

– Surtout ne la ratez pas, lui ai-je dit. Il me la faut à n'importe quel prix...

– Vous l'aurez, je m'en charge au mieux, m'a-t-il promis.

Maître D. m'a assuré que les héritiers voulaient s'en

séparer car ils n'ont pas les moyens de payer les droits de succession.

– Arrangez-vous pour qu'ils ne sachent pas que je suis acquéreur. Faites établir l'acte à mon vrai nom... Je ne voudrais pas que ces gens sachent que ma tranquillité vaut de l'or, ils feraient monter les enchères.

Je trépigne d'impatience. Déjà je voudrais voir rouler les tractopelles et s'effondrer ces murs de parpaings et ces fenêtres en PVC. Sur les ruines pousseront demain des lauriers-roses et du lilas.

Venise, 26 novembre

Venise enfin ! Pour n'avoir plus à y revenir ? Oserai-je à mon tour ajouter un point d'exclamation à tous ceux déposés ici depuis des siècles ? Oserai-je un mot de plus, une lettre ? Le « s » de Paul Morand fera l'affaire. Au contraire de lui, je ne suis pas « insensible au ridicule d'écrire sur Venise », peut-être au contraire de lui en suis-je incapable. Il y a autant de Venise que de pages et d'images à elle consacrées. Pourquoi grands dieux venir mourir à Venise, après Naples où, déjà, nous ne nous sentions pas très bien ? Il fallait que je parte quelque part, deux nuits ailleurs, là où la moitié du monde est déjà venue et dont l'autre rêve. Je suis le dernier des Mohicans. Philippe s'est occupé de tout, de ces détails d'intendance, de réservations d'hôtels, d'horaires d'avions et de vaporetti qui me décourageraient si je ne l'étais d'avance à l'idée même de voyager. Venise donc ! Le nez en l'air, les pieds dans l'eau. On arrive ici tellement prévenu de la beauté des choses que l'on est à peine surpris. Il s'en faut d'un rien que l'on ne soit déçu. Les écrivains, nos chers maîtres, ne racontent pas, ils romancent. On ne voit jamais ce qu'ils ont vu... Pas le moindre blond vénitien à l'horizon.

– On se demande où Thomas Mann est allé chercher Tadzio ! s'est exclamé Philippe tandis que nous tentions d'éviter une horde de Japonais agglutinés devant le pont des Soupirs, qui ne vaut guère plus d'un soupir. Et puis nous avons marché tout l'après-midi, sauté de pont en pont et ri, bien sûr, de notre légèreté, de nos bêtises...

– Il n'y a que dans tes livres, dis-je à Philippe, que les garçons d'Italie sont dans les meilleures dispositions à notre égard.

À défaut de Tadzio, nous aurons espéré quelques *ragazzi* abordables rôdant autour de la gare. En vain. Les gondoliers sont fatigués. Il est 17 h 30 au bar du Danieli, le pianiste tape comme un abruti sur son instrument. Sont-ce les Beatles ou Mozart qu'il assassine ? Je suggère qu'on le paie pour qu'il s'arrête. Où sont les mandolines qu'on nous avait promises ? Et le silence ?

Philippe s'esquinte à lire dans *Le Monde* un article-fleuve de notre ami Renaud Camus auquel il ne comprend rien.

– Ce qui s'appelle rien, mon chéri, absolument rien, pas une ligne, pas un mot, c'est effarant...

Il n'a pas dit « indépassable ». Avec Philippe qui est un garçon effaré, c'est-à-dire vivant, on ne va pas mourir d'ennui. Ni à Venise, ni ailleurs.

Paris, 28 novembre

À l'instant même où le rouge de la caméra s'allume, j'improvise selon mon humeur les présentations des artistes que j'ai invités à se produire dans mon émission du dimanche. Jamais je ne prépare ni n'écris les textes de mes interventions, quelle que soit la gravité de celles-ci. Je dis les choses le plus simplement possible et, quand elles sont dites, je n'y reviens pas. Je ne coupe jamais au montage mes envolées hasardeuses, bougonnes aussi, enjouées le plus souvent. Ce ton péremptoire que je me reproche parfois, s'il enchante les uns, je vois qu'il agace les autres, ceux-là justement que je voulais agacer. J'en avais hier après la prononciation horripilante du département du Gers, qui devient Gerssse dans des bouches pleines de cailloux. Le Gerssse ! Et pourquoi pas Parisss ?

On dit : le « Ger ». Ça suffit bien ainsi. Renaud Camus, qui habite là-bas, m'avait prévenu : « Il n'y a pas de sujet qui fâche plus sûrement que celui-là. » Une bonne raison, donc, de ne pas censurer ma tirade. Elle me vaut ce matin un e-mail agacé, celui-là même que j'espérais, d'une dame suffoquée :

« Hier je me suis presque étouffée quand je vous ai entendu épiloguer sur la prononciation de mon département d'origine, le Gers. Non mais, de quoi je me mêle... donneur de leçons... Monsieur Je-sais-tout... Si André Daguin vous a entendu, il n'a pas dû en croire ses oreilles ! Lui qui s'est tant battu pour que le "s" soit prononcé comme déjà d'Artagnan le faisait ! Bon... comme je vous aime bien, je vous pardonne... mais faites attention car comme le chante Nougaro : "Chez nous, même les mémés aiment la castagne", et les Gersois sont très sensibles, même et surtout quand ils vivent à l'étranger depuis très longtemps. Si vous allez un jour à New York, allez donc entendre l'accent gersois et la bonne prononciation dans le restaurant Le d'Artagnan d'André Daguin...

au centre de Manhattan vous vous retrouverez dans le Gersss. »

Aurait-on la preuve formelle que d'Artagnan parlait mal le français que cela ne lui donnerait pas raison contre Renaud Camus et moi. Le mousquetaire est bien le dernier de mes héros, et je n'aime pas « les mémés qui aiment la castagne ».

Paris, 30 novembre

Ces très jeunes gens qui dansent et chantent en chœur le samedi soir à la télévision, comme ils nous ressemblent ! À leur âge nous voulions nous aussi des bravos à l'Olympia, notre photo dans le journal, la gloire de Johnny. Nous ne doutions de rien et sûrement pas de nous. On attendait que je me scandalise de ces programmes multicolores où l'argent dégouline de partout sur des torrents de lumières électriques. Et pourquoi donc ? Au risque de n'être pas très original, je m'emballe pour les aventures de cette bande joyeuse, de ce lycée Papillon où Stéphane aurait couru s'inscrire si la vie l'avait laissé chanter. Tous les garçons du Château ont quelque chose de Stéphane, c'est lui que je repère dans l'élan de leur jeunesse. Jérôme Béglé, sans qui rien n'est possible à Paris, ni même à Cannes où à Deauville, vient de m'appeler de Londres où il promène les quatre finalistes sur les traces des Beatles. Il voudrait que j'écrive un papier d'humeur pour *Match* qui consacrera son prochain numéro à la grande affaire du moment : la Star Academy. Je crains de manquer d'inspiration et de temps. Je dois cet après-midi signer mes livres à l'Hôtel de Ville où *Le Figaro* organise son dix-neuvième salon littéraire, après quoi il est prévu que Benoît Duteurtre m'emmène dîner rue du Cloître-Notre-Dame, dans le seul bistrot « potable » de l'île de la Cité où il habite, comme feu le président Coty, son arrière-grand-père.

Rien ne vaut que j'annule une soirée avec Benoît qui partage mes enthousiasmes et mes indignations. Benoît est si doux, si fin, qu'il nous donnerait envie d'être aussi réactionnaire que lui, si nous ne l'étions déjà.

Paris, 2 décembre

Je ne vois pas très bien de quoi se mêlent les catholiques. Les fidèles d'une religion où les hommes disent encore, et heureusement, la messe en soutane (qu'on pourrait appeler aussi robe ou djellaba) n'ont pas à s'offusquer du voile que les femmes musulmanes portent depuis la nuit des temps. Hors les services publics et l'école laïque, libre à elles. Oui, de quoi nous mêlons-nous ? En quoi les filles en cheveux, cigarette aux lèvres, piercing au nez et sur la langue, string entre les fesses sont-elles plus discrètes, plus distinguées, moins soumises que leurs « copines » des quartiers ?

Morterolles, 3 décembre

Alors Venise ?

Si je rentre enchanté de mon escapade vénitienne, je n'envisage pas pour autant de repartir là-bas aussi régulièrement qu'à Montréal ou à Morterolles. Bertrand D., le maire d'une ville au moins aussi célèbre que Venise, m'interrogeait ce matin par téléphone.

– Alors, ça t'a plu ?

– Oui, beaucoup, d'autant que je n'ai pas croisé un chien, que les rues sont très propres et puis surtout, ajoutai-je, perfide, il n'y a pas la moindre tour à l'horizon, pas une construction signée Jean Nouvel.

– Tu es injuste, mon petit Pascal, l'Institut du monde arabe, c'est très bien dans le genre...

Oui, dans le genre, on peut faire pire en effet, mais c'est ce genre-là précisément qui nous déplaît. Edouard Balladur nous l'avait épargné en choisissant le meilleur projet pour le Stade de France, une sorte de chef-d'œuvre moderne pour le coup, la preuve même que tous les architectes ne sont pas maniaco-dépressifs. Bertrand a souri, car il a beaucoup d'indulgence pour mes énervements, mais il ne cédera pas.

– Je ne vois pas pourquoi je priverais Paris du grand geste architectural qu'il mérite !

Quand monsieur le maire répond cela à ceux qui dénoncent ses projets de nouvelles tours à Paris, il faut prendre la menace au sérieux.

Morterolles, 4 décembre

Le chanteur, c'était Pierre, évidemment. Le seul qui pouvait prétendre à cette gloire, le seul qui pouvait se vanter de nous émouvoir en chantant. Et puis ce regard bleu. Il n'était pas pour nous. Pierre ne voulait pas vraiment faire le chanteur, il voulait rentrer à la maison faire des bébés à une petite qui ne demandait pas mieux. Il ne peut pas se passer d'elle, nous devrons donc nous passer de lui. Nous nous passerons de lui.

La star, c'était Lukas. À son premier déhanchement, nous avons cru défaillir, sa moue infernale, et puis cette façon qu'il a de baisser les yeux quand il est puni, à damner un saint. Lukas, notre idole. L'autre samedi, à la maison, nous avons tous voté pour lui. Nathalie Rheims, Claude Berri, Dave, Philippe Besson, Gabriel Matzneff et moi. Ça n'a pas suffi et nous sommes inconsolables. Lukas possède la grâce des dieux et des voyous. Qu'en fera-t-il ? Bien sûr, il ne sait pas chanter, mais Patxi non plus ne sait pas chanter. Il pourrait gagner quand même parce que les petites filles et leur maman ne voudront pas lui faire de peine. Patxi va gagner parce qu'il en a tellement envie que nous ne résisterons pas. Son œil de petit coq qui ne veut pas se laisser plumer nous a émus, finalement. Juste avant de voter pour Michal, nous nous reprendrons peut-être. Michal, il a tout ce qu'il faut pour plaire aux grand-mères et aux garçons. Il est propre et pas trop mal coiffé. Assis au piano, on dirait un premier communiant. Angélique Michal, qui ne veut déranger personne, et l'on craint déjà que personne ne se dérange pour lui. On voudrait se tromper car c'est bien lui notre préféré. Et les filles, me direz-vous ? Oui, les filles. Elles ont trop de cheveux, toutes. Elles sont mal fagotées, toutes. Des clones de Lara Fabian, toutes. Sauf Sofia et Élodie. Des filles comme on les aime, qui chantent comme personne. Sofia, une manière de Loren, sensuelle et racée. Et puis Élodie, qui va gagner parce que c'est écrit depuis le premier jour dans son sourire et dans ses larmes. Élodie parce que c'est l'année des blondes. Ils vont tous gagner, d'ailleurs. Et tout perdre dans le même instant. Un jour, ils se souviendront le cœur serré d'avoir eu vingt ans en chantant comme des fous et d'avoir été stars un quart d'heure. Ils diront comme tous les vieux : « C'était le bon temps. » Et leurs enfants ne les croiront pas.

Saura-t-on encore l'an prochain, quand paraîtra ce journal, qui j'évoque ici dans l'enthousiasme d'un moment ? Ils auront changé de prénoms et d'adresses, nous ne saurons plus où les joindre. D'autres Lukas nous auront chavirés, peut-être que nous n'aurons plus le cœur à faire les fous, tout est possible, la jeunesse c'est maintenant, l'instant d'après il est déjà trop tard.

Paris, 5 décembre

Le branquignol en chef des conseillers verts à la mairie de Paris exige que l'église Saint-Nicolas-du-Chardonnet soit transformée en dortoirs pour les sans-papiers.

Il faut avoir l'âme bien basse pour ordonner la transformation des bénitiers en bidets.

Paris, 6 décembre

N'importe qui peut s'autoproclamer psychothérapeute ou voyante. Il s'agit de raconter et de prédire n'importe quoi à des pauvres bougres qui sont prêts à payer pour ça. Le dernier venu peut abuser de leur âme en peine en toute impunité. Aucune loi ne sanctionne le commerce des marchands de vent, le bagou faisant en l'occurrence office de diplôme. Un parlementaire de la majorité ayant l'intention de mettre son nez dans ce trafic d'incompétence caractérisée, de mensonges en gros, les grandes consciences de la gauche bobo dénoncent une « intolérable atteinte aux libertés ». Et pourquoi pas aux droits de l'homme ? Décidément, ces gens sont détestables. Chaque fois que le dégoût d'eux me montera aux lèvres, je cracherai sur leurs vélos, leurs divans et leurs boules de cristal.

Paris, 7 décembre

J'ai raccompagné le bon maître jusque devant sa porte à cent mètres du quai Conti où il s'en va le jeudi en pantoufles réviser le dictionnaire, et je suis vite rentré à la maison suivre à la télévision la demi-finale de Star Academy. Je ne pouvais pas rater ça. Qui de Michal ou de Patxi allait gagner ? Lequel des deux aurais-je à consoler ? Pendant les interminables coupures de publicité où l'on voit des idiotes en cheveux nous vendre des produits pour la vaisselle, je passais sur la chaîne parlementaire où, le samedi soir, Jean-Pierre Elkabbach mène sous les ors de la bibliothèque du Sénat des débats de haute volée. Deux mondes au bout de ma télécommande, un plaisir solitaire d'où le vice n'est pas exclu, l'esprit non plus. Et je riais de mon espièglerie. Qui en France, la nuit dernière, se passionnait dans le même temps pour les délires hystérico-islamiques de quelques barbus et les cabrioles de deux blancs-becs affolants ? Moi.

Je suis ainsi fait qu'après avoir dîné chez Lipp avec Jean Dutourd, je peux tout aussitôt m'abandonner sans précaution à des « académyciens » (c'est ainsi qu'on les nomme) plus verts que les vrais. Malgré la recommandation du maître, qui considère que la première qualité d'un vin c'est d'être rouge, j'avais bu trois verres de riesling. J'étais donc incapable d'aligner sur le papier deux phrases qui tiennent debout. Je ne sais pas écrire en sortant de table, la littérature est incompatible avec la digestion. Je ne dîne pas en ville pour ajouter des pages à ce journal. On ne dit pas forcément des choses passionnantes entre la poire et le fromage, on dit des bêtises et des vacheries. Je dîne en ville pour cela aussi.

La culture encyclopédique de Jean Dutourd m'intimide, mais le vin aidant et sa bienveillance faisant le reste, la rencontre organisée par son fils, Frédéric, avec la complicité du cher Alain Paucard, fut chaleureuse. Une amicale de bons Français qui aiment les livres, de Gaulle et François Mitterrand en prime. Jean Dutourd, qui l'a très bien connu, se souvient qu'il s'était invité à déjeuner chez lui le lendemain même du premier tour de l'élection présidentielle de 1965 où il venait de mettre de Gaulle en ballottage.

– Vous voyez d'ici l'ambiance. Quand ma femme le vit débarquer, tout content, elle ne fut pas très joyeuse... C'était tout lui ça, choisir des gaullistes pour fêter son « succès » contre le général. Mais au fond, malgré tout le mal que j'ai écrit sur lui, je l'aimais bien. Il était fait pour le pouvoir, il avait ce don, le cynisme et l'intelligence qui conviennent. Quand on voit ce qu'on voit, qu'on entend ce qu'on entend aujourd'hui, on le regrette, finalement.

Jean Dutourd regrette Mitterrand. Il n'est pas le seul.

– Et puis, dis-je, on peut pardonner beaucoup à un président de la République socialiste qui recommande au peuple la lecture de Chardonne.

– Ah ça, oui ! vous avez raison. Allez pardonnons-lui...

Ce dîner face à Jean Dutourd, à la table même où, jadis, François Mitterrand s'asseyait seul les soirs de défaite. Nous avons levé nos verres à sa mémoire.

Paucard nous a raconté quelques blagues impubliables et fait l'éloge de Vladimir Poutine, sa nouvelle idole, que Frédéric et moi trouvons patibulaire ; et puis surtout, Jean Dutourd nous a parlé des écrivains que nous aimons. Il tient Léautaud pour « un écrivain de génie qui avait des préoccupations de concierge », Jouhandeau pour « un ange de douceur qui laissa glisser négligemment sa main sur ma braguette ».

Il nous a confirmé que si Élise était bien la Thénardier en personne, Elsa Triolet était moins méchante qu'on ne le raconte.

– Certes, elle n'était pas forcément aimable, elle tenait Louis d'une main de fer, mais il aimait cela. Elsa d'un côté, le Parti de l'autre. Il ne pouvait pas bouger, la ligne infranchissable, le moindre écart impossible. Les artistes ont besoin d'être tenus... Louis a aimé Elsa parce qu'elle le tenait.

Et les garçons, qu'en était-il des garçons dans sa vie au temps de la guerre froide ?

– Je n'en ai pas vu autour de lui, on ne parlait pas des choses du sexe à cette époque avec un dignitaire du Parti communiste. Il a attendu qu'Elsa soit morte pour sortir du bois...

Jean Dutourd croit, comme Emmanuel Berl qui en fut le témoin privilégié, à une histoire passionnelle, d'amour si le mot ne fait pas peur, entre Aragon et Drieu. Ont-ils couché ensemble ? On en rêve évidemment, mais rien n'est moins sûr. Peut-on écrire *Le Con d'Irène* en sortant des bras de Drieu ? Nous ne le saurons pas, le poète a toujours menti...

– Avec Elsa, en tout cas, il n'y a jamais rien eu de charnel en quarante ans...

On voudrait dîner tous les soirs avec Jean Dutourd qui sait tout, et rentrer juste à temps pour voir Michal triompher en chantant une chanson d'amour. Pour les beaux yeux de qui, au fait ? D'Elsa ou de Louis, de Vanessa ou de Kevin ?

Paris, 11 décembre

Un jour, finalement, le charme est rompu. Ce qui nous attache aux gens et aux choses n'a plus la même saveur, ce qui la veille encore nous enchantait, nos passions les plus folles nous laissent au mieux indifférents. Il ne faut plus se retourner, un jour l'impensable devient possible : nous vendons la maison de notre enfance.

Paris, 13 décembre

À Jean-Luc Delarue, qui me demandait hier soir devant les caméras de télévision (où nous étions censés réveillonner en direct avec deux semaines d'avance) si je préférais le football ou le rugby, j'ai répondu que cela dépendait du calendrier, une façon de mettre les femmes et les rieurs de mon côté sans affoler les populations. On ne peut pas dire ce qui nous trotte dans la tête face à des millions de gens entre les huîtres et le foie gras. Ce serait trop. Je me suis donc mordu la langue pour ne pas répondre ceci : « Mon petit Jean-Luc, sous vos airs de sainte-nitouche, je vois bien que ce qui vous intéresse c'est de savoir si les dieux du stade français, que leur président vient de me présenter, sont à mon goût. Eh bien oui, mon cher Jean-Luc, ils le sont... »

En place de cette belle tirade, qui m'aurait valu les applaudissements du public payé pour applaudir frénétiquement tous les marioles qu'on lui présente, j'ai esquivé car je n'ai pas du tout envie de faire le mariole à la télévision, fût-ce une fois l'an à l'occasion des vœux. Cette « rigolade » permanente, à laquelle sont tenus la plupart de mes confrères, ne m'amuse vraiment pas, elle m'horripile.

En revanche, le calendrier que la Baronne vient de m'offrir, ce n'est pas de la rigolade. C'est du sérieux, des garçons au meilleur de leurs formes, plutôt bien disposés les uns contre les autres, en toute innocence, naturellement. J'ai bien connu autrefois le président du stade français dans les coulisses des music-halls où Dalida triomphait. M'avait échappé sa passion du sport. Je crois me souvenir qu'il voulait chanter, je suis même sûr qu'il a chanté de mes chansonnettes. Rien ne laissait prévoir que je le retrouverais, vingt-cinq ans plus tard, dans les vestiaires d'un club de rugby, au milieu de grands gaillards tout nus et assez contents de l'être.

Le sport vu de ce côté-là, celui des douches et des salles de massages, présente des avantages irrésistibles.

Paris, 14 décembre

Le facteur de Neuilly est papa. Le petit aura bientôt la rougeole et la dictature du prolétariat sera remise à plus tard. C'est bien ce que je pensais, on ne peut pas faire confiance à un homme qui nous promet la révolution tous les matins et rentre vite à la maison faire des bébés comme le dernier social-démocrate venu.

Paris, 15 décembre

– Ce pauvre président de l'Irak, me dit-elle, vous avez vu ce qu'ils lui ont fait, les Américains ?

Souad est « franchement pas contente du tout ». Depuis ce matin, elle marmonne penchée, presque recueillie, sur la photo de Saddam Hussein que publie en une, comme tous les quotidiens du monde, *Le Parisien* qu'elle a récupéré dans ma corbeille à papier pour l'étaler sur l'évier de la cuisine. Souad est « franchement pas contente du tout » de voir le grand homme en si piteux état. Il pourrait faire pitié, en effet : de la barbe et des cheveux partout, un loquedu. Le tyran a mauvaise mine, qu'on le rase, qu'on le tonde, et vite ! Ce n'est pas son humiliation qui me fera pleurer, c'est la jouissance de ses vainqueurs qui me dégoûte. Souad, elle, ne comprend pas pourquoi les Américains sont « si méchants ». Ils sont des centaines de milliers dans le monde à les détester pour de mauvaises raisons. Les peuples préfèrent de beaucoup garder leurs dictateurs, ils ne veulent pas qu'on les libère, ils ne pardonnent jamais à leurs libérateurs.

Paris, 18 décembre

Il fallait me voir planté comme un idiot devant les toiles blanches ou noires accrochées sur les murs de l'appartement de Claude Berri, un musée d'art moderne ou je ne m'y connais pas, et je ne m'y connais pas. Oui, planté comme un idiot, sans ressentir la moindre émotion, je l'écoutais nous expliquer ce qu'il voyait lui et que nous ne voyions pas nous, Jérôme Béglé et moi, qu'il avait entraînés à le suivre à travers des pièces blanches elles aussi. J'eus beau faire un effort d'imagination, je n'ai rien trouvé à dire d'intelligent face à ce qu'il nomme chefs-d'œuvre : des photos, des croquis, des sculptures à peu près incompréhensibles pour les imbéciles de mon espèce. J'espérais tomber au détour d'un couloir sur un Soulages, un Delaunay, un Picasso qui m'auraient sauvé du ridicule, devant lesquels j'aurais pu m'exclamer. Mais non, je n'ai vu que la mort là où il voit la vie.

Il y a une femme entre Claude Berri et moi, la sienne. Sans elle qui m'aime, notre rencontre était pour le moins incertaine.

C'est aux femmes que je dois tous les hommes qui ont compté dans ma vie, Claude ne me convertira pas à l'art moderne, cette enseigne douteuse, mais il n'est pas impossible que nous devenions amis. Quelque chose en lui me touche et m'intimide. Je le croyais sinistre et vaguement acariâtre, il est doux et tendre. Je l'ai embrassé, ce qui n'est pas forcément mon premier réflexe face à un barbu.

Morterolles, 20 décembre

« Que d'événements se sont déroulés depuis ma dernière correspondance du mois d'août 2002, par laquelle je vous faisais tenir des articles de presse locale concernant votre venue à Barbezieux et votre soutien à la mémoire et à l'œuvre de Chardonne !

« Dans un précédent courrier du printemps 2002, j'avais évoqué la possibilité que nous nous rencontrions un jour prochain, je crains malheureusement que cela ne soit possible avant bien longtemps...

« En effet, voilà plus de huit mois que s'est produit l'inconcevable et l'irréparable, et, depuis, mon cœur saigne jour et nuit. Ma compagne adorée est décédée par ma seule faute : une vie brisée net, un bonheur prometteur trop tôt envolé.

« Depuis cette tragédie, je suis incarcéré à la maison d'arrêt d'Angoulême. Mon affaire a, bien sûr, fait les gros titres de la presse locale, j'ai même eu droit à FR3 Poitou-Charentes, ainsi qu'à une couverture et à une double page outrancière dans *Détective.*

« Si je reviens vers vous aujourd'hui, c'est pour soumettre une requête à votre bienveillante attention : j'avais évidemment fait l'acquisition du tome IV de votre journal, *Lentement, place de l'église,* dès sa parution, mais mon domicile ayant été cambriolé, il m'avait été dérobé. Vous serait-il possible de m'en faire parvenir un autre exemplaire, dédicacé ?

« Dans l'attente impatiente de vous lire, recevez, très cher Pascal, l'assurance de mon amitié. »

On ne se doute pas du tout quand on écrit des livres qu'ils pourraient être lus, calmement, par un homme qui va assassiner sa femme la semaine suivante, et n'aura pas le temps de courir chez le libraire avant qu'on ne lui passe les menottes. Je vais naturellement lui faire envoyer un exemplaire de *Lentement, place de l'église* que lui aura dérobé un cambrioleur au goût littéraire irréprochable.

Morterolles, 21 décembre

Serge T. a toujours une mine de circonstance, au cimetière ou dans les coulisses des music-halls, chez les bourgeois et les voyous, il se tient là, comme il faut, vieux bedeau affligé ou fripon selon que l'on est au Père-Lachaise ou à l'Olympia. Partout il va bien dans le décor. Il ne s'ennuie nulle part. Je l'abandonne seul dans sa chambre ou au bar de la cuisine, son coin préféré, et je le retrouve huit ou dix heures plus tard encore occupé à peaufiner en marmonnant un collage sur Julien Gracq ou Cocteau. Ici je ne supporte près de moi que des gens dont je suis sûr qu'ils ne s'ennuieront pas. Il n'y en a pas beaucoup.

Morterolles, 22 décembre

Le fiancé de la coiffeuse a accroché des guirlandes multicolores au balcon de la maison qu'il habite désormais avec elle, et des rubans rouges et des branches de sapin. J'attends beaucoup du fiancé de la coiffeuse. Ce François, qui vient d'arriver « par chez nous », saura, je l'espère, transformer l'horrible bâtisse jaune (que je voulais faire démolir) et lui donner une allure plus conforme à la sainteté des lieux. Les guirlandes sont un signe amical de sa bonne volonté, peut-être que bientôt je pourrai passer sur la place sans avoir honte de tant de laideur.

Monsieur Jean, l'ancien conseiller municipal, a enroulé le petit puits de pierre qui borde mon jardin d'un ruban d'ampoules clignotantes. La grand-mère d'Antoine a illuminé la façade et la cour carrée de sa noble demeure du seizième siècle, sur l'ancienne nationale 20, où je me glisse la nuit venue pour aller saluer la femme du Duc avant qu'elle ne ferme ses volets. Mes voisins les plus proches, au bout du chemin Dalida, ont déposé des bougies sur leur portail. Les projecteurs qui éclairent le monument aux morts fonctionnent. Noël ! Miracle à Morterolles. Ma ronde de nuit d'hier, la première de l'hiver, un plaisir solitaire d'enfant triste.

Morterolles, 27 décembre

Morlino, qui me suit à la ligne depuis la première phrase de mon premier livre, me téléphone toutes les deux heures pour me commenter sa lecture du tome V de ce journal à paraître dans quelques jours.

Je le soupçonne de le lire dans le désordre, il goûte avant de s'attabler. Son appétit de mes mots me touche, ses remarques, ses étonnements sont ceux d'un frère. Juste un bémol à son enthousiasme : mes garçons. Trop nombreux, trop dévergondés à son goût. « Ils m'agacent », m'avoue-t-il. C'est un reproche de père de famille.

Morterolles, 29 décembre

« Les tracteurs, les engrais, les usines aux champs, les maires trop dynamiques qui vous tuent un village en un seul mandat avec leur fringale de lotissements, on ne saurait mieux dire notre dégoût. »

En dernière page du *Figaro*, madame Irina de Chikoff, qui porte un joli nom de paysanne russe, nous propose une chronique française des vieux bourgs de nos campagnes d'autrefois. Les bonheurs de Morterolles et d'ailleurs, de Barbezieux bien sûr et de Chaminadour, ce monde-là, où chaque chose était à sa place, l'école des filles à gauche, celle des garçons à droite, la mairie pavoisant au milieu, l'église en face, je l'ai connu dans ma petite enfance, je l'ai vu mourir à pas lents. Il est mort, et ceux qui s'en souviennent n'en ont plus pour longtemps. Ces paysans qui n'étaient pas des agriculteurs, je les ai vus se réunir devant la cheminée chez ma tante Mathilde, madame de Chikoff les raconte bien, son oncle Charles appelait ces soirées « le cercle de la lampe éteinte ».

La femme du Duc vient de me porter une part de clafoutis tiède. Il tombe bien ce goûter au milieu de ma page, il a l'odeur des granges à la moisson, de mes grandes vacances. Je suis penché sur la bassine en cuivre où cuit la confiture d'abricots, je trempe mon doigt, je me brûle un peu, ma grand-mère m'embrasse. Demain pour le 15 août nous suivrons la procession derrière les vieilles en noir, je serai le mieux « peigné » des enfants de Marie, ma grand-mère y tient beaucoup, elle me fera une friction à l'eau de Cologne... « Te voilà beau comme un sou neuf ! » Quand j'étais « beau comme un sou neuf » les champs n'étaient pas des usines ni les villages des lotissements.

S'il est un mot, bon marché, un mot ordinaire qui dit bien la laideur d'une époque, c'est celui-là que les maires et leurs conseils municipaux placent au-dessus de tout : lotissement. Le pire, c'est qu'ils en sont fiers ! Construire, construire dans tous les sens, en hauteur, en largeur, n'importe comment, mais construire, les maires adorent inaugurer des crèches et des maisons de retraite, les unes annonçant les autres. Des lotissements partout et après moi le déluge.

Morterolles, 30 décembre

Il a neigé un quart d'heure, c'est mieux que rien. Par les temps qui courent et ceux à venir qu'on nous promet caniculaires, estimons-nous heureux. Il a neigé juste à l'instant où je sortais visiter pour la première fois la maison d'en face, si laide que je l'ai achetée pour la démolir.

Il a neigé ! Bientôt ce miracle de notre enfance ne sera plus qu'un souvenir. Bientôt les enfants ne sauront même plus de quoi parleront les vieillards que nous serons devenus si la canicule ne nous a pas tués. Déjà le Duc, qui n'est pas encore Mathusalem, me toise du haut de sa mémoire d'enfant ici avant-guerre : « Quand il neigeait à Morterolles, mon cher, il neigeait. Ce n'était pas une traînée de sucre en poudre sur les champs... »

L'année qui s'achève fut de loin la plus éprouvante des cinq dernières, elle m'a vidé, m'a ravagé l'âme et le front. On se trompe évidemment si l'on espère que le temps arrange les choses. Qui croit cela est perdu. Je me raidissais lorsqu'on me prédisait un autre chagrin plus doux, c'est le même qui s'éternise. Chaque matin sans Stéphane est une défaite annoncée. Il n'y a pas de chagrin doux, les premiers mois il m'engourdissait, j'allais à tâtons comme un somnambule, la douleur me protégeait. Depuis le printemps dernier, elle me tue. Il ne s'agit déjà plus de vivre sans lui mais de mourir. J'écris désormais sur mes rides qui sont les lignes de ma vie.

17 h 30. Serge T. s'en va « au docteur » avec sous le bras les *Mémoires d'outre-tombe,* pour ne pas s'ennuyer en attendant son tour.

Par chance la mort est inimaginable. La nôtre surtout. Dans quel état serions-nous si nous savions de quoi il s'agit exactement ?

Morterolles, 1er janvier 2004

Pas un, pas une des intimes qui m'entouraient ici, il y a cinq ans, à l'heure où je commençais d'écrire ce journal sur la tombe de Stéphane n'est là aujourd'hui. Ils me serraient dans leurs bras, glissaient leurs doigts dans mes cheveux, me promettaient la lune que je ne leur demandais pas, l'éternité plus un jour, et tout le bonheur du monde en prime à partager avec eux. Où sont-ils passés ?

Ils ne prennent plus de mes nouvelles ni moi des leurs. Je sais par la bande qu'ils se traînent, qu'ils vieillissent méchamment. Quand on est infidèle, on vieillit méchamment. Plutôt ma solitude que leurs baisers collants.

Morterolles, 2 janvier

On vient de l'opérer d'une tumeur au cerveau et c'est elle qui m'appelle pour me souhaiter une bonne année, une bonne santé. Le courage des femmes décidément. Je m'impatientais de n'avoir plus de ses nouvelles. Elle devait venir avant Noël chanter à la télévision les succès de Lucienne Delyle, sa mère. Nous avions envisagé ce programme un soir, ici, l'été dernier, en écoutant des disques de sa mère, la chanteuse irremplaçable qui l'a laissée orpheline à treize ans.

Minouche, je ne peux pas retenir son prénom (et pourquoi le devrais-je ?), la complice de nos amours. Stéphane était fou d'elle. Il enjamba son balcon pour déposer des fleurs dans sa chambre, il lui téléphonait la nuit quand nous étions fâchés. Minouche, voyante extra-lucide qui n'a rien vu venir. Elle tirait les cartes à ses voisines, ses « copines », elle disait « mes clientes ». Elle leur racontait n'importe quoi, ce qui lui passait par la tête avant que sa tête n'explose. Les clientes repartaient guéries. Qui guérira Minouche ? Les voyantes ne croient pas aux voyantes, ni les chanteuses aux chansons.

Minouche dans les rayons de la mort à Monaco où son père fit danser les princes, les princesses et la cour trente années durant. Je la sais plus légère que son fantôme, plus pâle que la robe de sa mère à Bobino qui fut son linceul aussi. Dans les couloirs de l'hôpital, elle marche sur les pas de Stéphane.

– Bonne année, bonne santé, mon chéri. Et puis, t'inquiète pas, je ne vais pas si mal que ça...

Le courage des femmes, décidément. Le courage de Stéphane.

Morterolles, 3 janvier

Aymeric m'invite à le rejoindre samedi prochain dans un restaurant fleuri de Montmartre pour « tirer les rois » avec ses amis, une bande de sauteurs charmants, socialistes modérés et monarchistes convaincus. D'excellents Français. Il espérait me présenter à eux qui sont, dit-il, de mes admirateurs. Je n'irai pas car je ne vais nulle part, mais je suis ravi de plaire à quelques princes de sang.

– As-tu remarqué, me demande Aymeric, que monseigneur le duc d'Anjou est moins sexy depuis qu'il s'est laissé poussé la barbe ?

Comme je n'ai rien remarqué et que je ne sais même pas à quoi ressemble monseigneur le duc d'Anjou, Aymeric m'a promis de m'offrir son portrait officiel.

Je penche chaque jour davantage du côté de ceux qui veulent « tirer les rois » plutôt que les pendre.

Morterolles, 4 janvier

On aurait surpris le futur roi d'Angleterre au lit avec son valet de chambre. Je ne vois pas de nouvelle plus rafraîchissante ces jours-ci que cette révélation des penchants, finalement très démocratiques, du prince de Galles. On ne s'ennuie pas chez les Windsor, nous le savons. Nous aimerions être sûrs de l'affaire cependant car elle est épatante, et puis rien ne nous intéresse mieux que : qui couche avec qui ? Nous attendons la suite... Les petits princes si mignons, dans quels lits va-t-on les surprendre ? On les dit chauds, très délurés. Ça tient de famille. Nous comptons beaucoup sur eux pour nous distraire. Que s'avance l'armée des soubrettes et des valets à leurs ordres et que la fête commence.

Paris, 5 janvier

Ces filles et ces garçons bien proportionnés, appétissants au possible, qui n'ont que leur corps à vendre, pourquoi s'en priveraient-ils ? La jeunesse est un commerce très saisonnier, nous sommes bien placés pour le savoir.

Jean-Baptiste, qui n'est pas mal non plus, me raconte que la plupart des professeurs de son lycée laissent sonner leur « portable » pendant les cours et répondent tranquillement aux appels qu'ils reçoivent sans se préoccuper des élèves.

– Et vous, pauvres petits, vous faites quoi pendant ce temps-là ?

– Ben, on téléphone ou on envoie des textos...

Paris, 7 janvier

Je viens de passer ma journée à répondre devant des micros et des journalistes de mon prétendu donjuanisme. Je suis censé vivre entouré de jeunes gens énamourés attendant leur tour. Du roman, des fariboles !

Les journalistes adorent me chercher sur ce thème de l'homme couvert de garçons. Un seul suffirait, j'ai froid sans lui. Il est minuit passé, je suis seul. Dalida chante à la télévision, se suicide et puis chante de nouveau. Elle pleure en se voyant pleurer, les bras en croix sur la scène de l'Olympia. Elle fume, elle fume trop. Pierre Tchernia la regarde pleurer et ma mémoire en prend un coup. Dalida brune et grave comme je l'aimais. Dalida qui veut mourir encore et qui meurt finalement un dimanche après-midi parce qu'elle s'ennuyait à mourir. Au milieu de ces images d'archives diffusées mille fois, j'apparais sur son épaule. Je n'ai pas trente ans, les cheveux longs et les joues rondes. Mes mains volent au-dessus du piano noir sur lequel Pascal (l'autre, disait-elle) joue les premières notes de cette chanson qui me vaudra tant d'hommages. Ma jeunesse au bout des doigts de « l'autre Pascal », mon double en ce temps-là, mon frère jumeau, mon irremplaçable qui s'appelait Jean-Paul comme je m'appelle Jean-Claude. Il joue, il chante : « Il était beau comme un enfant, fort comme un homme », mes paroles, sa musique, Dalida s'éclaire et s'assombrit de quel souvenir, de quel chagrin indicible ?

Je suis seul. Pas un jeune homme énamouré à portée de main, pas une ombre sur les quais, pas un gigolo autour de Notre-Dame. Le Panthéon comme guirlande mortuaire, le square Jean-XXIII où Pascal allait rôder la nuit est fermé aux âmes en peine. Ces mots que je griffonne à la hâte, je les mettrai au propre demain, je n'écris jamais si tard. Je peux me laisser aller maintenant que personne ne me voit. Je vais boire de la bière et fumer une cigarette, me gaver de chocolat. Je m'accorde tout ce qui est interdit, ce qui tue un homme, je déborde de mon peignoir mal fermé, affalé sur le canapé du salon. Je ne pleure pas, j'attends la fin du film, qui ne saurait tarder.

Paris, 9 janvier

Paucard a demandé à son petit-fils de l'appeler grand-père tout simplement et non pépé ou papy qui lui font horreur.

Grand-père ! Il fallait y penser. C'est sobre, bien élevé, ça suffit. Ça sonne respectueusement. Ça ne va pas du tout avec l'époque, mais Paucard n'a pas l'intention d'aller avec l'époque. Son petit-fils a bien de la chance d'avoir un grand-père démodé.

Paris, 10 janvier

Ne faire confiance à personne, voilà la règle d'or, que naturellement nous ne respectons pas. Nous sautons au cou du premier venu, nous jurons fidélité à des vauriens, nous avons vingt ans et ce n'est pas grave. La jeunesse n'a pas de cœur, c'est plus tard que les choses se compliquent. À trente ans, on a les amis et les chagrins qu'on mérite, après il ne nous reste plus qu'à espérer l'amour lui-même, ce miracle.

Paris, 11 janvier

Marco a désormais un garde du corps détaché par le ministère de l'Intérieur pour le protéger des excités qui en voudraient à sa frimousse.

– Ça t'apprendra à inviter n'importe qui, à dire n'importe quoi à la télévision, lui dis-je.

– Tu as raison, ce cirque m'épuise. Tu ne peux pas me laisser tomber en ce moment.

Marco, pris en faute comme un gamin que démange sans cesse la tentation du diable, joue avec le feu et il aime ça. Nous venons de passer trois heures à la maison à nous comprendre très bien. Si nous ne dansons pas sur la même musique, la vie, l'amour, la mort nous bouleversent de la même façon. Notre complicité intrigue tout le monde. Moi le premier. Il a gagné, j'irai dimanche prochain lui servir de partenaire en direct devant ses caméras. En traînant les pieds, j'irai. Je suis avec lui d'une faiblesse indigne.

Brest, 12 janvier

20 heures. Il n'y a pas plus de marins à Brest que de Tadzio à Venise. Genet a rêvé. Il pleut comme au déluge, c'est déjà ça ! Nous irons dîner dans une taverne alsacienne, en Bretagne c'est logique. Nous irons dormir dans un hôtel de VRP où la moquette est aussi fatiguée que les croissants du matin. Notre tournée commence cette année aussi par l'Ouest. Après Angers et avant Lyon, « nous chanterons demain à Laval ». Nous chanterons, ce pluriel est celui de l'amitié, du groupe. Si mes musiciens, Aïda, Vincent, disent « nous chanterons demain à Laval », c'est parce qu'ils sont aussi contents avec moi que je le suis avec eux.

Dans le train, 15 janvier

La France à la fenêtre du TGV qui nous emmène à Lyon. Ces villages groupés autour de l'église et du cimetière, je ne vois rien de plus rassurant, rien qui ne me donne plus sûrement une impression d'éternité. Solutré au loin et cette roche découpée dans le ciel comme un sabot de cheval géant. Tant de souvenirs là où je galopais sur les pas du grand homme les dimanches de Pentecôte... Rien ne me ramène plus tristement à l'ordre du temps qui passe.

Paris, 17 janvier

À propos de Sarkozy qui occupe beaucoup nos dîners en ville, je disais hier à Jérôme Béglé qui le pense aussi :

– C'est quand même le meilleur ministre de l'Intérieur depuis longtemps...

– Oui, c'est vrai, s'exclama-t-il, le meilleur depuis Maurice Papon...

C'était une boutade, naturellement. Une réplique de boulevard, bienvenue en ces temps de paroles frileuses. On peut n'être pas d'accord avec Jérôme, mais ce n'est pas à lui qu'il faut, éventuellement, reprocher Papon, c'est au général de Gaulle.

Paris, 18 janvier

Si je devais me conformer aux désirs, aux états d'âme, aux chagrins – que sais-je –, aux fantasmes de mes lecteurs, de mes amis ou de quelques Parisiens suspicieux, ce journal deviendrait : soit le catalogue de la Redoute de mes bonnes fortunes ou, au contraire, celui de mes cauchemars et de mon impuissance, le bulletin paroissial de Morterolles. Le chemin de croix de Stéphane.

J'apprécie avec gourmandise (parfois avec jubilation) les commentaires des uns et des autres, il m'arrive même de les trouver pertinents, mais il n'est pas question pour autant que j'arrange les choses à la convenance de qui que ce soit. Je n'écris pas un roman, je le vis. Prenons les garçons : il y en aurait donc trop dans le tome V. J'entends dire cela qui m'amuse. Ce ne sont jamais les femmes qui me font ce reproche. Jamais. Ce sont des hommes vaguement dégoûtés ou secrètement jaloux, des hommes pas très sûrs d'eux. L'excellent Stéphane Hoffmann n'est pas de ceux-là. Il m'écrit pourtant de La Baule que l'aveu de mes libertinages l'ennuie profondément. « Je n'aime pas tes histoires de cul. Je ne les aime pas non plus chez Morand, Matzneff ou Galey. Chez personne. Le genre : je bande toujours, je plais encore, non merci. On s'en fout. Non aux livreurs de pizzas et aux soldats de Besançon. Quand un écrivain parle de Q, c'est le plus souvent pour se vanter. À part cela, je ne connais rien de plus vivifiant que tes livres. »

« C'est le plus souvent pour se vanter. » Admettons cela qui est humain. Je ne suis pas mécontent, en effet, de séduire, mais si je m'en vante, c'est aussi pour m'en étonner. Personne ne retient mon étonnement juste après l'extase, la distance et l'ironie qui suivent personne ne m'en donne acte. On me veut don Juan ou coq de basse-cour, soit. Que serait un journal intime désincarné de tous les mouvements du corps ? Faudrait-il pour ne pas encourir la moquerie des uns et la jalousie des autres que je ne la ramène pas trop ? Que je fasse pitié plutôt qu'envie ? Non, on me prendra triomphant et vaincu ou on me laissera tomber. Je n'irai pas plus mal que je ne vais.

Paris, 21 janvier

– Et Dieu quand même... vous n'allez pas me dire que vous n'y pensez pas...

Ce journaliste suisse, venu de Lausanne ce matin pour m'interroger, me demande d'emblée s'il est possible d'habiter face à Notre-Dame sans se poser la question de Dieu et des mystères de la création.

– C'est beaucoup trop compliqué pour moi, lui dis-je, conscient de mes limites et désolé de n'être pas très inspiré comme chaque fois que l'on me prie d'expliquer l'inexplicable.

Morterolles, 24 janvier

Troublé ! Il m'a troublé le jeune père de famille que j'avais invité à dîner hier à la maison en tête à tête au coin du feu. Sa lettre déjà m'avait troublé, je voulais qu'il me parle de lui, de sa vie, de ses tourments, de... moi. Emmanuel habite par ici, il est venu avec des fleurs à la main et une cassette vidéo de chansons qui « devraient vous plaire ». Il m'a fait des aveux. Quelque chose d'intense s'est passé entre nous, un vertige impensable que je n'ose pas nommer si vite. « Vous n'êtes pas un homme que l'on croise, on s'arrête près de vous ou l'on passe à côté. » On serait troublé à moins. Troublant : Emmanuel n'a rien d'un livreur de pizzas. On ne se retourne pas forcément sur son passage, son cas me paraît plus grave. Nos mains auraient pu se joindre.

– Comment va votre mère, m'a-t-il demandé, êtes-vous encore fâché avec elle ?

J'avais oublié que je m'étais un peu fâché avec ma mère l'été dernier pour une affaire de vase déplacé sans sa permission sur la tombe à Saint-Pardoux.

– Votre journal s'achève le 11 novembre sans que vous nous ayez rassurés.

Au bout de ces pages, quand tout sera dit, Emmanuel sera de ceux qui penseront encore à moi. On peut ne pas se soucier de la postérité et s'émouvoir de la parole d'un jeune père de famille au regard prometteur. Je lui ai proposé de m'accompagner place de l'église saluer, comme il convient les soirs d'hiver à Morterolles, la femme du Duc à sa fenêtre. La suite de l'histoire relève d'ores et déjà du roman. J'ai embrassé Emmanuel sur les joues. Après ce qu'il m'avait confié, ce que j'avais cru comprendre, j'ai pensé que je pouvais l'embrasser sur les joues sans qu'il me juge trop familier.

Morterolles, 25 janvier

Boxon, j'ai écrit boxon. Il y a des mots comme ça qui ne passent pas, des mots qui gênent en province. Le Duc ne l'a pas prononcé. J'ai pourtant laissé entendre qu'il aurait *pu* le prononcer dans mon dernier journal, et c'est « embêtant », me dit sa femme, car l'arrière-petit-fils de la mère Nicolas, qui tenait autrefois un café affriolant à Morterolles, me lit, paraît-il, avec « avidité » et il craint que ce mot-là, infamant entre tous, n'entache la réputation de sa famille. J'ai donc tort de prétendre que les gens d'ici ne me lisent pas. Je dois avoir l'esprit bien mal tourné, mais je ne vois pas ce qu'il peut y avoir d'infamant à tenir un boxon. Le plus triste dans tout cela, c'est qu'il n'y a sans doute jamais eu de boxon à Morterolles.

Les Gets, 26 janvier

La jeune caissière à la gare de péage de Montmarault, dans l'Allier, où je passe pour rejoindre Mâcon et l'autoroute A 40 qui mène à Genève, était très contente de « me voir enfin en vrai », car sa fille de huit ans veut justement devenir chanteuse ou mannequine. Elle me demande ce que je pourrais faire pour elle ?

Rien, je ne peux rien faire pour une petite fille de huit ans qui veut devenir « mannequine ».

Les Gets, 27 janvier

Les lecteurs s'étonnent de voir entrer et sortir de ma vie (donc de ce journal) des hommes et des femmes auxquels ils s'étaient attachés, identifiés même. Ils me demandent des explications sur la disparition de tel ou telle. Mais enfin, m'écrivent-ils, ce Lulu, cette Lola, où sont-ils passés ? Ce Mathieu est-il marié et serez-vous le parrain, oui ou non ? Ils ne comprennent pas le pourquoi des ruptures, des trahisons, de la lassitude. Moi non plus, l'ai-je assez dit ? Je ne suis pas le grand manitou d'un théâtre de marionnettes. Je ne fais pas ce que je veux de mes « créatures », j'assiste impuissant à leur naufrage. Si je devais tenir la comptabilité des mensonges, des serments non tenus, de ces folles embrassades de circonstance, c'est un ordinateur qu'il me faudrait. Lorsque je déclare, péremptoire et pressé, que je ne me fais aucune illusion sur le genre humain, c'est vrai, mais c'est vite dit. En réalité, je tombe des nues chaque fois qu'il me déçoit, et il me déçoit chaque fois que je lui fais confiance. Je suis surtout vexé, fâché de m'être laissé prendre par les sentiments, car moi aussi, bien sûr, je me laisse prendre par les sentiments.

Si Lulu est encore dans les parages, Lola (qui ne s'appelle pas Lola) est allée se faire voir ailleurs. Il y a cinq ans, elle jouait aux boules de neige avec lui, il était notre fils, elle lui apprenait à skier, elle mettait sur mon nez et mes joues de ces crèmes miraculeuses censées nous protéger des outrages du temps. Elle avait ce don-là, Lola, de me faire croire à l'impossible. C'est elle qui tenait ma main le 16 octobre à la seconde même où j'ai appris par téléphone dans ma voiture que tout était fini pour toujours. Avoir vécu ensemble l'inimaginable aurait dû nous lier à jamais. Eh bien non, elle est partie sans m'embrasser, sans un mot pour Stéphane, son frère, mon amour. Il neige ce matin. Comme moi, elle aimait la neige. Nous avons été heureux, joyeux ici où je reviens sans elle, sans eux pour prolonger une habitude. Là-haut sur la montagne, Zinzin, Vincent et Patrick, un copain retrouvé, boivent du vin chaud entre deux randonnées. Je n'irai pas les rejoindre, je reste seul dans cette chambre à écrire. J'écrivais déjà l'an passé et les années précédentes ce que j'écrirai l'an prochain peut-être. Rien ne va plus.

Lola a-t-elle la nostalgie de notre jeunesse ici avec Stéphane ? Se demande-t-elle parfois comment je vais, si je n'ai pas trop froid sans lui ? Les femmes ne sont jamais aussi sentimentales qu'on l'espère quand il neige.

Les Gets, 28 janvier

Ils font les lits, nettoient les salles de bains, passent l'aspirateur et donnent un coup de plumeau sur le bureau où j'écris. Le plus beau est qu'ils ont l'air contents de travailler. Dit-on encore valet de chambre ? Hormis quelques grooms aux tourniquets des palaces, derniers anges charmants de la tradition, on ne croise plus jamais de jeunes hommes dans les couloirs des hôtels de France, de jeunes hommes qui font le ménage, qui disent « bonjour, monsieur » et changent nos draps en souriant. Je ne m'attendais pas à cette bonne surprise, ce style ancien ici : deux valets de chambre à mon petit déjeuner, un blond mince aux yeux bleu ciel, un clou percé sous la lèvre inférieure ; l'autre brun, le genre Gitan trapu, les cheveux en bandeaux.

Il y aura vingt ans la saison prochaine que je dors ici, au deuxième étage de ce chalet de famille. Le fils de Martine et d'Henri naissait, Stéphane enjambait les montagnes. On entendait dès l'aube piailler les soubrettes derrière nos portes. Dit-on encore soubrettes ? Aujourd'hui que les mots ont perdu de leur saveur, que le monde marche cul par-dessus tête, ces deux valets de chambre sont la revanche des garçons sur les femmes pompières.

Les Gets, 29 janvier

« Je suis surpris quand je vois la passion que mettent les hommes à organiser leur plaisir, à ne vivre que dans l'attente et en fonction de ces plaisirs fugitifs presque toujours manqués. »

Lorsqu'il note cela dans son journal des années cinquante, Jean Dutourd n'a encore rien vu. Le pire est à venir. Nous y sommes ! La fête est obligatoire et permanente. Ils se feraient damner pour en être, ils s'ennuient tellement ! On les voit se secouer en cadence au milieu de champs de betteraves dévastés, ils défilent de la Bastille à la République pour tout ce qu'on voudra pourvu qu'ils défilent. Ils sont contre la guerre, le chômage, les trains qui déraillent, le racisme et les centrales nucléaires pourvu qu'ils aient de l'électricité autant qu'il leur en faut, que leur fille n'épouse pas un nègre et que leur fils ne couche pas avec des garçons.

Ils sont parfaits.

Ils ne feraient pas de mal à une mouche, mais à la corrida ils crient : *olé !* Ils appellent fêtes leurs solitudes mises en musique par les tam-tams de la rue. La fête ne s'organise pas, elle est en nous, en silence. Quand on l'entend gronder, c'est qu'elle tourne mal dans le bruit du monde.

Paris, 30 janvier

Si nous devions décerner un prix de camaraderie entre nous, Jérôme l'obtiendrait au premier tour de scrutin. Le meilleur d'entre nous. Nous sommes tous bons camarades, mais lui, c'est sa vocation, la camaraderie. À la moindre susceptibilité blessée, au plus discret chagrin, il veille.

– Laisse un message affectueux à Marco, il est un peu triste en ce moment.

Ce que j'ai fait. Je ne veux pas non plus que Marco soit triste. S'il en est un que la paix des ménages réjouit, c'est lui. Jérôme décide et nous suivons. Nous sommes convoqués dimanche chez Lipp pour l'anniversaire de Philippe, il ne se doute de rien. Jérôme a tout manigancé.

Paris, 31 janvier

Une lettre d'Emmanuel, repérée aussitôt dans la pile de celles qui m'attendaient sur mon bureau, une longue lettre émue autant que moi à la lire. Timide aussi. Une lettre qui couve quelque chose et se termine ainsi : « Merci pour cette rencontre imprévue et qui pourtant m'oblige à gérer quelques sentiments troublants. Prenez soin de vous. »

« Troublé », le mot s'était imposé à moi le 24 janvier, lorsque j'ai voulu noter dans ce journal dans quel état d'âme Emmanuel m'avait laissé la veille au soir.

Paris, 2 février

Paucard est remonté comme jamais contre Bertrand D. auquel il prête les plus mauvaises intentions.

– Il a la folie des grandeurs, ton copain. Attends un peu, ça va être un carnage !

Nous dînions rue des Fossés-Saint-Bernard, dans ce quartier bousillé sur la rive gauche, en face de mon île, où l'on peut admirer la fac de Jussieu, ce carnage du bon goût et de la modernité, à deux pas de l'Institut du monde arabe, symbole affligeant des années Mitterrand.

– Ton copain Delanoë fera mieux, tu verras ! Il va céder à toutes les toquades des adorateurs de Le Corbusier. En guise de préambule à son « grand geste architectural », il a déjà supprimé la Commission du Vieux Paris qui ne le gênait pas beaucoup. Alors moi, tu comprends, je n'ai aucune confiance en ce gars-là, il adore le béton...

Comme je faisais remarquer que « mon copain Bertrand » n'était pas forcément buté, que l'on pouvait lui faire entendre raison et que, surtout, il était l'honnêteté faite homme, mon cher Paucard a eu ce mot : « L'honnêteté c'est bien joli, mais je préfère quelques emplois fictifs à la mairie de Paris que les tours qu'on nous annonce, ça revient moins cher et c'est moins laid. »

De ce point de vue-là, Paucard a raison, de l'autre Bertrand n'a pas tort de surveiller l'argent public. Contre les tours, nous avons quand même des alliés à la mairie : les Verts. Il faut bien qu'ils servent à quelque chose.

Paris, 3 février

Je sais très bien ce qu'il faut dire ou écrire pour paraître un bon garçon. Ce serait trop facile. Je me dégoûterais si je tombais dans cette mélasse de bons sentiments où pataugent sans pudeur les faux nez, les marchands de bonheur, les gentils organisateurs de la charité-business.

Il y aurait beaucoup à dire quant à l'innocence des enfants de Marie. Des autres aussi, d'ailleurs.

Paris, 4 février

Paucard, qui a visité Henri Troyat en compagnie de Jean Dutourd, me faxe à l'instant trois lignes enchantées :

« Discussion libre et joyeuse. Nous avons colligé les horreurs du français d'aujourd'hui, puis raconté des blagues. J'aime les vieux. Ils sont sans illusions, mais très gais. »

Le verbe « faxer » existe-t-il ? Et « zapper » ? Dit-on je zappe, elle zappe ? Je vais appeler Paucard. Quand on passe un bon moment avec deux académiciens de cette trempe, on sait forcément des choses que le commun des mortels ne sait pas.

Paris, 5 février

« Je vous en serai reconnaissant à vie. »

On devrait garder les lettres de ceux qui ont l'imprudence de nous promettre par écrit leur reconnaissance éternelle alors qu'on ne leur en demande pas tant. Un signe amical parfois, un merci suffirait, non, c'est leur vie qu'ils sont prêts à nous offrir en partage. Quelle triste comédie ! Il ne faut rien attendre de ceux qui nous assurent pouvoir « compter sur eux », si l'idée folle de les prendre au mot nous venait, ils en seraient les premiers étonnés.

Paris, 6 février

Cette rosette à ma boutonnière, si elle pouvait intimider les gendarmes quand ils me surprendront dépassant les bornes, ce serait déjà ça.

Je la porte d'abord pour Stéphane et mon père.

Paris, 7 février

« Vous pouvez parler de moi dans votre journal, voici mon autorisation écrite, datée et signée comme me l'a conseillé votre ami Paucard. Écrivez bien mon nom en entier, surtout pas d'initiales, sinon on ne me croirait pas. »

Il s'appelle Jean-Baptiste Casanova, on le trouve partout où nous allons dédicacer nos livres qu'il achète par dizaines. C'est un homme sans âge, enfoui sous plusieurs vestes et manteaux superposés, enroulé dans des écharpes de laine, une casquette à carreaux enfoncée jusqu'aux yeux. Il a froid même en été. Pourquoi veut-il absolument que je parle de lui ?

– Parce que je suis aussi intéressant qu'un autre.

Paris, 8 février

Lorsqu'un journaliste écrit que notre littérature ne lui plaît pas, il oublie un détail simplement : nous n'écrivons pas pour lui plaire.

Non, je ne suis pas misogyne. Combien de fois aurai-je à le répéter ? Hier encore, à une demoiselle de la radio qui me cherchait, j'ai répondu ceci : « La misogynie n'a qu'une seule excuse possible : le génie de Sacha Guitry. » M'aura-t-elle compris ?

Misogyne, non, il suffit de bien me lire, mais diariste hypocondriaque, évidemment. Ces deux mots-là, laids à faire peur, pourraient figurer sur mes cartes de visite.

Morterolles, 11 février

La veuve du docteur B. a-t-elle oui ou non des mains trapues de paysanne, comme je l'ai écrit dans mon dernier journal, sans intention de la surprendre ? Eh bien, non. Sa fille, Hélène, se demande même où je suis allé chercher ça : « Enfin, maman a des longs doigts de pianiste au contraire », a-t-elle fait remarquer à la femme du Duc qui me l'a rapporté hier au soir à sa fenêtre. On est toujours surpris de ce que retiennent les lecteurs dans nos livres, ils s'arrêtent souvent là où nous ne faisons que passer. On lâche un mot au détour d'une phrase, sûr de son innocence, et voilà qu'il enflamme les imaginations. « Trapues », en l'occurrence, la veuve du docteur B. n'en fera pas un drame, la femme du Duc m'a rassuré sur ce point.

– Au contraire, m'a-t-elle dit, elle est touchée du passage où vous évoquez votre soirée chez elle, mais c'est trapues qui l'a surprise. Elle va vous envoyer une photo de ses mains...

Il y a trois semaines, je crois l'avoir noté, c'était le « boxon » qui faisait fureur « par chez nous ». Le Duc avait-il oui ou non dit « boxon » ? J'aime que sa femme soit la gardienne vigilante de mes mots, à l'affût de leur écho alentour.

Qu'on ne me prenne pas pour un autre, qu'on ne me prête pas de mauvaises pensées, elle monterait sur ses grands chevaux. Sans elle à sa fenêtre la nuit venue, guettant ma canne et mon chapeau, rien ne serait pareil. Qui saurait que je suis encore vivant ? À qui aurais-je envie d'aller dire bonsoir ?

Le vent était au nord la nuit dernière, la femme du Duc voulait me dire encore deux choses, d'abord « que je m'étais trompé d'arbre page 23 de *On s'ennuyait le dimanche* ». Ce sont des orangers qu'on ne verra jamais sous le ciel irlandais et non des oliviers, le Duc a souligné l'erreur, il est formel.

Il a raison bien sûr, nous avons tous à l'oreille la chanson de Bourvil sauf, apparemment, les correcteurs d'imprimerie. Je viens de vérifier mon manuscrit en date du 22 septembre, j'avais écrit « oranger », donc...

Plus grave, les cloches ne sonnent plus à l'église de Morterolles. Les fissures de la voûte, déjà visibles depuis des années, s'étant brusquement élargies, les autorités ont décidé de la fermer pour une durée indéterminée. La dernière messe aura été celle de Noël. « C'est un mauvais signe du ciel, me dit la femme du Duc. On ferme l'église la semaine même où le curé part en maison de retraite à Limoges, comme si le Bon Dieu était fâché. »

Morterolles, 12 février

« Bougon », disait de moi madame Octavie en corrigeant le manuscrit du journal 2003, « apaisé », disent quelques-uns de mes amis. « Apaisé » est le mot qui revient le plus souvent à l'esprit de ceux qui me parlent de *On s'ennuyait le dimanche*. Peut-on être bougon *et* apaisé ? Oui, sans doute. Pas aux mêmes heures, mais cela est possible. « Apaisé » s'appliquerait mieux, si ma mémoire est bonne, à mon état d'esprit de l'automne 2001. « Violent » et « défait » me sembleraient plus justes si je devais me juger moi-même à l'aune des pages datées de la saison dernière et qui m'échappent puisqu'elles sont en vente libre, à la merci de qui voudra de moi.

« Apaisé », j'en rêve ! La Baronne m'attend à 16 h 30 à la porte du Salon des antiquaires à Limoges.

Un moment d'apaisement en perspective, à l'heure arrêtée des pendules d'autrefois.

Morterolles, 13 février

Montherlant ne supporte pas les femmes qui fument dans la rue, les châtelaines qui nous font visiter leur château (alors que le raffinement est de paraître ignorer ce qu'on possède), les applaudissements au théâtre, les chiens dans les lieux publics, les chiens chez les gens qui nous reçoivent (qui aboient interminablement dès votre coup de sonnette, puis se frottent contre vous et, de toute façon, monopolisent l'attention de la maîtresse de maison), la tyrannie de la musique (un seul possesseur de radio gêne cinquante personnes), les musiciens dans les restaurants qui vous empêchent de causer.

« Ces grossièretés de la société européenne, acceptées par tous, entrées dans les mœurs. » Montherlant les dénonce déjà dans ses carnets de 1930-1932. C'est encore mieux aujourd'hui, la vulgarité est indémodable, on la voit partout. Non seulement les femmes continuent de fumer en public, mais elles sont gendarmes ou catcheuses. À la télévision, on applaudit à tout rompre n'importe qui racontant n'importe quoi, de préférence des repris de justice, des parents éplorés suite à l'assassinat de leur fille, ou des « stars » du cinéma pornographique (appelées aussi « intermittents du spectacle »). Par principe, on applaudit. Et, si vous pouvez vous vanter d'être pourvu d'un sexe à faire pâlir un âne, votre triomphe est assuré. Les propriétaires de chiens en ville ne se gênent pas pour nous qui ne dérangeons personne. Quant à la musique dans les restaurants, elle s'agrémente de la sonnerie des téléphones portables et de la conversation qui s'ensuit. Serge T. m'assure que dans le métro et l'autobus, la promiscuité inévitable avec ces gens-là qui parlent à haute voix le rend fou. Il les traite d'« insupportables », et c'est lui que l'on insulte.

Morterolles, 14 février

Une main sale a jeté à terre le petit coq en fer rouillé que j'avais déposé à Saint-Pardoux, il y a cinq ans. Je sais à qui elle appartient, elle a laissé des traces, des indices. Cette vilenie devrait lui porter malheur. Qu'elle sache que Stéphane ne l'aimait pas.

Impossible de trouver un coin de table pour dîner à cinquante kilomètres à la ronde.

– Que se passe-t-il de tellement extraordinaire ce soir ? ai-je demandé au troisième aubergiste désolé de nous décevoir.

– Mais enfin, monsieur, c'est la Saint-Valentin !

Où avais-je la tête ? L'amour, cette folie, ce privilège inouï qui soulève les montagnes sert aussi à remplir les restaurants. L'amour sert à tout, à faire des livres et des chansons, la guerre et la cuisine.

Morterolles, 15 février

« Ma mère était lingère à Morterolles au début des années trente et je ne l'imagine pas batifolant avec des marchands de bestiaux les jours de foire. »

La dame courroucée qui m'écrit de Saint-Cyprien-l'Aumône me reproche de romancer, de prêter à Morterolles des plaisirs qui la dépassent. Elle n'a pas tort. Je viens de lui répondre que les écrivains ont tendance, en effet, à enjoliver les choses, mais que je ne pensais pas ce faisant attenter à l'honneur de sa mère, une sainte femme à n'en pas douter. Que ma correspondante ait cependant cru la reconnaître me laisse ébahi !

En la désignant, la bonne dame de Saint-Cyprien-l'Aumône la commet d'office dans une affaire de libertinage où elle n'a rien à faire, semble-t-il.

C'est pour cela, justement, que je n'ai pas nommé les lingères que tout le monde a oubliées par ici et que je croyais avoir inventées. Il y avait donc des Marcelline et des Gisèle autour du lavoir à Morterolles. Cocteau, qui a tout dit et le contraire de tout, avait raison, une fois de plus : « Tout ce qu'on invente est vrai. »

Paris, 16 février

« Parler politique dans une œuvre littéraire, c'est tirer un coup de pistolet dans un concert. »

Je savais cela d'instinct que Stendhal nous déconseille, c'est même pourquoi il y a si peu de commentaires d'actualité politique dans mes livres. C'est encore trop. Je n'en peux plus d'avoir à répondre (quand ça n'est pas à me justifier) de ma sympathie pour Nicolas Sarkozy, de mon amitié pour Jack Lang ou Bertrand Delanoë. Comme si ce journal se résumait aux quelques lignes que je consacre à mes soirées en leur bonne compagnie. Si l'on ajoute Bardot, le nom de Bardot qui fait mouche à coup sûr, on aura une idée de ce qu'auront retenu certains journalistes et les animateurs de télévision de ce cinquième volume, qui compte pourtant deux cent cinquante pages plus lentes, écrites en silence à la mémoire d'un seul. Je comprends bien qu'ils doivent aller vite, que l'anecdote leur va mieux que mes larmes, qu'avec Bertrand, Nicolas, Jack et les autres, ils peuvent, à peu de frais, se rendre intéressants.

Ce qui suffirait à me convaincre que la politique n'a rien à voir avec la littérature, c'est la parole des lecteurs, leurs lettres si touchantes. Sans vice. De quoi et de qui me parlent-ils ? De l'amour, de la mort, de Morterolles, de ma mère et de Stéphane. De Stéphane d'abord.

Bruxelles, 17 février

Au bar de l'hôtel Amigo, à deux pas de la Grand-Place qui vaut bien la place Saint-Marc, rencontre avec des journalistes assez aimables pour avoir lu mes livres avant de venir m'en parler.

Bientôt on jouera ici le procès à grand spectacle de Dutroux, un monstre évidemment, mais la meute à ses trousses pue de la gueule. C'est dans la foule qui vocifère aux portes des tribunaux que se cachent les assassins.

Paris, 18 février

Laurent T. ne m'a quitté ni des yeux ni du cœur depuis ce soir de juin 2000 au casino de Divonneles-Bains où il m'attendait, sage comme un élève des bons pères, les bras croisés sur son livre de messe : le journal de Stéphane. Il avait ce soir-là vingt ans et l'intention de prendre dans ma vie une place originale, ce qu'il a fait dès notre premier regard échangé. Il m'a suivi à Morterolles, à Montmartre, il dormait parfois sur le canapé du salon, en croisière nous avons été heureux, nous fûmes amants le temps d'un déjeuner de soleil, à Montréal il sélectionnait pour moi les gigolos les mieux proportionnés, à Paris, dans les dancings, il faisait valser des dames d'autrefois qui payaient son loyer. Il me coupait les cheveux et choisissait mes chemises. J'aimais qu'il soit là, jeune prince équivoque et prévenant comme aucun autre ne le fut avant lui. J'ai raconté cela dans ce journal où il passe, léger comme une ombre, mais ardent. Amoureux. Il est passé. Est-ce Paris ou moi qui ne lui va plus ? L'été dernier, il a sombré moralement. Une dépression qu'il ne voulait pas nommer. Son cœur s'affolait, sa tête aussi. Ni les cardiologues ni les psychiatres ne pouvaient plus rien, ni moi qui aurais tant voulu le consoler de son enfance écartelée. Notre histoire s'achève sans drame, sans larmes, nous ne sommes pas fâchés, nous ne le serons jamais. Il s'inquiète encore de moi depuis Annecy où il se trouve mieux, me dit-il. Avec qui ? Et pour combien de temps ? Je ne cours jamais après ceux qui partent, ce sont les garçons de l'avenir qui m'émeuvent, ceux qui attendent tout de moi. L'amitié ni l'amour ne se fondent sur les souvenirs. Laurent T. restera un beau souvenir parmi d'autres. Ce n'est pas rien, mais c'est tout.

Paris, 19 février

Dîner chez les Berri avec Philippe en rentrant de Bruxelles. Plus je les vois, plus je les aime. Un couple émouvant. Rien n'était moins probable que ma rencontre avec Claude. Les comédiens m'ennuient, je ne suis pas allé au cinéma depuis vingt-cinq ans, l'art contemporain me navre et, malgré cela, je sens naître entre nous quelque chose qui ressemble à l'amitié. Sa femme n'est pas innocente de notre complicité. Elle nous aime. Leurs amis sont antiquaires, cinéastes, éditeurs, fréquentables pourtant. On peut tout dire chez les Berri sans prendre de précaution « politiquement correcte », on respire, on est dispensé d'hypocrisie. Nathalie, de toute façon, est d'accord avec moi, elle m'appelle « son ange » et Claude me le pardonne.

– Présente-toi au fauteuil de papa, m'a-t-elle conseillé. Tu as des chances... contre Robbe-Grillet.

Je n'ai nullement l'intention de postuler à l'Académie française, une bonne maison certes, mais tenue par la gauche, ce qui rend ma candidature très aléatoire et franchement impensable contre Robbe-Grillet, ce maître à penser que le monde, que dis-je, l'univers nous envie.

Je n'ai pas besoin de tant d'honneurs pour être heureux de temps en temps. Heureux ? Disons ému. Il m'aura suffi hier au soir d'entendre une femme penchée sur mon épaule me murmurer tendrement : « Présente-toi au fauteuil de papa, mon ange, tu as des chances... »

Ma chance, c'est elle et quelques autres femmes dans son genre.

Paris, 23 février

Morlino me demande pourquoi j'ai laissé pérorer si facilement Jean Lacouture hier à la télévision sur M 6, où j'avais accepté de commenter le millième document consacré à François Mitterrand.

– Tu semblais faire un complexe d'infériorité, me dit-il. Tu n'aurais pas dû te gêner pour lui rentrer dedans. Ce grand admirateur de Pol Pot n'a pas de leçon de morale à nous donner...

Bernard Morlino a une mémoire précise et féroce. En réalité, je n'avais aucune envie de discuter du « droit d'inventaire » avec ce vieux Bordelais condescendant, effaré de me trouver là, à côté de lui qui tutoie de Gaulle et Mao Tsé-toung par-delà la mort. J'ai dit ce que je croyais vrai quant à la dignité des femmes de François Mitterrand, à son courage. J'ai relevé que s'il avait « utilisé sa maladie à des fins politiques », il l'avait avant tout dominée et que cela suffisait à le rendre émouvant. J'ai démontré aussi qu'il lui arrivait de ne pas transiger avec sa conscience. Pour le reste, j'ai laissé Lacouture s'emballer à propos de l'« affaire Bousquet ». Ce genre-là, tellement convenu, n'est pas le mien.

Comme en réponse à tant d'approximations, de fantasmes, André Rousselet, qui en sait plus long qu'on ne pourra jamais l'écrire, vient de m'appeler alors que je ne le connais pas. Nous ne voyions pas François Mitterrand aux mêmes heures.

– Vous étiez, me dit-il, la seule lumière, le seul espoir de fidélité dans cette émission un peu sombre et forcément mortuaire...

Venant de lui, j'ai goûté l'hommage. En fait de

lumière, il n'y en avait pas dans le studio, j'avais surtout l'air d'une vieille pomme fripée face aux excellents Laurent Delahousse et Christophe Barbier, deux journalistes passionnés.

Si André Rousselet parle un jour, beaucoup devront se taire.

– Savez-vous, me confia-t-il, ce que François Mitterrand m'a dit le soir même de l'élection de Chirac : « Ça va être pittoresque ! »

Mitterrand savait choisir ses adjectifs.

Paris, 25 février

Minouche est morte ! On l'a enterrée hier après-midi à Monaco, à l'heure même où je montais sur la scène du petit théâtre de Firminy, dans la banlieue de Saint-Étienne. J'ai chanté, comme si c'était possible de chanter, la tête ailleurs, le cœur au bord des lèvres. Je n'ai aucun mérite à cela, il ne s'agit pas de courage, mais d'une force qui me dépasse. Je suis mon propre spectateur ébaubi, je me regarde faire en me demandant comment je fais. Durant le spectacle, j'ai été tenté à plusieurs reprises de dédier une chanson à Minouche, de dire quelques mots de mon chagrin et du souvenir ébloui de ma jeunesse, entre elle et Stéphane à Montmartre, il y a plus de vingt ans. Je n'ai pas pu, pas voulu tirer sur cette corde-là.

La mort ne se donne pas en spectacle. J'ai chanté. Minouche est morte et j'ai chanté. Un jour c'est moi qu'on enterrera et le monde continuera à chanter de plus belle. « C'est la vie », disait mon père qui n'avait pas plus d'illusions que moi. Aussi scandaleux que cela nous paraisse, le monde chantera après nous.

Paris, 26 février

Une dame anglaise, vivant à Genève, qui écoute Jean Ferrat, lit Louis Aragon et verse des dons à la Fondation Brigitte-Bardot, m'écrit ceci qui m'a fait sourire un peu :

« Nous avons en commun une propension à faire des testaments. Je parie, toutefois, que je vous bats sur le plan de la précocité car je me souviens d'avoir rédigé mon premier testament à l'âge de dix ans. Certes, dans l'Angleterre austère de l'après-guerre, les gosses ne possédaient pas d'ordinateur, consoles de jeux, téléviseur, téléphone portable, souliers Nike, mais j'appartenais à une famille privilégiée. Naissance aux Indes, élevée par une *nanny*, internat dès dix-huit ans... Si bien qu'à dix ans je possédais assez pour prendre mes précautions. Plus récemment, je viens d'en faire un vrai, léguant 35 % de ma fortune à ma famille anglaise, 25 % à des œuvres de bienfaisance et les 40 % restants à trois personnes : mon professeur d'histoire de l'art et de littérature, dont je suis amoureuse depuis six ans ; ma coiffeuse et ma femme de ménage. »

Cette dame prévoyante, si je compte bien, doit avoir un peu plus que mon âge. Mais quel âge a donc ce professeur dont elle est amoureuse ? Je parierais qu'il est avenant. Loin de moi pourtant l'idée de lui reprocher son goût tardif pour les cours du soir. Je pense à la réponse de Coco Chanel que l'on interrogeait sur ses amours : « Un vieux, quelle horreur, un jeune, quelle honte ! » Elle avait tort, l'amour n'est jamais une honte.

Paris, 28 février

Derniers paysages d'hiver à la vitre des trains qui nous emmènent chanter à Saint-Étienne et à Clermont-Ferrand. Nous : mes musiciens, Aïda, Vincent et moi, belle équipe en vadrouille. Pour combien de temps encore ? J'ai de moins en moins envie de me montrer, le matin, surtout, je me fais peur dans ma glace. L'idée que je vais devoir affronter le monde et me présenter sous les projecteurs (comme si j'étais le phénix des hôtes de ces bois) me semble déraisonnable.

À quoi bon courir partout, se montrer quand on n'est pas beau à voir ? J'y vais pourtant. D'abord je maudis ma faiblesse et puis, au fil des heures, je me persuade qu'en desserrant d'un cran ma ceinture ça ira, que finalement je n'ai pas si mauvaise mine, que je peux encore. Encore un peu.

Aïda ! Trente ans hier que nous nous supportons. Plutôt bien. Elle a tout vu, tout entendu, tout compris ou presque. Si elle ne lave plus mes chemises, elle ne me quitte pas, sa mémoire me saisit souvent. Elle a tout retenu avec gravité. C'est à elle un jour que l'on pourra demander de mes nouvelles, si ça intéresse quelqu'un.

Morterolles, 1er mars

Que la « gloire » de Morterolles soit usurpée, c'est l'évidence même, il suffit d'y venir faire un tour pour s'en convaincre. Un village comme tant d'autres en France, que rien ne distingue. Je me retrouve ici pourtant mieux que nulle part ailleurs. Mes repères sont là, sur les pas de Stéphane. Je passe là où il passait, je m'arrête là où il s'arrêtait, où nous allions ensemble, je vais. Ma promenade est sans issue, mais elle est belle.

Il n'y a plus d'école depuis longtemps, ça n'a pas d'importance ; la poste n'ouvre plus que le matin, elle finira par fermer pour toujours, c'est plus ennuyeux. Le maire s'en inquiète.

– Songe, me dit-il, qu'il n'y a que douze clients par jour, soit trente-quatre minutes d'activité... Ce n'est pas assez pour maintenir un fonctionnaire en place, même à mi-temps.

Il y a quinze ans, on parlait déjà de la fermeture possible du bureau de Morterolles. Sur les conseils du receveur de l'époque, Stéphane s'était empressé d'ouvrir un compte postal, j'envoie moi-même plus d'une centaine de lettres par mois, j'en reçois le double, rien n'y fera. Après l'école, le bar-tabac-épicerie, la poste fermera.

Et l'église ? Son triste état n'afflige personne apparemment, sauf moi qui ne crois pas en Dieu et la femme du Duc qui y croit pour moi. Lira-t-on bientôt ceci : « Pendant les travaux, la messe continue » ?

Le maire vient de me répondre que ce n'était pas possible.

– C'est trop dangereux, la voûte menace de s'effondrer. J'ai fait interdire les cloches par mesure de sécurité. Il y en a au moins pour deux ans avant le retour à la normale...

Les heures arrêtées au clocher de l'église pour « au moins deux ans », autant dire une éternité. Voilà qui n'est pas normal. J'ai l'impression d'être sourd, ces signes de vie qui rythmaient mon silence à intervalles réguliers me manquent déjà... Deux ans ! Et si les cloches n'allaient reprendre leur envol que pour mon enterrement ?

Je crois toujours qu'il est trop tard pour tout. Le maire, Bernard Brouille qu'on appelle BB par ici, voulait me voir « deux minutes sans te déranger », pour savoir quoi répondre à un monsieur de Belfort qui s'étonne que le clocher de Morterolles soit identique à ceux que l'on trouve chez lui en Franche-Comté. Il en veut pour preuve la couverture de mon journal 2002, *Lentement, place de l'église.*

– Réponds-lui que non, le clocher de Morterolles n'est pas celui qui illustre mon livre, mais celui d'un village dont j'ai oublié le nom, quelque part en effet sur le territoire de Belfort.

Bernard prend très au sérieux la réputation de la commune qu'il administre avec bonhomie et fermeté.

– Tu as bien arrangé le coin, me dit-il. À part un ou deux casse-pieds, toujours les mêmes, les gens dans l'ensemble sont fiers de te compter parmi eux...

J'en ai profité pour lui demander s'il était envisageable qu'il me vende un jour le vieux lavoir devant ma maison, fermé depuis l'invention de la machine à laver. Il n'y a plus de lavandières à Morterolles, plus d'épicier, de maître d'école, de boulanger, plus d'église ni de curé, il n'y a plus que moi pour croire encore au Père Noël. Je suis ce pessimiste, persuadé qu'il va mourir dans la minute suivante, qui continue de « tirer des plans sur la comète » et de planter des arbres en espérant les voir monter jusqu'au ciel.

Pour le lavoir, je vais devoir attendre, le maire ne m'a pas paru décidé.

– Les cantonniers en ont fait leur hangar à outils, et puis surtout il sert de remise pour le corbillard. Nous tenons à le conserver, tu comprends !

Morterolles, 3 mars

Nous parlons comme avant, Bertrand D. et moi. Comme avant tout ça qui n'était pas imaginable quand il sc couchait très tard. Montmartre. Il se lève tôt maintenant, il travaille plus qu'il ne danse et me téléphone souvent entre midi et treize heures. Si je notais ici ce qu'il vient de me confier à l'instant (en riant comme avant), sa petite phrase mettrait le feu aux salles de rédaction. Bertrand D. ne m'a pas demandé de tenir secrets ses propos, il est trop bien élevé pour même imaginer que je puisse les rapporter. Quand il me parle, Bertrand D. a trente ans. Il n'est pas prudent avec moi parce qu'il sait qu'il peut me faire confiance. Cela rend nos conversations plaisantes, notre amitié encore possible. Je l'appelle Bertrand D. pour énerver quelques plumitifs. Quand ce journal paraîtra, la petite phrase du maire de Paris sera toujours d'actualité.

Morterolles, 4 mars

Il n'y a que Françoise qui réussisse le soufflé au fromage aussi bien que ma grand-mère. Ce fut un régal avec du gewürztraminer. Nous avons regardé un documentaire tiré du livre de François Dufay, *Le Voyage d'automne*, celui que firent en novembre 1941 quelques gens des lettres françaises à Weimar, en Allemagne, quand ce n'était peut-être pas le moment.

« Qu'aurions-nous fait à leur place ? » a dit François Nourissier qui pose toujours les bonnes questions, là où tant d'autres aboient avec la meute. Qu'aurions-nous fait ? Le doute est possible. Pourquoi le nier ?

Morterolles, 5 mars

Emmanuel a emballé la Baronne. Ils se sont rencontrés au pied de l'estrade sur laquelle je chantais hier dans un hangar pourri à Limoges, devant mille cinq cents personnes assez bienveillantes qui s'étaient pressées pour m'entendre. Un hangar ! Il ne restait plus qu'un hangar. J'ai dû m'en contenter. J'aurais préféré qu'Emmanuel me voie « triompher » en des lieux plus scintillants mais bon, il m'a paru ravi d'être là, parmi nous, avant, pendant et après ce spectacle prévu depuis des mois salle Jean-Moulin, trop petite finalement pour contenir la foule des grands soirs.

Nous sommes ensuite allés dîner tous ensemble à Aixe-sur-Vienne. Le Baron avait sorti ses meilleures bouteilles. Ce fut gai. Serge T. a pris des photos d'Emmanuel sur mon épaule. S'il a emballé la Baronne, il n'a pas laissé indifférents mes musiciens que les garçons d'ordinaire n'emballent pas forcément. Bien joué ! Celui-là fera l'unanimité s'il a dans l'idée de se fiancer avec moi. Il peut prendre peur aussi de ses démons et rentrer chez lui repeindre les volets de la chambre où sa femme l'attend.

– Vous me manquez déjà, m'a-t-il dit.

Ce n'est pas innocent dans la bouche d'un père de famille.

Morterolles, 8 mars

Ce journal commencé à la mort d'un jeune homme finira à la mienne. Ceux qui s'agacent (quelques mâchoires se crispent, quelques plumes se raidissent) devraient se détendre, je n'ai pas prévu de mourir dans les jours prochains.

Pourvu qu'on ne touche pas à la mémoire de Stéphane, à son amour pour moi, à mon amour pour lui, on peut tout dire, tout écrire de ma littérature, de mes chansons, de la couleur de mes chemises. Mon indifférence à ce qui n'est pas lui est totale.

Premières jonquilles sur mon bureau, jolies taches jaunes, parfumées. Elles annoncent la mauvaise saison. Mars est un mois détestable qui ne sait pas ce qu'il veut.

Morterolles, 9 mars

Nous attendons toujours le bon vouloir du notaire des vendeurs pour concrétiser la vente de la maison d'en face, celle des morts. J'ai déjà le devis de l'entreprise qui se chargera de la démolir. J'attends ce jour comme une fête. Je veux être là, voir ça, me réjouir du trafic des pelleteuses et des marteaux-piqueurs. Bientôt des arbres, une mare à canards, un lilas mauve surgiront des ruines. Maître D. m'informe que son confrère du Nord a le droit pour lui, qu'il peut retarder la signature définitive de l'acte jusque fin avril.

Morterolles, 10 mars

Le Duc a dansé la nuit dernière en traversant la cour après dîner. Deux verres de champagne auront suffi à le rendre léger, lui que ses jambes ne portent plus qu'à tout petits pas. Il a dansé et sa femme a reconnu qu'ils buvaient peut-être un peu trop d'eau minérale chez eux où ils n'ouvrent du vin que pour leur fils et moi.

Je les avais conviés à dîner avec la coiffeuse et son fiancé. Serge T. nous a fait rire. Soir de « gala » aux bougies, champagne donc, et le Duc a dansé. Le fiancé de la coiffeuse est un gaillard timide. Il m'a porté une boîte de chocolats et mon dernier journal à lui dédicacer.

– Il n'osera pas vous le dire, mais François achète tous vos livres et en plus, il les lit.

– Ah bon !

– Si, si, je vous assure, il les lit.

La femme du Duc était toute contente de me surprendre. « Vous pourrez l'inviter chez vous, c'est un homme bien », m'avait-elle dit dès les premiers jours où il est apparu sur la place de l'église. Je compte sur lui maintenant qu'il y habite pour lui rendre un peu de son harmonie malmenée.

Morterolles, 11 mars

Les chercheurs, des gens qui en principe ne nous veulent que du bien, sont en grève. Ils démissionnent pour protester contre leurs conditions de travail, leurs salaires indécents. Qu'on leur donne ce qu'ils méritent et vite, les virus et autres saloperies n'attendent pas. Si le gouvernement n'a pas d'argent, qu'il le prélève sur le budget de la Culture qui n'a pas besoin d'être subventionnée à tire-larigot et sur celui de l'Armée qui ne sert plus à rien.

J'aime bien les artistes et les militaires, mais c'est Pasteur qu'on assassine.

Morterolles, 12 mars

« À quoi tient la composition de votre journal ? Comment choisissez-vous de raconter tel épisode de votre journée plutôt qu'un autre, de rapporter les propos des uns et pas ceux des autres ? Comment décidez-vous de l'intérêt d'une pensée ou au contraire de son insuffisance ? »

Je n'en sais rien. À mon humeur, sans doute. Selon que je suis triste ou gai, mon propos sera tendre ou piquant. Si je ne trouve pas mes mots, mes seules armes de défense, je renonce à me battre, je décrète que l'épisode ne vaut pas une ligne. Au bout du compte, en bas de la page, la surprise sera pour moi.

J'ai répondu cela, ou à peu près, à Jean-Michel A. qui m'interrogeait sur « les mystères de la création » hier à table à Limoges où nous avons des habitudes. C'est un garçon jovial, donc mélancolique (si l'on n'est pas profondément mélancolique, on n'a aucune raison d'être jovial), qui enseigne le français dans quelque établissement scolaire de l'Indre. Je le soupçonne de voter à gauche. Il chante aussi des couplets bien troussés. Son père joue de l'accordéon dans la Creuse.

L'été prochain nous irons voir les garçons qui font de la planche à voile sur le lac de Vassivière. Il espère m'entraîner à Noël sur le plateau de Millevaches où « il neigera sûrement ».

Jean-Michel inscrit parfois mon nom au tableau noir de sa classe de 6e sous un alexandrin qu'il juge parfait : « La bonté en sautoir est un bijou en toc. »

– Et puis j'ai prêté le volume II de votre journal à un adolescent qui vous déteste...

– Et pourquoi donc ?

– Pour qu'il vous aime !

Paris, 13 mars

Des mariés à ma fenêtre comme si tout allait bien. Ils prennent la pose que leur recommande le photographe pour que Notre-Dame soit sur la photo. Leurs cousins de province n'en reviendront pas d'une si belle noce à Paris au printemps. Bientôt la mariée sera grosse et son mari chauve. Les traites impayées de la maison, l'assurance de la voiture, les factures de leurs téléphones portables et l'amour au quotidien auront eu raison de leur jeunesse. Le plus probable est qu'ils auront divorcé avant même d'avoir fini de rembourser le crédit de leur chambre à coucher.

Paris, 14 mars

« Une messe est possible. » Me revient souvent à l'esprit cette autorisation nonchalante de François Mitterrand, laissée aux bons soins de ses héritiers. Elle suffirait, s'il en était besoin, à justifier notre attachement à sa personne, à sa manière de faire et de dire.

Je vérifierai la semaine prochaine à Morterolles si j'ai bien ajouté, comme je le pense, la précision mitterrandienne à mon propre testament : « Une messe est possible. » Je la préférerais en latin puisque, de toute façon, il n'y a rien à comprendre aux mots des églises, seuls comptent la musique et les parfums qui vont avec.

Paris, 16 mars

Philippe est à Cuba, l'île préférée des bobos dans son genre, invité par l'Alliance française à l'un de ces colloques dont raffolent les écrivains français. Weimar, Moscou, Cuba, quelle que soit la saison les gens de lettres ne refusent jamais un voyage officiel et les tapis rouges qui vont avec. Ils rentrent fâchés parfois, tel Gide, ou enivrés, comme Sartre, du vent de liberté qui soufflait sur la place Rouge au temps de ce bon maréchal Staline.

Dans quel état d'exaltation Philippe, qui me manque déjà, rentrera-t-il de ce paradis de la démocratie où les garçons sont si tentants, paraît-il, qu'il se sera laissé tenter ? Les colloques ça va bien cinq minutes, après quoi les écrivains qui sont des hommes comme les autres se demandent avec qui ils vont bien pouvoir coucher.

Paris, 17 mars

Je suis toujours à l'heure, un peu en avance même, alors je traîne dans le quartier du restaurant où j'ai rendez-vous avec des gens qui ne seront d'ailleurs pas arrivés quand j'entrerai à l'heure dite.

L'exactitude est une espièglerie que personne ne comprend, avant de sonner à la porte de qui m'attend, je vérifie ma montre. Ce réflexe me vaut une réputation d'enquiquineur là où l'on devrait vanter ma politesse. Soyez en retard, on vous trouvera des excuses, dites que vous êtes débordé, on vous croira, peut-être même vous plaindra-t-on. Soyez précis, à la minute près, on raillera votre névrose, les plus aimables vous tiendront pour un original.

Paris, 18 mars

« Mais enfin, mon cher Gide, tous ces enfants sur vos genoux, ces petits marchands de pistaches dans votre lit, quand même...

– Ne vous inquiétez pas, cher Jouhandeau, mon prix Nobel me protège ! »

Ah, l'heureux temps où Gide pouvait se vanter dans son journal de ses cabrioles tunisiennes sans craindre les ligues de vertu et autres professeurs de morale !

Ah, l'heureux temps des petits marchands de pistaches ! Ce que personne n'osa jamais reprocher à Gide (sinon Jouhandeau pour sourire) ferait traîner en place publique, voire en cour d'assises, le premier qui entreprendrait aujourd'hui de rapporter par le menu ses ébats singuliers et charmants à Sidi Bou-Saïd ou ailleurs.

Berl me disait en s'esclaffant : « L'Académie française ne sert à rien qu'à vous éviter quelques affaires de mœurs. »

J'espère pour les galopins qui en sont (de l'Académie) que les choses s'arrangeraient aussi bien qu'autrefois s'ils étaient surpris, ce qu'à Dieu ne plaise, en situation délicate.

Paris, 20 mars

Devant l'imposante toile blanche, ou presque, signée de Ryman qui domine le salon des Berri où l'on boit du champagne avant de passer à table à vingt heures quinze précises pour m'être agréable, Claude s'est exclamé, extatique : « C'est Monet sans les nénuphars ! »

Mais enfin, que voit-il, notre Claude, que nous ne voyons pas, nous qui l'aimons tant et voudrions avoir ce don qu'il a d'imaginer l'inimaginable ? « Du Monet sans les nénuphars », j'eus beau faire hier soir encore un effort de concentration, chercher un sens, une émotion, je n'ai rien vu. Je me suis heurté à un mur, un de ces murs blancs d'une chambre d'été quelque part au bord de la Méditerranée, en Grèce peut-être où j'ai des souvenirs de vacances tristes, un mur recouvert à la hâte d'une pâte élastique lavable.

Le peintre s'appelle Ryman (je viens de demander à Philippe de m'épeler son nom), j'ai un peu honte d'être si nul, moi qui jugeais sévèrement ceux de mes proches que Sonia Delaunay laissait dubitatifs quand Montmartre et Morterolles étaient à ses couleurs. Claude serait en droit de me tenir pour un gros bêta. Je ne cours pas ce risque, Claude est indulgent avec moi, sa femme ayant décidé une fois pour toutes que j'ai raison, de toute façon.

Les Berri ont des amis qui leur ressemblent : doux et cultivés. Nathalie avait placé à ma droite une jeune femme ronde, rousse et pâle, du genre qui me bouleverse, que je séduis à coup sûr, le genre de femme qui va me comprendre forcément.

Il y avait Marie-France, l'icône gay de l'Alcazar de Paris, le fantasme inavouable de tous les mâles. Il y avait Diane, la petite-fille de Picasso, c'est écrit sur sa figure, sur son sourire. « Moi je trouve que je ressemble à ses peintures plutôt qu'à lui », m'avoua-t-elle drôlement sans laisser paraître la moindre fierté de cette évidence qui me la fit aussitôt regarder autrement. Des traits de pinceau de son grand-père sur son nez et l'ovale de ses joues, elle n'a pas à se plaindre. Il y avait un monsieur chargé d'acheter des tableaux pour le musée d'Orsay. Claude m'a d'ailleurs conseillé de lui proposer les miens. Il y avait Frédéric B., l'ex-mari de Nathalie, un compositeur étonné. Il y avait Jérôme et Philippe, à qui Claude a commandé le scénario d'un film où j'aurai mon rôle à jouer. D'ici là...

Avant de m'offrir discrètement un étui à cigarettes en argent, Nathalie a voulu savoir si celui que j'avais posé sur la table du salon à l'heure du café m'avait été offert par Stéphane.

Nathalie veille sur lui, qu'elle n'a pas connu, et quand elle m'embrasse, elle m'embrasse pour lui aussi.

Paris, 21 mars

Dîner dans la cuisine chez Christine Clerc. Crème de courgettes, coquilles Saint-Jacques rôties, tarte au chocolat et aux framboises, feu de cheminée et calva de sa Normandie natale, un chic fou. Christine cuisine comme elle écrit : vite et bien. De la saveur et du style.

– J'ai invité ma meilleure amie, elle vous plaira beaucoup, vous verrez.

J'ai vu. Madeleine est corse, mais elle ne pense pas que cette qualité lui donne des droits sur les gens du Nord-Pas-de-Calais. Nous nous sommes donc bien entendus et nous avons parlé politique. Nous adorons ça, Christine et moi, la politique. Son théâtre d'ombres, ses margoulins et ses faux nez. Elle craint que Nicolas Sarkozy n'accepte d'être premier ministre si Chirac a la malignité de lui proposer le poste.

– Vous croyez qu'il fera cette bêtise ?

– Oui, car il voudra prouver qu'il peut réussir là où les autres ont échoué.

Christine a raison, l'orgueil est un moteur qui s'emballe parfois, mais nous savons aussi qu'en politique rien n'est jamais joué. Nous nous reverrons d'ici là.

Paris, 22 mars

Philippe est arrivé, essoufflé, juste avant vingt heures, précédé d'une courte tête par Benoît Duteurtre, sa baguette de pain sous le bras, venu en voisin écouter avec nous le résultat des élections.

Champagne pour eux, vodka pour moi. Nous avons ri. Comment ne pas rire avec ces deux-là qu'un rien égaye ? Si un micro avait été branché sous la table, nous ne pourrions plus sortir dans les rues, nos livres seraient interdits. Des pestiférés. Philippe (qui a des copains à *Libération*) un peu moins que nous quand même. Une chose est sûre et là, nous sommes tombés d'accord : le petit Besancenot a un beau cul vraiment, le vélo sans doute. Au chapitre de nos réjouissances hier au soir : la défaite et les fesses du facteur. Dois-je préciser que nous ne lui voulons aucun mal ?

– De toute façon, s'est exclamé Philippe toujours très modéré, il n'y a rien à tirer de ce garçon-là... c'est un con... hétérosexuel au dernier degré comme on est grand brûlé.

Paris, 23 mars

Une lettre entêtante que je me décide à déposer ici trois jours après l'avoir reçue. Elle tombe du ciel.

« Cher monsieur

« Un souvenir me revient. Je vous le donne. Il faut repartir dix-sept ans en arrière pour retrouver le soir où vous êtes entré au Petit Monde, un restaurant-piano-bar, situé sur les quais, près de la place Saint-Michel. Vous étiez dans les pas de celui que vous aimez d'éternité. J'étais au piano, je chantais ; quelques mots échangés. Stéphane s'est approché et, d'une manière très simple, en secret, en enfant, voulut vous offrir une chanson dont je n'ai jamais perdu le titre : *Fou de vous.*

« Et puis chacun est reparti vers son univers. Le mien se dessinait déjà, apparemment très éloigné des nuits parisiennes. Je le pensais. Mais l'humanité ne fait qu'un. Aujourd'hui, je suis prêtre, infiniment heureux de servir enfin la Source de l'Amour.

« Je ne sais pas si des prêtres vous écrivent ; je ne sais pas pourquoi cette idée m'est venue. Sans doute voulais-je simplement que vous sachiez qu'un serviteur de Dieu, discrètement, prie pour vous. Aux heures difficiles, appuyez-vous sur lui. Il faut qu'il serve. C'est son rôle et son appel.

« Je me permets, en Marie qui vous aime et vous suit, de vous adresser mes amitiés. »

Dix-sept ans ! Je compte sur mes doigts, dans ma tête défaite comme jamais ce matin. Je compte. Dix-sept ans... 1987. Nous venions d'acheter Morterolles, Stéphane n'avait pas vingt-cinq ans, ce qui l'attendait n'était même pas pensable, ce qui l'attendait portait un nom écrit en noir dans les journaux, quatre lettres, un mot qui allait faire trembler le monde. Un mot que je n'ai jamais pu prononcer. Il nous restait alors quelques mois d'insouciance, les derniers de sa vie et de la mienne, la suite allait s'écrire en pourcentages sur des relevés d'analyses de sang.

Le mal était-il déjà fait au printemps 1987, quand Stéphane s'est approché d'un autre jeune homme pour lui demander de jouer pour moi une chanson d'amour ?

Je suis bouleversé que des gens parmi la foule, des inconnus de moi, des passants entrevus, un prêtre à Marseille, se souviennent de Stéphane aussi beau qu'il l'était, aussi fier de moi que je le dis, que je l'écris dans ces pages. Étions-nous seuls ? Accompagnés d'amis ? Que faisions-nous là ? J'ai tout oublié de cette soirée dans un piano-bar de la place Saint-Michel, un quartier que nous ne fréquentions pas souvent. « Vous étiez dans les pas de celui que vous aimez d'éternité. » Je donnerai cher pour que recommence la musique de ce soir-là. Un vague souvenir me revient à l'instant de cette chanson d'un jeune premier de l'après-guerre dont nous achetions les disques au Marché aux puces le dimanche. Jean-Paul Vignon ? Jean-Paul Mauric ? Jean Marco ? Je vais téléphoner à ma chère Fétiche, une femme de feu qui fit flamber le Carrousel de Paris avant de devenir ma collaboratrice. Elle sait tout des jeunes premiers de ces années-là qu'elle ramassait à ses genoux au bout de la nuit, à l'heure indécise où tout devient possible. « Fou de vous », dit la chanson. Il me semble bien maintenant que Stéphane l'a chantée à la télévision. Je ferai rechercher le document pour le moment où j'aurai la force de le revoir vivant.

Je peux dater les photos de Stéphane à l'horizon de son sourire, à la rondeur de ses joues, je ne me trompe pas. Sur celle qui vient de s'échapper d'entre les pages du livre de Maurice Sachs, *Le Sabbat*, il a l'âge et le sourire qu'il avait (j'en suis certain) quand il s'est approché du pianiste. Que cette photo resurgisse de l'oubli en tombant d'un livre que je n'avais pas touché depuis au moins quinze ans me ferait croire en Dieu s'il n'était pas trop tard pour le faire.

Paris, 24 mars

Le discours des parents d'élèves est à pleurer de niaiserie, celui des instituteurs (on dit « enseignants » si l'on veut faire mode) ne vaut guère mieux. On ne voit qu'eux, ils ne sont jamais contents de rien. On n'entend qu'eux, ils font un ramdam de tous les diables dans la rue, à la télévision. Les adultes face à la jeunesse sont le plus souvent ridicules, les parents d'élèves affublés de leur géniale progéniture carrément imbuvables. Leur parole est molle là où elle devrait être ferme et entraînante, leur pensée convenue, humaniste et « citoyenne », naturellement.

Assez de ce jargon socioculturel. Rien ne m'ennuie comme ces histoires de lycéens boudeurs, de lycéennes en string qui n'ont pas froid aux fesses. On accorde trop d'importance à leurs grimaces ; leur « mal-être », disent les psy qui ne ratent jamais une occasion de se donner en spectacle. Assez ! Les jeunes ont leurs chagrins qui furent les nôtres, ça ne les dispense pas d'être aimables. Ils ont dans leurs sacs à dos des préservatifs, des téléphones portables, des cigarettes, en chocolat bien sûr, et des calculettes électroniques. Ils n'ont même plus besoin d'apprendre la table de multiplication. De quoi se plaignent-ils ?

Morterolles, 25 mars

« Quel livre de Jouhandeau me conseillez-vous pour commencer ? » Je veux répondre ici aux lecteurs qui m'interrogent non seulement sur l'œuvre de Jouhandeau, si peu connue et si vaste qu'elle les intimide, mais également sur celle de Chardonne, de Montherlant et de quelques autres écrivains français que j'évoque dans ce journal et qui n'encombrent pas les vitrines des librairies. Le problème est là. Les livres de Jouhandeau que l'on réédite ne sont pas ceux que je recommanderais d'emblée. *Les Argonautes*, *De l'abjection*, même *Chaminadour* (un chef-d'œuvre certes, mais daté) pourraient rebuter des jeunes lecteurs pressés ou de moins jeunes encore curieux. Pour approcher Jouhandeau dans les meilleures conditions, il faut passer d'abord par le *Mémorial* ou par les *Journaliers*, et se donner la peine de les sortir de la poussière où ils dorment chez les bouquinistes et les libraires distingués. Sur Internet aussi où, comme à la Samaritaine, on trouve tout. Pas d'excuse, donc. La bibliothèque introuvable que je propose aux amateurs qui me la réclament se mérite. Voici, de mémoire et dans le désordre, quelques milliers de pages de littérature française, parmi les meilleures et les moins connues.

De Marcel Jouhandeau : *La Paroisse du temps jadis* ;

Le Fils du boucher; *Apprentis et garçons*; *Le Livre de mon père et de ma mère*; *Le Langage de la tribu*; *Bon an, mal an*; *Descente aux enfers*; *Réflexions sur la vieillesse et la mort*; *La Mort d'Élise*; *Dans l'épouvante le sourire aux lèvres*; *Prudence Hautechaume*...

De Jacques Chardonne : *Le Bonheur de Barbezieux*; *Matinales*; *Eva*; *Romanesques*; *Chimérique*; *Le Ciel dans la fenêtre*; *L'Amour c'est beaucoup plus que l'amour*; *Ce que je voulais vous dire aujourd'hui*...

De Paul Léautaud : *Journal* (19 volumes) ; *Propos d'un jour*; *Passe-temps*; *In Memoriam*; *Le Fléau.*

De Henry de Montherlant : *Le Fichier parisien*; *Va donc jouer avec cette poussière*; *La Marée du soir*; *Tous feux éteints*; *Mais aimons-nous ceux que nous aimons ?*

De Emmanuel Berl : *Sylvia*; *Présence des morts*; *Rachel et autres grâces*; *À contretemps*; *La Fin de la Troisième République*; *Tant que vous penserez à moi.*

De Maurice Sachs : *Le Sabbat*; *Chronique joyeuse et scandaleuse*; *La Décade de l'illusion.*

Je m'arrêterai là. On ne m'en demande pas plus. Je n'ai pas à tenir le catalogue des classiques, il y a des écoles et des dictionnaires pour cela. Si à Proust je préfère Jouhandeau, à Louis-Ferdinand Céline Jean Genet, je ne tiens pas le *Voyage au bout de la nuit* et *À la recherche du temps perdu* pour des pochades. On n'attend pas de moi, je suppose, que je répète ici ce que tout le monde a déjà dit, écrit, juré. Qui y a-t-il à ajouter à la gloire d'Aragon quand la statue de Jouhandeau n'est toujours pas dressée place du Marché, à Guéret, et qu'aucune prison en France ne s'appelle « Notre-Dame-des-Fleurs » ?

Morterolles, 27 mars

Laurent T. ne me téléphone plus. Il a dû se lasser de mon mutisme ces dernières semaines où je ne répondais plus que du bout des lèvres à ses appels affectueux.

Je n'ai pas grand-chose à dire à qui s'éloigne après avoir été si proche de moi, il faut savoir ce que l'on veut : ou l'on me garde ou l'on me laisse. Depuis qu'il vit à Annecy, occupé par une autre histoire, disposé à d'autres amours, je ne peux rien pour lui. Je veux qu'il m'oublie ou qu'il revienne. Je ne broncherai pas. Laurent avait pris dans ma vie, en douce, une place originale, je m'étais habitué à compter non pas sur lui, mais avec lui. Il est le seul garçon qui aura changé l'eau des fleurs ici, aidé Christiane à faire les lits, le seul qui se sera inquiété quotidiennement de ma santé, de mon âme.

Je ne suis pas malheureux, seulement triste pour lui qui ne sera jamais heureux nulle part ni avec personne.

Moi, j'ai appris à vivre sans m'attarder sur les quais de gare, ni au téléphone avec ceux qui s'en vont. J'ai trop à faire avec ceux qui restent.

Morterolles, 28 mars

Il cavale partout. On se l'arrache ! Après sa semaine cubaine, où il s'éprit d'un jeune professeur de langues « entreprenant » rencontré sur le balcon de l'ambassade de France à La Havane et un bref voyage en Allemagne, à Essen, « une riante bourgade », où il était attendu par une foule d'étudiants pour animer un colloque sur la mort, et avant son départ pour Québec... Philippe vient de m'appeler de Monaco. Il a passé quatre jours aux frais du prince avec Jérôme B., notre camarade de jeux.

– Un rêve, une folie mondaine, tu aurais dû nous voir... Nous avons dîné dans la cuisine privée d'Alain Ducasse, dormi à l'Hermitage, naturellement, et flambé au casino (enfin Jérôme surtout) avec quelques prolétaires charmants, ma foi... Mais rassure-toi, je rentre ce soir à Paris car j'ai rendez-vous à minuit précises aux Bains-Douches pour fêter la victoire de la gauche. Les renseignements généraux sont formels, ce sera un raz-de-marée socialiste, tu entends ? Un raz-de-marée.

Cette ponctualité, ce dévouement fraternel, cette compassion pour le peuple prouvent assez, s'il en était besoin, que mon Philippe est vraiment, comme moi, un homme de gauche.

Morterolles, 29 mars

Ils font un peu pitié, quand même, tous ces gens qui espèrent que le gouvernement fera leur bonheur. Comme si le bonheur se décrétait en conseil des ministres, et pourquoi pas vendu en solde dans les supermarchés ?

Ils seront déçus forcément, et on ne les plaindra pas, ceux-là qui votent pour être heureux. Jamais, cette drôle d'idée ne m'a traversé l'esprit. Même lorsque je votais à gauche avec un enthousiasme déraisonnable, je n'attendais pas de l'État qu'il me prenne en charge, qu'il change ma vie. Je n'étais pas bien riche, pas bien malin que j'avais compris déjà, à quinze ans, avant même d'avoir lu Jouhandeau, qu'il ne faut exiger l'essentiel que de soi.

L'État a quatre missions capitales : faire régner l'ordre – sans quoi rien n'est possible et la guerre civile inévitable –, veiller à la santé publique, soutenir la recherche et, enfin, diriger convenablement l'école laïque. Pour le reste, que chacun se débrouille. L'État n'a pas à se mêler de ce qui ne le regarde pas.

Paucard est allé voter « quand même » et ça l'a « dégoûté », tous ces bulletins les uns sur les autres dans l'urne transparente. Il appelle ça « une partouze démocratique ». Paucard n'ira donc plus voter, il vient de me l'annoncer officiellement. Ce n'est pas la partouze qui le choque, mais qu'elle soit autorisée à n'importe qui. Nous pensons comme lui : tout le monde ne devrait pas avoir droit à ces plaisirs démodés.

Ma lectrice corse m'écrit régulièrement des choses très amusantes comme celle-ci ce matin :

« À propos des "cultureux" qui font tant de tapage, il faudrait leur rappeler que Balzac et Alexandre Dumas, entre autres, n'écrivaient que lorsque les huissiers frappaient à leur porte. Moralité : s'ils avaient bénéficié de l'assurance chômage, nous n'aurions jamais eu *Eugénie Grandet* et *Les Trois Mousquetaires.* »

C'est un peu vite dit, mais assez bien vu.

Morterolles, 30 mars

Me voilà plongé dans le journal 2001 de Renaud Camus, *Sommeil de personne*, un beau titre, incompréhensible, mais curieusement évocateur. « Sommeil de personne », c'est déjà quelqu'un, on pense à un amant endormi, un garçon de passage dont on ne saurait rien que le sourire d'ange sur sa bouche entrouverte. Le libraire de Strasbourg, emballeur, et d'ailleurs emballant, qui m'a offert le livre de Renaud (sorti depuis un mois dans la plus parfaite discrétion), parut surpris que celui-ci ne me l'ait pas envoyé. Je n'attends pas de mes amis qu'ils m'envoient leurs livres pour les lire, aussi me suis-je jeté la nuit dernière sur les deux cents premières pages de ce quinzième volume avec gourmandise.

Pas un seul amant endormi ou, au contraire, dans les meilleures dispositions, mais Pierre qui efface tous les autres Pierre et n'aura pas de successeur. Quand Renaud écrit : « Pierre ne tardera pas à rentrer », je lis : « Stéphane ne tardera pas à rentrer. » La littérature sert aussi à cela, à nous faire croire à l'incroyable. À l'amour par exemple. Son château peut s'écrouler, son ordinateur avaler les points-virgules qu'il se donne tant de mal à placer là où il faut, Renaud est sûr que « Pierre ne tardera pas à rentrer ».

Morterolles, 2 avril

« Je n'ai pas le temps de m'ennuyer », disait ma mère. Elle jugeait mal ceux qui ne savent pas quoi faire de leur peau. Je tiens d'elle. J'ai toujours un arbre à planter, une maison à ranger, une chanson à écrire, une idée à rattraper. « Que fais-tu ? » me demandait Stéphane. « Je réfléchis. » Je ne m'ennuie jamais que de lui.

Ici plus qu'ailleurs les semaines finissent avant d'avoir commencé. Je sais bien que c'est une impression, que la fuite du temps est en nous, et, pourtant, quel vertige que ces jours qui s'emballent, car ils s'emballent à mesure que nous ralentissons le pas. Seule l'enfance est interminable, après il est trop tard.

« Déjà Pâques, mon Dieu ! » « Noël sera bien vite arrivé. » Nous avons entendu cela qui ne voulait rien dire quand nous avions dix ans. Si nous le répétons aujourd'hui, c'est que nous sommes vieux.

« À peine voit-on ses enfants naître qu'il faut déjà les embrasser et l'on n'étend plus aux fenêtres qu'une jeunesse à repasser. » Ce couplet, joliment troussé par

Jean Ferrat, chante dans ma mémoire ce matin. Nos maillots, nos chaussettes, les jupes plissées de mes sœurs dansent sur une corde à linge dans le jardin d'Antony. « Déjà Pâques, mon Dieu ! » Le Duc a eu soixante-quinze ans samedi dernier. J'ai l'âge qu'il avait lorsque nous sommes arrivés à Morterolles. La différence reste à mon avantage, mais elle est moins nette, moins triomphante si l'on veut. Il n'y a plus de temps à perdre. Ce sentiment d'urgence dicte mes priorités. « On s'en fout. » Je dis souvent cela : « On s'en fout », ou encore : « Après moi le déluge. » Ce sera mon ultime provocation. Je ne l'appelle pas de mes vœux, mais n'ayant aucun pouvoir sur l'avenir de l'humanité, oui, je m'en fous. Ce n'est pas la Chine qui m'inquiète, mais la toiture de l'église, la gouttière du lavoir. Le Laurent de la mairie m'assure qu'il va dégager des crédits pour les faire réparer. Il a beaucoup de pouvoir ici. Parfois, les cantonniers l'écoutent, ils ratissent autour du monument aux morts et s'en vont vite voir ailleurs si par bonheur je n'y suis pas. Ce Laurent de la mairie doit me trouver bien pittoresque pour la région. Il ne me le dit pas, mais il ne parvient pas à réprimer un sourire juvénile lorsque je le conjure de « dégager des crédits » pour faire accrocher des guirlandes de Noël moins misérables que celles qui pendouillent du 10 décembre au 10 janvier devant la poste, sous les fenêtres de la coiffeuse ou sur la place, accrochées entre deux platanes.

Pittoresque ? Je ne sais pas, mais je vois des choses que personne ne regarde. Les gens foncent chez eux tête baissée, que le monument aux morts ne soit pas éclairé, ils s'en foutent.

Morterolles, 3 avril

À peine avais-je terminé dimanche dernier la page de ce journal sur le silence de Laurent T., qu'il me téléphonait le soir même à l'heure où il sait me trouver ici près du feu.

– Vous êtes seul ?

Va-t-il encore longtemps faire semblant d'être jaloux du moindre garçon qui m'approche ? Peut-être l'est-il, après tout ? Va-t-il se lasser de mon peu d'enthousiasme à lui répondre ? Ce garçon est tellement imprévisible, assez secret même, alors qu'il veut tout savoir, que je ne jurerais de rien. C'est peut-être lui qui sera là, à mon chevet, après la débandade.

Morterolles, 4 avril

C'est fait ! J'ai revu Stéphane chanter la nuit dernière, samedi 3 avril, un peu avant minuit. Ce n'était pas prévu. Même si je sentais monter en moi depuis quelques semaines une force introuvable il y a peu. Ce moment-là ne pouvait pas se prévoir, moins encore se préméditer. Je pensais bien qu'il arriverait comme ça, presque par surprise. C'est fait ! Je me demandais seulement quand et avec qui je serais, et dans quel état.

– Vous êtes sûr que vous allez le supporter ?

Emmanuel, qui tenait la télécommande du magnétoscope, attendait mon signal pour interrompre la diffusion de la cassette du show que je menais au Casino de Paris à l'automne 1989. Stéphane allait paraître à l'écran, il bondissait en scène dès le deuxième tableau, je le savais. J'avais commencé le compte à rebours dans ma tête, sans me décider à crier stop, l'envie de le revoir l'emportait sur la crainte. Je me suis levé pour m'enfuir vers la cuisine, je tournais la tête mais pas vraiment. Emmanuel a répété :

– Vous êtes sûr que vous allez le supporter ?

– Oui, laisse tourner. Je crois que je peux...

Je n'ai pas pris le temps de réfléchir, la moindre hésitation m'aurait fait renoncer. « Plonge, me disait Stéphane, l'eau est toujours moins froide qu'on ne le craint. Plonge, mon amour, si tu coules, je te ranimerai. » Sa voix si joyeuse les étés d'autrefois quand il m'invitait à le rejoindre au milieu de l'étang... Alors, je me suis jeté sur l'écran de télévision, oui, comme on se jette à l'eau. Je n'ai pas eu froid, je n'ai pas pleuré. Le « bonheur » de le revoir vivant l'emporta sur mon chagrin, l'impression de me sentir moins lourd en une fraction de seconde, comme libéré. Stéphane surgissant au bout de la télécommande tenue par Emmanuel, le seul ici capable de faire marcher le magnétoscope arrêté depuis six ans, c'était impensable la minute d'avant. Les images défilent maintenant. Elles brûlent. Ce tableau de la revue, je l'avais inventé et mis en scène pour lui et Minouche. Elle porte un ciré noir, lui un maillot rayé de marin et un bandana rouge noué autour du cou ; la fille du port et le marlou comme on n'en voit plus qu'au cinéma des années trente. Elle chante *Java*, un succès de sa mère, lui une chanson swing de Loulou Gasté. Je suis au bord du rideau rouge, nous sommes le 9 novembre 1989, c'est le soir de la première. Sa chanson terminée, il me rejoint en coulisses, m'embrasse vite et s'en retourne saluer. Rideau. La fête est finie. Qu'est devenu le pompier du Casino de Paris que Stéphane trouvait un peu trop prévenant avec moi et qui l'était ?

Emmanuel a reposé la télécommande sur la table basse du salon, il m'a demandé comment j'allais. Serge T. a remis du bois dans la cheminée.

Morterolles, 5 avril

« Lire à Limoges. » J'ai signé près de mille livres en deux après-midi sous un chapiteau dressé place du Champ-de-Juillet, devant la gare des Bénédictins. Le maire de la ville, venu saluer les écrivains, ne m'a pas vu. Il est un peu distrait, me dit-on.

Retour aux Galeries Lafayette place de la République. Les vendeuses, qui ont au moins dix ans de maison, se souviennent de nos virées dans les étages avec Stéphane. Elles me parlent de lui, de ce temps-là où il dévalisait les rayons des arts ménagers et des vêtements de sport.

– Un jour, il vous a choisi une chemise à carreaux, j'avais pris la même pour mon mari... Et ses yeux verts, oh, là, là, et son sourire... vous pensez, si je m'en souviens...

Il est inoubliable. J'aime qu'on me le répète. Cet après-midi, j'ai acheté une chemise à carreaux beige et bordeaux à sa taille, elle sera trop grande pour moi, mais elle lui aurait plu. Une jeune vendeuse, de trente ans environ, est venue me dire qu'elle m'irait bien, que je pouvais la prendre, que Stéphane aurait choisi la même.

– Je n'étais pas aux Galeries quand il y venait, mais je le connais, je vous lis.

Où que j'aille, il y a toujours une femme inconsolable.

Morterolles, 6 avril

« En vous lisant, je pense à ceux que j'ai tant aimés et qui sont maintenant des anges à la droite du Bon Dieu. »

L'étudiant en théologie qui m'écrit entrera-t-il lui aussi dans les ordres ? Sa lettre – en réalité un e-mail – le laisse à penser, mais on se trompe toujours quand on prête de belles intentions à nos lecteurs émus. Une chose est sûre : j'inspire les âmes pieuses, j'aurai bien mérité une place parmi « les anges à la droite du Bon Dieu ».

Pourquoi à droite ?

Morterolles, 7 avril

Sommeil de personne, suite. Février 2001, Renaud C. est scandalisé que la télévision fasse tant de raffut autour de la mort de Charles Trenet et si peu de cas de celle de Balthus.

Renaud n'est pas méchant garçon, il ne ferait pas de mal à une girl des Folies-Bergère. De là à admettre qu'on puisse enterrer les gens du music-hall autrement qu'en cachette, ça non, il ne le peut pas. Et puis Trenet ! Il en a vaguement entendu parler bien sûr, un chanteur blond du temps de sa mère, oui mais « poète et musicien génial », c'est trop.

Renaud C. préfère aller se coucher plutôt que d'entendre pareilles sottises proférées par des gens de la télévision, dont moi.

Morterolles, 8 avril

Si j'avais voulu m'épargner quelques inimitiés supplémentaires, j'aurais supprimé sur mon manuscrit, avant qu'on ne l'imprime, le court passage de mon dernier journal où je reprends sans précaution sœur Emmanuelle que l'on vénère en « prime time », comme dit Lulu. J'étais sûr qu'on allait me le reprocher, je me doutais bien que j'aurais à répondre à des questions éberluées. Ça n'a pas manqué. À quoi bon ? m'étais-je dit. Supprimons. Pierre S. m'en avait dissuadé d'un mot : Pourquoi ? Oui, pourquoi ?

Sans rien retirer à ces lignes agacées, je veux ajouter ceci : j'attends d'une sainte qu'elle se taise et prie pour mon âme qui en a bien besoin.

Morterolles, 9 avril

Nous attendons toujours que le notaire des héritiers, un abruti consommé semble-t-il, veuille bien retrouver les papiers qu'il a égarés et les procurations de ses clients, nécessaires à la signature de l'acte qui me fera propriétaire. Il me tarde de voir tomber les murs de cette maison tragiquement ordinaire, construite au début des années soixante, c'est-à-dire n'importe comment avec n'importe quoi.

Comme je m'exaspère de la lenteur des choses, maître D. me répond qu'on ne peut rien faire, qu'il faut attendre.

– Avouez, mon cher maître, que votre confrère est un abruti consommé.

– C'est possible, me répond-il.
Maître D. est un diplomate consommé.

Morterolles, 10 avril

Une photo à la une du *Figaro* ce matin.

Ils vont, dépenaillés, torse nu dans la poussière, brandissant leurs fusils vers le ciel. Ils sont ivres de joie. Ils font la guerre partout où c'est possible, et c'est possible partout. On les voit chaque soir à la télévision quand nous passons à table, à la une de notre journal quand nous ouvrons les yeux, agrippés à des camions défoncés, surgissant de nulle part à travers les rues (ou ce qu'il en reste) de Bagdad, de Gaza, de Monrovia. Cavalant sous le feu, ils se ressemblent. Ce sont des hommes. Ils jouissent debout dans les ruines à chaque secousse de leur kalachnikov. Ils voudraient que ça dure. Ils sont prêts à tout pour que ça dure. À mourir même. Ils n'ont pas d'autres distractions que la mort. Leurs sourires, car ils sourient, nous dégoûteraient des hommes si nous ne l'étions déjà. Leurs sourires, car ils sourient, éclairent le monde et nous comprenons que la guerre ne finira jamais.

Morterolles, 11 avril

Dimanche de Pâques. Ciel humide, gris comme une serpillière. Les pies jacassent. Où sont-ce les corbeaux qui croassent ? Serge T. marmonne dans sa chambre en espérant que je me déciderai à le conduire chez Ginou en sa brocante sur la route de Poitiers, à la sortie de Bellac, où il croit pouvoir trouver un cadeau original pour la Baronne. Je n'ai pas envie de bouger. Nous sommes allés aux Galeries Lafayette, au centre Saint-Martial acheter un four à micro-ondes, chez le dentiste deux fois à l'autre bout du département, au cimetière en rentrant... C'est assez de promenades pour la semaine. Ce soir, nous irons dîner au Floride du côté d'Ambazac, il y aura des routiers qui liront le journal en mangeant. L'un d'eux me sourira peut-être, rien n'est moins sûr mais c'est une possibilité. De toute façon, nous commanderons une escalope de dinde et du vin blanc. Les routiers dormiront que nous serons encore à leur prêter des intentions qu'ils n'ont pas, et le dimanche finira plus gaiement qu'il n'aura commencé.

Morterolles, 12 avril

Pâques suite et fin. Puisque les « cloches de chez nous » ne sonneront plus avant longtemps, la femme du Duc est allée, « bien obligée », entendre la messe à Bessines. Autant dire à l'étranger.

– Le cœur serré, croyez-moi. J'en ai pleuré de me voir « là-haut » où on n'est pas comme chez soi malgré tout...

Nous dînons chez elle ce soir et nous reparlerons de tout cela qui est bien triste. Il y aura de l'agneau pascal, cuit à point, si Serge T., qui est très maniéré à table, n'a pas eu le toupet de lui suggérer un menu plus à son goût. Je me méfie de lui, des façons patelines qu'il prend pour embobiner les maîtresses de maison dans mon dos. Monsieur n'aime rien par principe, mais il se frotte les mains comme un vieux curé quand arrive le dessert. Il me distrait plus qu'il ne m'agace. Ce n'est pas un homme dérangeant, il ne vous demande pas de le prendre en charge. Tandis que je m'épuise à ce bureau dix heures par jour à tenter de mettre en place des mots qui me résistent, lui s'en va apprendre à danser aux chevaux. Je ne vois pas qui d'autre dans mon entourage aurait l'idée charmante d'apprendre à danser aux chevaux en m'attendant.

– Ce qui m'embête, me dit-il ce matin, c'est de ne plus pouvoir faire brûler un cierge à saint Antoine de Padoue...

Serge T. aime la conversation. Hier, chez les routiers, où il n'y avait pas de routiers naturellement – pensez, un jour férié –, il a trouvé le moyen d'amuser la galerie en se présentant comme étant l'incomparable héros de ce journal. La galerie se composant d'une servante entre deux âges, d'un couple d'Anglais à table près du bar et d'un Riquet à la Houppe dégourdi à nous servir.

– On m'appelle Sa Sainteté, s'exclama-t-il en déposant sa canne et son chapeau. Oui, Sa Sainteté, c'est moi.

Serge T. ne doute pas que la France entière – et singulièrement le personnel hôtelier de la Haute-Vienne – ayant lu mes livres, chacun doive se signer sur son passage, car il va de soi que c'est lui : sa moustache, son grand nez, ses robes de chambre mangées aux mites, lui d'abord que l'on veut voir. Il pose sans qu'on le lui propose, d'office il s'invite sur la photo de famille. C'est le seul photographe de ma connaissance qui n'aime rien tant qu'on le photographie. L'argent ne l'intéresse pas, la gloire des autres l'enivre. Cet homme-là n'est pas jaloux, il voudrait juste qu'on fasse un peu attention à lui. Il a séduit Riquet à la Houppe – je veux dire amusé.

– Il est très original, votre ami, m'a-t-il dit. Excusez-moi de ne pas le connaître, mais on n'a pas l'habitude par ici de recevoir des célébrités.

Paris, 13 avril

Lu cette nuit les épreuves non corrigées du nouveau roman de Philippe qu'il m'a fait porter par son éditeur le jour même où il s'envolait pour Québec. Sa confiance me touche, mais elle m'oblige aussi. Et si j'allais être déçu et ne pas oser le lui dire ? *Les Jours fragiles* donc, un titre bien trop léger pour un livre dense, si bien tenu : l'agonie de Rimbaud racontée par sa sœur. *Une saison en enfer*, par exemple, aurait mieux convenu en couverture de ces pages sombres qui brûlent.

– Oui bien sûr, c'est cela même ! Je vais évidemment appeler mon roman *Une saison en enfer*, comment n'y avais-je pas pensé ? Mais il faudrait alors que tu titres ton prochain journal : *À la recherche du temps perdu*, qui n'est pas mal non plus...

Quoi qu'il arrive, nous rions, Philippe et moi. Nous sommes assez contents de nous pour nous permettre de rire de nous et des autres.

– Tu as noté, me dit-il, ce que mon roman te doit. Tu as dû trouver ici et là des références à Guéret, à nos conversations, à Prudence Hautechaume, notre bonne dame.

Par bonheur, Philippe n'est pas modeste. Moi non plus. Nous laissons cela à d'autres qui n'ont pas le choix. Son livre ne me doit rien, sinon une phrase en moins, la dernière du premier paragraphe de la première page : « Je n'ai pas trouvé la réponse. » Rimbaud est une question sans réponse, nous le savons.

Paris, 14 avril

Fétiche se souvient parfaitement de la chanson *Fou de vous* que Stéphane avait soufflée à l'oreille du pianiste de la place Saint-Michel pour qu'il me la dédie. Elle m'a rappelé – où avais-je la tête ? – que c'est André Claveau qui l'a créée en 1950. Elle fut reprise par Jean Denis et Lucien Lupi, des jeunes premiers, il y a plus d'un demi-siècle donc. Je viens de le vérifier dans un dictionnaire des grands succès de la Sacem. « Un grand succès » que plus personne ne chante qu'un prêtre à Marseille et Fétiche, qui fut dans sa jeunesse un joli militaire et une époustouflante strip-teaseuse.

Paris, 15 avril

Si l'on se contente de parcourir en diagonale les passages trop érudits pour nous qui ne comprenons rien à la « peinture moderne », le nouveau journal de Renaud C. reste inégalable. Au-delà du maniérisme revendiqué de l'auteur, on est constamment passionné, on se demande à chaque page comment il va réussir, une fois de plus, à se tirer d'affaire. Ces empêchements bancaires perpétuels, les subventions toujours différées du Conseil régional, les impossibles montages financiers en tout genre, l'organisation, le déroulement et, finalement, l'échec de toutes les expositions d'art contemporain, les tractations éditoriales sans fin, les horaires du Paris-Vintimille, oui, tout cela nous passionne énormément. Les voisins irascibles ne sont pas mal non plus, car Renaud nomme « irascibles » les gens qui n'admettent pas que ses sept chiens se laissent aller devant leur maison. Ça lui paraît inimaginable qu'on puisse être mauvais coucheur à ce point-là, il ne voit pas pourquoi ses chiens n'auraient pas le droit de se laisser aller où ça les prend, y compris chez les voisins. C'est son mauvais côté Bardot.

Paris, 16 avril

Il ne serait venu à l'idée de personne de me demander de signer la fumeuse pétition contre la guerre à l'intelligence car j'aurais refusé naturellement de me mêler à cette clique de pisse-copies, de tartuffes, de délateurs même, qui me tiennent pour un héraut de la « France moisie », un joueur d'accordéon. Ils ne m'intimident pas. Je ne tremble pas à l'idée de leur déplaire. Par chance, je ne suis pas ministre, moi, et je peux coucher avec qui bon me semble sans leur permission. Je viens d'écrire au nouveau ministre de la Culture, que je ne connais pas personnellement, pour lui conseiller de les mépriser puisqu'ils sont méprisables.

Sont-ils intouchables vraiment ces « intellectuels » autoproclamés qui se posent – selon l'heureuse formule d'Élisabeth Lévy – en « arbitres des intelligences parisiennes » ?

Devons-nous soumettre à leur imprimatur nos

livres, nos chansons, peut-être même nos pensées les plus secrètes ? Eh bien, non. Puisqu'ils parlent de guerre, nous ferons de la « résistance ». Tout de suite les grands mots qui tuent.

Décidément, ces gens-là nous fatiguent. Laissons-les à leurs bourdieuseries.

Paris, 17 avril

Personne ne s'appelle plus Armande, sauf elle, que les adolescents adorent et qui provoque des attroupements là où elle passe. Armande A. donc, penchée à ma fenêtre la nuit dernière. Je donnais un pique-nique à la maison en son honneur. Armande A., icône des garçons tristes et gays à la fois. Personne ne se coiffe plus comme elle, sauf Brigitte B. que nous aimons tant nous qui aimons tant les femmes et qui sommes un peu tristes. Quelque chose me disait que celle-là pourrait venir s'installer entre nous, je ne me trompais pas. Elle a raflé la mise en un battement de cils. J'étais sûr que ma chambre rouge lui plairait. Devant les bouquets de roses grises chiffonnées, peintes à la main sur un grand paravent du XVIIe siècle posé à la tête de mon lit, Armande a pleuré.

Au salon, des journalistes mariés chantaient des chansons de Michel Delpech et de Lucienne Delyle. Si je ne donne pas leurs noms, c'est qu'ils étaient accompagnés, l'un d'une maîtresse vénitienne aux yeux verts, l'autre d'un jeune amant militaire en permission.

Soirée parisienne où se croisent des gens que je « marie » sans me tromper. Chacun repart un peu moins seul.

Serge T. me raconte que la fête s'est achevée à l'aube, quand je dormais depuis longtemps, dans un bar branché du Marais où Armande A., comme on s'en doute, fit sensation. Ça l'étonne un peu quand même, cette gloire qui lui tombe dessus si tard, si imprévue, et la laisse vaguement étourdie. Elle dit qu'elle a soixante ans, nous ne voulons pas la croire et, pourtant, quand on a été une rock-star en mai 68, on finit par avoir soixante ans. Armande A. fait maintenant chanter les oiseaux à la télévision.

Paris, 18 avril

Que la fête commence, que les masses populaires se réjouissent, et si les classes laborieuses voulaient bien entonner *La Carmagnole* ce serait gentil ! Le journal *L'Humanité* a cent ans. On nous le serine du matin au soir à la radio, à la télévision, comme si cela devait nous transporter de bonheur. Cent ans, quel miracle ! Bon anniversaire *L'Humanité*...

Les chers confrères y vont de leurs compliments, les tenants du grand capital mettent la main à la poche pour que vive le plus longtemps possible ce symbole éclatant de la liberté d'expression. Vive la France et ce bon Joseph Staline. Vive la révolution et Le Kremlin-Bicêtre.

Le journal de mes parents donc, de mon enfance, a cent ans. Il les fait.

Paris, 20 avril

« Et nous, est-ce qu'on sera dans votre journal de l'année prochaine à la date d'aujourd'hui ? » L'homme, jeune encore, qui veut tout savoir, est journaliste à *Voici* – un hebdomadaire en couleurs où l'on montre des garçons en maillots de bain et des filles en string.

Nous raffolons de cela, Philippe et moi : lire *Voici* et nous imaginer que... nous sommes comme tout le monde, au fond. Rien ne nous réjouit plus sûrement que de découvrir qui couche avec qui, qui est fâché avec qui. Rien n'est moins futile que ces plaisirs-là, on se console comme on peut de nos passions perdues, de nos chagrins d'amour, de notre débandade. Oui, quand il a fini d'écrire un roman sur l'agonie de Rimbaud, entre deux conférences sur la mort, Philippe Besson, l'idole des gens de *Télérama*, se précipite sur *Voici* où la semaine prochaine, donc, on parlera de moi.

Je ne sais pas ce qu'ils feront de l'interview-fleuve que je leur ai accordée hier, je ne comprends même pas où ils veulent en venir, mais j'ai été content de rencontrer Hugues Royer et Patrick Olivier Meyer, deux garçons de bonne famille qui ont des lettres, m'a-t-il semblé, et voudraient savoir, justement, s'ils ont une petite chance de figurer dans ce journal.

« Aucune, naturellement », ai-je répondu à leur interrogation anxieuse. Ils m'ont paru déçus. Comme je le pressentais, les journalistes de *Voici* ne manquent pas d'humour. Ceux-là, venus me rencontrer à mon bureau de La Plaine-Saint-Denis, mon dernier livre en main (qu'ils avaient lu visiblement) et quelques questions griffonnées dans tous les sens sur des feuilles de cahier d'écolier, ne m'ont pas ennuyé. Ils écriront ce qu'ils voudront, je leur ai promis que je ne leur ferai pas de procès.

– Même si un paparazzi vous surprend avec un jeune homme à votre cou et que nous publions la photo ? m'a demandé Hugues, qui doit bien avoir une idée derrière la tête.

– Non, si la photo est bonne, je ne vous ferai pas d'ennuis, lui ai-je confirmé. Pas de procès. Je n'ai rien à cacher que mon ventre et mon double menton.

Que la photo soit bonne, cela seulement compte.

Paris, 21 avril

Ils n'étaient ni ministre, ni maire de Paris, ni président de la République au milieu des années soixante-dix, rien n'était moins probable que leurs triomphes. Qui aurait parié un kopeck sur ce Mitterrand « archaïque » qui venait encore de perdre les élections ? Les gazettes bien informées le donnaient mourant avec vingt ans d'avance. Nous n'étions pas nombreux à espérer pour lui, contre toute évidence, un destin national. Qui aurait pensé que le grand garçon ébouriffé que l'on apercevait à la tribune de quelques colloques socioculturels ou dans les coulisses de Chaillot, parmi les folles et les fous, oui qui aurait pensé que celui-là, justement, serait bientôt ministre à vie ?

Quant à Bertrand D., une mèche blonde lui barre le front, il vient d'avoir vingt-cinq ans, il cherche un appartement à Montmartre, ça tombe bien, moi aussi. Dalida sera notre voisine. La suite de l'histoire n'est pas écrite, beaucoup s'en faut. Alors oui, qu'on me

« lâche » un peu, pour parler comme les jeunes gens, avec mes amis au pouvoir. Ils en étaient loin quand le hasard, la chance – comment dire ? –, la vie nous a réunis.

Si leurs noms propres reviennent régulièrement dans ce journal, c'est parce qu'ils sont restés mes amis, que nous avons beaucoup de souvenirs et quelques projets. Je n'ai pas l'intention de m'en excuser, ni même de les appeler Dupond et Dupont pour ne pas susciter l'amertume. Lorsque je vais seul, les soirs d'hiver, dans les rues de Morterolles emmitouflé dans mon chagrin, lorsque je n'entends plus que le bruit de mes sabots et mon cœur qui bat l'amble, je souris parfois en pensant à ceux qui me supposent entouré en permanence d'une cour d'éphèbes et de ministres à mes ordres.

Paris, 22 avril

Aymeric m'écrit, de sa province du Loir-et-Cher, où il élève des poules et des chèvres en attendant qu'un garçon de ferme veuille bien l'épouser, une lettre joliment tournéc pour me remercier de l'avoir compté parmi mes invités la semaine dernière ici, au pique-nique que j'ai dit.

Encore sous le coup de l'émotion d'avoir été jusqu'au bout de la nuit le chevalier servant d'une icône, il se fait lyrique :

« Nous avons cueilli des bouquets d'aubépine au pied de la tour Saint-Jacques parce que Armande en aimait l'odeur, et nous voilà traversant Paris fleuris comme des rosières... Évidemment, elle a suscité dans la rue une incroyable frénésie. Il faut dire aussi que le public de la Star Academy, plutôt jeune et très populaire, a une manière d'exprimer sa sympathie qui s'embarrasse peu de prévenance et de convenances... Mais l'ensemble restait très bon enfant. Certaines voitures du 9.3 s'arrêtaient, klaxonnant au milieu du boulevard, conducteur et passagers criant leur affection à Armande. »

Ce n'est pas un point de vue très socialiste, mais nous ne chercherons pas querelle pour si peu à l'ex-secrétaire de Monique et Jack Lang, nos amis communs. Après tout, le peuple, c'est nous aussi.

« C'est rue du Temple, je crois, que je l'ai rencontré, vingt ans, peintre. Artiste peintre ? Peintre en bâtiment ? Je n'ai pas osé poser la question. Un bref regard échangé nous en dit assez long sur l'intérêt mutuel que nous nous portions spontanément, et nous nous émerveillâmes sous une porte cochère de cette affection naissante qui devint vite débordante. »

La suite n'est pas inimaginable, les portes cochères sont faites pour cela : abriter des amants à genoux, chacun leur tour, vite car il est tard.

Paris, 24 avril

Je compose un numéro de téléphone dans le Var et Brigitte Bardot décroche. Elle me dit qu'elle est contente d'entendre ma voix, alors que c'est moi qui suis ému d'entendre la sienne. Elle me dit aussi qu'on va la traîner une fois encore devant les tribunaux la semaine prochaine et qu'elle en a marre, que ça la fatigue, ce cirque. Et puis elle rit finalement. Bardot ne gémit pas longtemps sur son sort, elle fait face à la meute.

On pourra bien juger hors d'âge mon enthousiasme juvénile, rien n'y fera : je compose un numéro de téléphone dans le Var et Brigitte Bardot décroche.

Paris, 25 avril

Au château de Groussay, à Montfort-l'Amaury, Frédéric Mitterrand, qui s'apprête à m'interviewer dans la bibliothèque de Paul Morand pour Match TV, me cueille d'emblée, juste avant que les caméras ne tournent.

– Mon cher Pascal, soyez-en sûr, je ne mâchais pas de chewing-gum à l'enterrement de François Mitterrand.

Il me faut quelques secondes pour comprendre que j'avais dû noter cela dans un livre de souvenirs consacré au président défunt. Frédéric, qui est la courtoisie même, souriait. Devais-je m'excuser ?

– Je vous en prie, m'a dit-il dit, ça n'a aucune importance.

Voulait-il, de façon taquine, me signifier qu'il lisait mes livres avec attention ? La suite me prouva avec quelle finesse. Les passages de mon journal, de mes romans, qu'il a choisis de lire n'étaient pas de hasard. Ce qu'il a dit de Stéphane m'a emporté. Son émission s'appelle « Plaisir de France », un plaisir pour moi d'abord. Nous étions faits pour nous rencontrer, c'était hier la première fois. Nous ne serons jamais intimes, il est trop tard maintenant.

J'ai aimé murmurer avec lui une prière païenne à la gloire passée des actrices italiennes de notre enfance. Des noms scintillants comme un collier de pacotille qui brillent d'or dans nos mémoires éblouies : Eleonora Rossi Drago, Silvana Mangano, Anna Maria Ferrero, Rosana Schiafino, Antonella Lualdi, Anna Maria Pier Angeli, Sylvana Pampanini. Comment ai-je pu même envisager que cet homme-là, si fidèle à des ombres, puisse mâcher du chewing-gum à l'enterrement de son oncle ?

Paris, 27 avril

Les cent ans de *L'Humanité*, suite :

Il pensait que le communisme déferlant sur le monde ce serait la paix éternelle, le bonheur assuré à tous les étages.

« J'étais même intimement persuadé, ajouta-t-il l'air penaud, qu'il n'y aurait plus de chagrins d'amour. »

L'homme qui avouait cela à la télévision semblait normal, il avait une bonne tête de militant des années cinquante, il ressemblait à ceux que je voyais enfant venir à la maison le dimanche matin. On croyait avoir tout entendu sur les bienfaits supposés du communisme : la paix, le bonheur, l'égalité, la liberté on savait, mais l'éradication des chagrins d'amour, on n'osait pas l'espérer.

Paris, 28 avril

Je voulais voir la femme à deux têtes, l'homme le plus gros du monde, les sœurs siamoises. On les cachait derrière un rideau crasseux de velours rouge qu'un bonimenteur ouvrait quand les clients étaient assez nombreux et qu'ils avaient payé pour voir ça. Sensationnel, unique, effrayant... le bonimenteur savait s'y prendre pour nous donner envie d'avoir peur. J'avais huit, dix ans, ma grand-mère me tenait la main. J'aimais ça, avoir peur, un peu, en lui tenant la main. Les enfants d'aujourd'hui ont-ils des grand-mères qui les emmènent à la Foire du Trône, eux qui ont tout vu avant même de savoir lire, qui n'ont peur de rien, font la guerre en vidéo et l'amour sur le Net ? Le train fantôme, la femme-poisson, des jeux d'un autre âge. Des frayeurs démodées.

Nous étions invités à dîner hier parmi les manèges sur la pelouse de Neuilly avec mes musiciens. Nous avons mangé des saucisses et des frites, bu de la bière et du vin blanc. Après quoi Zinzin, qui n'a pas l'estomac fragile, a sauté à l'élastique depuis une tour à cinquante mètres du sol. Jean-Christophe, mon neveu, l'a suivi illico. Si Stéphane avait été là, je n'aurais pas pu le retenir. Comme il y a dix ans, il aurait voulu « être un oiseau », toucher le ciel. C'est fait. Par-dessus les tambours de la fête, c'est lui qui criait : « Regarde-moi, mon amour, je vole ! »

Paris, 29 avril

Dîner chez Véfour à la table de Victor Hugo avec une star du cinéma pornographique et son mari, mon ami, un accordéoniste souriant par principe. Des gens qui savent se tenir et ne badinent pas avec la morale bourgeoise. Elle surtout, qui fait élever son fils chez les bons pères pour lui inculquer les traditions qui se « perdent hélas ».

– La vulgarité est partout, tu ne trouves pas ? Et puis le relâchement des mœurs, ce laisser-aller, ce mauvais goût étalé dans les journaux, à la télé, dans la rue aussi, et les filles de treize ans maquillées comme des putes à l'école.

Amandine n'élève pas la voix, ni ne boit dans le rince-doigts qu'on lui propose. Elle a fait ses humanités au couvent, en vertu des grands principes, et ne voit pas du tout ce qu'il y a d'incompatible entre son ancien métier et son rôle de mère parfaite. Elle rêve avec nous d'un monde qui aurait un peu plus de tenue, les femmes qui ont beaucoup d'imagination au lit et se font payer pour cela ne sont pas toutes idiotes. Elles auraient tort de se gêner. Nous avons mangé au dessert une glace aux amandes qui a l'odeur enivrante des petits pots de colle de nos cartables d'écoliers.

Paris, 30 avril

Féminisme et politiquement correct.

Je descends dans ma cave (pour y chercher une bouteille) et je vois un avis de passage pour la « dératisation et désourisation ». Je m'imagine les souris vexées que, pendant des siècles, on ne les ait pas nommées quand on les « génocidait ».

« Les bras m'en tombent », dirait ma mère. Paucard, mon « faxeur » fou, a encore frappé. On ne dit pas « faxeur », je le sais, mais on dit « désourisation », je viens de l'apprendre. La langue française est prise dans une tapette.

S'ils veulent absolument l'émasculer, qu'ils aillent jusqu'au bout de leur crime et achèvent dans le même élan l'orthographe et la grammaire. Doit-on encore, comme on nous l'a bêtement appris à l'école, accorder les verbes au masculin ou leur mettre une robe et des talons aiguilles ?

Morterolles, 1er mai

Lily a quatre-vingt-sept ans ce matin. Quand je l'ai connue, elle frôlait la cinquantaine. Autant dire une vieille. J'étais mineur, nous chantions dans un lupanar en Suisse. Elle tenait à mon pucelage comme à la prunelle de ses yeux. Je me suis arrangé pour le perdre sans lui demander sa permission. Je ne sais plus où ni avec qui. Il neigeait, j'étais heureux.

Lily a quatre-vingt-sept ans. De nous deux, c'est moi le vieux maintenant.

Morterolles, 2 mai

On ne voyait que lui. Beau comme un orage. Sombre et tourmenté. Je l'avais repéré immédiatement parmi le groupe d'une vingtaine de jeunes gens venus, avec des professeurs de leur lycée, visiter les studios de télévision de La Plaine-Saint-Denis et assister à des enregistrements d'émissions, dont la mienne.

Il se tenait un peu à l'écart, solitaire et fiévreux, me semblait-il. Je trouvais son regard chaque fois que je le cherchais. Celui-là, me disais-je, n'est pas comme les autres. Celui-là met le feu où il passe et feint l'étonnement quand on le regarde passer. Je le regardais. Lorsque le groupe s'égaillait dans la cour ou en régie, lui restait assis sur les gradins, derrière les caméras, à me suivre des yeux. Deux après-midi de suite, il est venu s'intéresser aux techniques de l'audiovisuel. Avant de repartir pour La Baule, où il est né il y a dix-huit ans, Julien s'est arrangé pour me demander s'il pourrait me téléphoner.

– J'ai lu *La Vie sans lui*, m'a-t-il dit. Je voulais savoir qui tu étais exactement...

Je ne parle jamais de mes livres à qui ne me pose pas de question. Jamais je n'invite quiconque à me lire, ce geste intime, cette pratique solitaire ne se commande pas, mais si l'on veut venir à moi, me lire est le chemin le plus sûr. Julien est venu.

Celui-là ne m'appellera pas Papou, mais il me tutoie déjà. Il est le seul avec Lulu à avoir pris cette liberté. Le privilège des enfants !

Il vient de m'appeler depuis le bar de l'Océan, sur le remblai, où il s'ennuie. Julien, je me répète son prénom. Que me veut-il ?

– Maintenant que je peux te parler, je souris en marchant dans les rues, les gens qui me connaissent doivent se demander ce qui m'arrive, avant j'étais souvent triste, dans les nuages...

– Avant quoi, Julien ?

– Avant toi et tout ça, avant de te lire...

Julien est-il encore l'enfant aussi innocent qu'il paraît ? Il me dira un jour ce qui a cloché dans sa petite enfance et le fait pleurer quand il rit. Il me dira ce qu'il voudra.

23 heures. « Tu sais, je m'endors en pensant à toi et je me réveille en pensant toujours à toi... Quand tu me grondes, j'ai le cœur qui cogne. » Julien se calmera. Dans un mois, dans un an, il aura oublié jusqu'à mon nom dans les bras d'un autre. D'une autre ?

Morterolles, 4 mai

Bientôt minuit : Julien est en pyjama bleu, allongé sur son lit, les pieds sur l'oreiller, la tête à l'envers. Il me raconte ses pieds, ses mains, sa bouche, ses doigts sur sa bouche, sur son ventre. Il me raconte ça au téléphone.

– Je sors de la douche, j'ai les cheveux mouillés, tirés en arrière, je me demande si tu me trouverais beau comme ça.

Julien ne dort plus, il reste sur son lit en pyjama bleu, il n'a pas faim, il ne va plus au lycée depuis trois jours. Il m'appelle de sa chambre tous les quarts d'heure. Je me fâche un peu pour la forme, en réalité je suis abasourdi qu'un jeune homme perde l'appétit et sèche les cours pour moi. On appelle ça l'amour dans les romans. Julien me parle à voix basse quand sa mère est dans la pièce d'à côté, en riant quand il est seul dans l'appartement, la gorge serrée quand il m'avoue qu'il est amoureux pour la première fois et « que ça lui fait bizarre ».

– À cause de toi.

– Comment ça, à cause de moi ?

– Non, non, te fâche pas... Je voulais juste dire que personne avant toi ne m'a appelé mon grand ni mon garçon. Personne ne m'a jamais caressé la joue ni posé la main sur mon front et surtout pas mon père, alors tu comprends ça me fait bizarre.

Julien est beau comme un orage, écrivais-je, l'orage est dans sa tête, prêt à éclater depuis l'enfance. Il m'a dit « surtout pas mon père », de sa mère pas un mot, pas encore.

– Quand nous serons tous les deux, je t'expliquerai, je ne veux pas qu'on me prenne en pitié...

J'ai posé ma main sur la joue de Julien. Ce geste-là, si paternel justement, n'était pas tout à fait innocent. Je l'ai appelé mon garçon et l'histoire qui va suivre m'échappe déjà.

Morterolles, 5 mai

Une page du journal de Julien Green, le 28 novembre 1968, pour dire exactement ce que je voulais dire.

« Je ne crois pas à la sainteté du progrès. Je crois aujourd'hui que le progrès de notre temps est symbolisé par la bombe atomique, laquelle a déshonoré notre siècle à tout jamais. Avec elle, l'humanité a reculé dans les ténèbres. On volera plus vite, on montera plus haut, on fera mieux la guerre, mais le nuage atomique planera sur notre temps comme une malédiction et une honte. Je me tourne vers les grands aînés de tous les temps qui nous ont précédés. Je crois que rien ne change jamais les relations entre Dieu et notre âme. Je crois à l'extension du royaume de Dieu par la charité. Le reste est sans intérêt. »

Le reste est sans intérêt. Je me répète cela chaque nuit avant de m'endormir en pensant à Stéphane qui est Dieu et le reste du monde.

Morterolles, 6 mai

Ils arrivaient de Montoire, dans le Loir-et-Cher, de la gare de Montoire, ce qui aggrave leur cas. On avait pu les voir l'après-midi prendre la pose pour une photo souvenir à l'endroit même où l'Histoire fait la grimace. Ils avaient prévu de longue date de passer à Montoire où il ne s'est jamais rien passé et de venir me rendre visite à Morterolles où il ne se passe pas grand-chose.

Des Parisiens en costume de ville qui ont appris dans les livres que « la terre, elle, ne ment pas » et s'en vont voir les châteaux en Touraine quand la nostalgie les étreint. Nous avons fait à leur demande le tour des prés et des étangs, Paucard en tête qui raffole de la campagne de France au moins une demi-journée par an, juste avant de se mettre à table. Christiane nous avait préparé une paella et comme, par chance, il pleuvait, j'ai pu allumer du feu dans la cheminée. Ces messieurs en mocassins avaient bien voulu se déchausser avant d'entrer dans la maison. Thierry Séchan portait, lui, des bottes de cow-boy et un long manteau noir. Frédéric Dutourd une veste pied-de-poule. Bernard, leur ami marchand de musique classique que je ne connaissais pas, s'est déchaussé lui aussi. Ce quarteron de fins lettrés misogynes autant qu'il est permis de l'être sauve Jeanne d'Arc et Bardot, autant dire qu'ils ne sont pas plus dans l'air du temps que moi.

Morterolles, 7 mai

Reçu ce matin les cent cinquante premières pages dactylographiées par Marie de ce journal en cours qui n'a pas encore de titre. En me relisant à la volée, je viens de supprimer une douzaine de passages anecdotiques, un peu trop parisiens, trop « boutique » comme ma réponse bien sentie à une critique (que je n'ai pas lue) « digne de *Je suis partout* », selon Philippe ; à « mourir de rire », selon Serge T. L'auteur, qui n'est pas sans talent, perd son temps à s'occuper de moi. Ce sixième volume de mon journal sera peut-être ce que Julien en fera, un désastre ou une embellie. La suite dépendra de lui. Je le crois ce matin en m'agrippant à mon bureau en chêne comme on touche du bois pour conjurer le sort. Mais non, ce n'est pas possible, je ne me laisserai pas manger par un pêcheur de lune pendu à la ligne de son téléphone. Je sursaute pourtant à chaque sonnerie et c'est lui depuis une semaine, c'est lui dix fois par jour. Je le rappelle aussitôt.

– Tu sais quoi ?

– Non, dis-moi.

– J'ai trouvé un truc : je laisse mon portable dans ma poche comme ça je te sens vibrer sur ma cuisse. Ça te fait plaisir ?

– Oui, ça m'amuse.

– Ça t'amuse ou ça te fait plaisir ?

Julien veut jouer, il me cherche, me trouve, ne me lâche plus. Je résiste un peu.

– Je te dérange ?

– Non, mon garçon.

– Qu'est-ce que tu fais en ce moment ?

– J'écris.
– Oh, là, là. Encore ?
– Et toi, tu révises pour ton bac ?
– J'ai du mal à me concentrer, il faut que je termine un devoir de philo sur un texte de Sartre. *Réflexions sur la question juive.* Si tu crois que j'ai la tête à ça...

Je ne sais pas quoi penser, ni comment l'esprit vient aux jeunes gens d'aujourd'hui. J'écoute Julien me dire des choses inouïes, enfantines donc perverses.

– Tu as écrit dans *Un garçon de France,* que j'ai acheté en livre de poche, « il faut se méfier des enfants sages ».
– Oui et alors ? Pourquoi cette phrase t'a-t-elle marqué ?
– Parce que je suis un enfant sage.

Morterolles, 8 mai

Il y avait le très jeune secrétaire de section du parti socialiste d'un canton du Loir-et-Cher, un curé en soutane, jeune lui aussi, qui m'a prié de lui dédicacer *Lentement, place de l'église,* une dame d'œuvre et un genre de notaire. C'était hier en fin d'après-midi, dans l'ancienne salle d'un café de Montrichard, près de Blois, où j'étais venu il y a vingt ans chanter dans les rues pour faire élire Jack Lang à la députation.

Il y avait des adolescents émoustillés par les bières et les kirs au vin blanc qu'ils s'enfilaient en riant ; des solides gaillards, palefreniers, peintres en bâtiment, maçons... L'un d'eux, le plus rigolard, est croque-mort. Des garçons avenants. Il en sortait de partout. Serge T. les prenait en photo sautant les uns sur les autres. Ils se sont cotisés pour acheter mon dernier journal. « On le lira chacun notre tour », m'a dit Damien, le plus déluré d'entre eux, capitaine des juniors de l'équipe de rugby du canton.

Il y avait des paysans et leurs épouses bien mises, des conseillers municipaux de tous bords, un journaliste monarchiste et, régnant sur ce joli monde, Aymeric de... impérial en ses provinces, vêtu de brocart mauve, menait le bal et la troisième mi-temps.

Il n'y a qu'un socialiste aussi enjoué que lui pour organiser de ces pince-fesses où l'on voit s'égayer les notables et le peuple, un curé en soutane et le fantôme de Dalida, représenté par un pensionnaire de chez Michou sur la scène du théâtre municipal où le maire m'a remis la médaille de la ville. Je ne pouvais pas refuser à Aymeric d'être le parrain de cette sauterie organisée par le « Jour des Rois », l'association follement démocratique qu'il préside. Il est d'accord pour présider tout ce qu'on veut. Naturellement espiègle, il aurait fait merveille à Versailles, à la cour, il eût été parfait. Si Jack Lang arrive à l'Élysée, Aymeric sera l'intendant des bals et des fêtes. De beaux soirs en perspective, un peu de gaieté vaudra mieux que la dictature du prolétariat.

Morterolles, 9 mai

« Ami est un mot qui résonne comme une tape dans le dos. Mais il n'est pas toujours très clair. Il désigne deux personnes liées soit par l'amitié, soit par l'amour. Mais dans ce dernier cas – relations hétéro ou homo – on dit, en insistant sur l'adjectif possessif : c'est son ami (ou son amie). Un petit ami désigne un amant alors qu'un grand ami s'applique plutôt au copain préféré. Quand il s'agit d'amour hors mariage, amant m'a toujours paru plus beau et plus valorisant qu'ami, compagnon, concubin (quelle horreur !), pacsé, etc. Pascal Sevran me voue un ressentiment tenace parce que, au cours d'une émission littéraire où je l'avais invité, j'avais désigné du mot amant l'homme qu'il célébrait dans son livre et avec qui il avait vécu. J'ignorais que ce mot sonnât aux chastes oreilles de certains comme une offense, une grossièreté. »

Bernard Pivot a raison. Amant est un mot magnifique, sombre aussi et vaguement illicite. Petit ami, compagnon, concubin, quelle horreur en effet ! Mais amant, ce soir-là sur le plateau d'Apostrophes, fut au-dessus de mes forces, trop lourd à porter. Amant, ça pouvait effrayer les bonnes dames de Guéret, et puis, surtout, Stéphane n'était pas mon amant, il n'était pas de passage, nous ne nous sommes pas arrangés sous une porte cochère. Notre amour était lumineux.

Je viens d'adresser quelques lignes à Bernard Pivot pour lui expliquer cela et l'assurer de mes bons sentiments. L'affaire est close.

Paris, 10 mai

Ceux-là qui rampent devant leurs chefs et le képi des gendarmes se vengent le plus souvent sur leurs femmes, leurs enfants et leurs chiens (car ils ont des femmes, des enfants et des chiens naturellement), ce sont des peine-à-jouir qu'il faudrait châtrer s'ils avaient ce qu'il faut là où il faut.

Quand on ne dit pas bonjour monsieur le ministre à un ministre, ou mes respects mon général à un général, c'est du mépris ou de la timidité. Je remarque que la plupart des journalistes de la radio ou de la télévision ne donnent pas leur titre aux membres du gouvernement qu'ils reçoivent, ou du bout des lèvres. Sont-ils tellement timides ?

Morterolles, 12 mai

Avoir à se justifier, puis à demander à genoux à un architecte des Bâtiments de France la permission de construire une cabane à lapins ou de démolir une horreur en béton me rend fou de rage. J'attends toujours le permis de démolir la maison d'en face, la maison des morts, et je m'énerve un peu. « Vous attendrez comme tout le monde », me répond une scribouillarde de la DDE qui n'a pas que ça à faire à la veille d'un week-end : s'occuper à rechercher mon dossier que sa collègue a égaré. Le secrétaire de mairie m'a expliqué que la croix de Sainte-Anne étant classée au patrimoine, je suis dans le « périmètre fatal » où rien n'est possible sans l'imprimatur d'un bonhomme qui décidera depuis son bureau de Limoges. Moi, je veux bien me plier à la loi commune, je veux des règles et de l'ordre partout, mais j'attends de l'architecte des Bâtiments de France, qui règne sur Morterolles, qu'il ordonne d'abord la destruction des poulaillers en tôle rouillée, des masures infestées de rats, qu'il exige l'harmonie des toitures comme en Charente, qu'il contraigne les propriétaires à repeindre leurs volets et les grilles de jardins et que soient condamnés à des peines de prison les récalcitrants qui nous infligent leurs goûts pourris et leurs ordures.

L'architecte des Bâtiments de France est sans doute un homme admirable, au-dessus de tout soupçon de vilenie, mais quand on voit ce que les gens de sa corporation ont laissé faire, voire encouragé, dans nos villages ou au cœur même des villes (les McDonald's sur les Champs-Élysées), on souhaite les voir pendus en haut des tours qu'ils nomment « cités radieuses » parce qu'ils n'y habitent évidemment pas.

Morterolles, 13 mai

– Sur la photo de *Voici*, tes yeux sont plus bleus que la mer. Et tu sais quoi ? Dans *La Vie sans lui*, Lulu dit que tu es plus beau maintenant que dans ton jeune temps et je suis d'accord avec Lulu...

Cette indulgence hors saison, je vois bien chaque matin dans ma glace que je ne la mérite pas. J'écoute Julien, attendri, sans illusions mais attendri, comme on peut l'être devant les premiers pas d'un enfant qui ne tardera pas à courir plus vite que nous.

Morterolles, 14 mai

De l'abjection.

Cette femme courtaude, basse du cul, qui tient en laisse un prisonnier irakien nu à quatre pattes, jouit debout dans son treillis taché de sperme et de sang. C'est une salope de la pire espèce. Sa jouissance nous fait honte. Elle n'a aucune circonstance atténuante. Une femme qui s'engage dans l'armée autrement que pour soigner les plaies des blessés n'a aucune circonstance atténuante.

Va-t-on la décorer ou la pendre ?

Françoise Giroud pensait d'évidence que « le fascisme est un avatar de la sexualité », pas seulement le fascisme, la guerre aussi et ce bonheur fou qu'éprouvent les hommes un fusil à la main à humilier d'autres hommes, à les tenir en joue au bout de leur sexe. Que des femmes veuillent jouir salement elles aussi de ce pouvoir-là nous écœure.

Morterolles, 15 mai

Si j'espère un compliment d'Aïda, un mot d'affection, je peux toujours courir. Par chance, je n'en espère aucun. En trente ans de vie commune, si son travail fut exemplaire, son dévouement sans faille, son enthousiasme resta modéré, sa bonne humeur discrète. Si j'avais besoin d'elle pourtant, elle serait là. Si j'étais malade, elle dormirait dans un couloir d'hôpital. J'ai une indulgence très particulière pour les femmes dont je sais qu'elles sont prêtes à dormir dans un couloir d'hôpital en attendant que j'aille mieux. Elle est tellement liée à ma vie d'avant, au souvenir de Stéphane arrivant à Montmartre, qu'elle n'est pas la plus mal placée pour m'accompagner à Saint-Pardoux.

Nous revenons de là-bas où tout est à sa place, sauf le petit coq de fer rouillé, cette fois une main méchante l'a volé. Il y aura bientôt six ans que je l'avais laissé là, sûr que personne n'oserait y toucher. La main méchante sera punie. Aïda est allée à l'autre bout du cimetière chercher de l'eau pour arroser les géraniums et remplir le vase en granit où j'ai disposé trois branches de lilas mauve du jardin.

Morterolles, 17 mai

Julien au téléphone.

« Je suis allé chez le docteur, il m'a trouvé très excité... Je ne lui ai pas dit que c'est toi qui me mets dans un état pareil, il m'aurait fait interner aussitôt. Il m'a donné sept cachets. Tu te rends compte : sept cachets ! Je ne les prendrai pas. Je vais me calmer... enfin... toi tu vas me calmer... Là, je marche sur la promenade du bord de mer et ça me fait drôle de croiser tous ces gens, des jeunes, des vieux, des moches, des beaux qui te connaissent tous et qui ne peuvent pas s'imaginer que je te parle en ce moment, que tu es mon amoureux... »

Morterolles, 18 mai

Le mariage des garçons maintenant ! Comme des folles embrassades où les beaufs seront invités à tenir la queue-de-pie du marié. Le mariage des garçons. Entre eux naturellement. C'est le grand débat du jour depuis que monsieur Mamère en a décidé ainsi, pour que rappliquent sous sa moustache jaune les caméras de télévision. La gauche française frétille d'aise, elle est moderne, la gauche française, elle est pour la cérémonie la plus désuète qui soit. On ne va pas en faire un drame. Moi, je veux bien tout ce qu'on veut, le bonheur de chacun et l'anneau nuptial en prime, mais de grâce qu'on cesse de nous bassiner avec la modernité. Si les garçons qui s'aiment ont raison de réclamer le droit à l'indifférence, peuvent-ils dans le même temps défiler pour obtenir celui de se marier devant Dieu et les hommes comme la première catherinette venue ?

Ce conformisme d'un autre siècle, ces bouts de papiers inutiles, ces simagrées civiles et religieuses, ces bals champêtres sur le chapeau fleuri de la belle-mère qui finissent deux fois sur trois au tribunal, j'ai beau faire un effort, je ne vois pas ce qu'ils ajoutent à l'amour. De toute façon, un jour ou l'autre la photo des mariés pâlira.

Paris, 19 mai

Julien est circoncis.

– Il y a des synagogues et des mosquées dans mon arbre généalogique, me dit-il drôlement. Regarde, j'aurais pu m'appeler David ou Karim...

Il riait aux éclats, un rire d'enfant incontrôlable en me présentant l'objet du délit au bout de ses doigts. « Tu vois, j'aurais pu m'appeler David ou Karim... »

Où est-il aller chercher une famille pareille qui réglerait à elle seule le conflit israélo-palestinien ? Comme je lui faisais remarquer que j'étais dans le même état que lui et qu'il n'y a ni synagogues ni mosquées du côté de mes parents, il me répondit sans se démonter que l'idée d'être un peu juif et un peu musulman était romantique.

Julien raconte des histoires, s'invente des aïeux d'autant plus étranges qu'il a fait sa communion solennelle et qu'il ne sait rien, ou à peu près rien, de sa famille. Il n'a plus de nouvelles de son père depuis trois ans, parti sans laisser d'adresse vivre au Cambodge croit-il, avec « une Asiatique pas top ».

– Mon père, j'ai jamais compris son métier. Il rentrait tard quand nous étions petits, il ne m'a jamais embrassé...

Sa sœur aînée, Rachel, vit à Dunkerque avec un docker qu'elle épousera bientôt.

– Ils viennent nous voir chaque année à Noël. Ils sont gentils... mais pauvres.

De sa mère, secrétaire médicale dans un dispensaire, Julien ne parle pas beaucoup. Parfois il se coupe, il dit : « Maman m'a acheté un jeans. » Il dit « maman » rarement, mais il le dit. On n'est pas tout à fait perdu quand on peut dire « maman ».

– Elle a un fiancé ?

Julien ne répond pas. Ma question le laisse songeur. Comme tous les garçons, il n'aime pas beaucoup l'idée qu'un autre s'approche de sa mère.

– Remarque, elle fait ce qu'elle veut...

Songeur, il noue une serviette-éponge autour de sa taille, enfile un maillot de son club de football et se jette les bras en croix sur le canapé.

– J'boirais bien un Coca avec des glaçons, mon chéri...

Julien a dit « mon chéri » pour la première fois.

Paris, 20 mai

Jeudi de l'Ascension. La canicule rôde. Paris-Plage avant l'heure. Sous mes fenêtres, une petite foule de jeunes gens s'entremêle sur les berges du quai d'Orléans. Comment est-il possible de rester des heures vautré sur des pavés brûlants par trente degrés à l'ombre ?

Et moi, vais-je continuer longtemps à me désoler, à feindre l'étonnement devant les réjouissances du monde ? Au loin, un accordéoniste épuisé joue en boucle jusqu'à l'écœurement *Mon amant de Saint-Jean.* Cette valse française usée jusqu'à la corde que j'ai tant aimée, je n'en peux plus de l'entendre massacrer à longueur de journée à tous les coins de rue. L'accordéoniste du pont Louis-Philippe étire son zinzin comme les Indiens des parcs d'attractions du côté de Québec lissent leurs plumes pour les touristes. Ces dimanches et fêtes qui puent l'ennui, je les avale seul de préférence, ici ou à Morterolles où rien ne bouge.

C'est au travail que les hommes m'émeuvent, le genre humain n'est grand que debout sur les cathédrales, à l'usine, à la mine...

15 heures. Julien est allongé en travers sur le canapé du salon. Depuis qu'il est sorti de la chambre, il se traîne. Il chante sous la douche et il pleure aussitôt. Il me regarde écrire et veut m'écrire un poème d'amour. Il n'y arrive pas alors il se rendort. Julien est un animal. J'ai peur qu'il tienne du chat. Ça n'ira pas. Il arrache ma chemise avec ses dents, il veut que je le mange. Il veut me manger. Il dit cela qui est invraisemblable et bouleversant : « Je veux que tu me manges... » Que je n'aie plus exactement l'âge des gamineries qu'il me propose ne semble pas l'effleurer. Ça n'ira pas parce qu'il dort à trois heures de l'après-midi, roulé en boule comme un chat et que ça ne m'amuse pas du tout d'avoir un chat dans mes pattes qui disposerait de moi au gré de ses humeurs ou de son appétit. J'aurais voulu qu'il bondisse autour de Notre-Dame, qu'il révise pour son bac à l'ombre des platanes du square Jean-XXIII, qu'il sorte enfin

de sa tête. Aurai-je la force de l'aider à sortir de sa tête pleine de chagrins et de peurs des chagrins à venir ?

Julien veut me faire jouer le rôle du père (cela me fatigue déjà) et de l'amant – une question moins compliquée depuis la nuit dernière. La confusion des genres lui met le feu aux joues. Elle me barbe.

– Ce garçon que tu embrasses sur la bouche dans *La Vie sans lui*, c'est qui ? Tu le vois encore ?

Julien est allongé sur moi, nous sommes face à face, bouche à bouche depuis des heures, quand brusquement il se dresse sur ses avant-bras, plante son regard noir dans le mien et me demande des comptes sur un rendez-vous inimaginable si longtemps après.

Julien est fou. J'ai décidément passé l'âge de la folie.

18 heures. Il a déplié ses longues jambes, s'étire et bâille sans retenue. Il me sourit.

– T'écris encore ?

Julien va vite comprendre qu'on ne peut pas vivre avec un homme qui écrit « encore ».

Paris, 21 mai

Pourquoi vouloir toujours être à demain ? Ma mère avait raison de tempérer mes impatiences d'enfant.

Julien s'en va. Il entasse dans son sac de sport des chaussettes et son pyjama, une paire de baskets qui fut blanche, deux chemises chiffonnées et son jeans, n'importe comment. Comme un garçon dans un vestiaire quand le match est terminé. Il a une épreuve de chimie la semaine prochaine, il doit rentrer à La Baule. Je le regarde aller et venir, de sa chambre au salon, tourner en rond, tête baissée. Vincent viendra le chercher dans un quart d'heure pour le conduire à la gare, il regarde sa montre, se jette sur le canapé.

– Et si je restais là avec toi pour toujours ?

Julien pleure, il a inondé la salle de bains tous les matins et tous les soirs depuis trois jours. Souad, qui était fâchée après lui, le console maintenant, et pleure avec lui. Je ne bouge pas. Je suis la sagesse, la raison. Julien ne comprendrait pas que je pleure aussi. Je ne tiendrai pas longtemps à ce rythme-là qui est celui des enfants.

Paris, 22 mai

Nous étions debout autour de lui, à le presser de questions sur ses intentions, sa stratégie (on eût dit une conférence de rédaction au *Monde*), je menais la charge, Gilles Martin-Chauffier poussait le bouchon :

– Alors oui ou non allez-vous y aller cette fois ? Ne pas vous défiler au dernier moment comme en 95 ?

– Si tu n'y vas pas, tu es cuit. Tu peux prendre ta retraite, lui dis-je sans ménagement.

Notre complicité m'autorise à lui parler ainsi, en m'emballant un peu quand je comprends qu'il n'attend que cela au fond, l'emballement et l'enthousiasme de ses proches. Il était revenu du festival de Cannes sans attendre la soirée de clôture pour dîner à la maison. Bronzé, il l'est toujours, mais très amaigri par un séjour à Cochin pour un abcès au bras qui faillit tourner en septicémie. Il m'avait dit : « Organise quelque chose de sympa chez toi avec tes copains de droite, quand je sortirai de l'hôpital, ça me changera les idées... »

C'était hier ici, un dîner d'hommes à une Danielle près, une Madone de la nuit gay que nous avons connue, Bertrand D. et moi, sur une terrasse chez Dalida. Avec « mes copains de droite », comme il dit pour s'en réjouir, nous l'avons encerclé. Avec Sébastien Le Fol, qui tient le retour de Giscard pour certain (il n'aura *que* quatre-vingt-un ans en 2007), François Gibault, Thierry Séchan, Jérome Béglé qui pensent comme moi que le danger viendra de Ségolène Royal, avec Philippe qui vote écolo mais n'est pas irrécupérable, nous tenions Jack Lang et nous n'allions pas le lâcher si vite. Alors ?

– Oui, je suis décidé, j'irai... Je ne peux pas le dire maintenant... mais rien ni personne ne m'en empêchera.

Il ne l'avait jamais avoué aussi nettement. On s'en doutait bien, il laissait courir le bruit, la rumeur faire son chemin. Pourtant, s'il recule, nous serons quelques-uns à nous souvenir de sa promesse. S'il y va, nous serons ses hommes.

– En attendant, me dit-il avant de prendre congé, arrête un peu de dire du bien de Sarkozy, ça n'arrange pas mes affaires...

Paris, 27 mai

Vie parisienne. Celle-là justement qui m'interdit d'écrire aussi souvent, aussi lentement que je le fais à Morterolles où rien ne presse jamais.

Dimanche 23. Dîner chez Paucard au sixième étage d'une HLM de la porte de Vanves, une sorte de blockhaus au-dessus d'un supermarché de produits surgelés. Il avait dû acheter là les blinis et le tarama, peut-être même le fromage. Philippe a prétendu qu'il n'avait pas faim. Ce qui est un régal chez Paucard, c'est sa conversation, nous le savions déjà. Pas sa table, nous le savons maintenant. Il n'y avait pas de vodka. Ça nous a quand même un peu surpris de ne pas trouver de vodka dans le réfrigérateur d'un homme qui vous reçoit vêtu d'un tee-shirt à l'effigie du maréchal Joseph Staline.

Sur le petit film muet en super-huit, plan fixe, plan-séquence, sans montage, qu'a tourné pour notre gloire posthume Gérard Courant, un cinéaste de ses amis, on verra la tête que font, assis par terre à mes pieds, Philippe, Serge T. et Jean-Noël, conscients de poser pour l'histoire. Et si l'on croit que j'arrange les choses pour faire joli, il y aura ce court-métrage de 3 minutes 30, numéro 232.

Mais où vend-on ces tee-shirts tellement mode à la gloire du maréchal Joseph Staline ?

Lundi 24. Le directeur général de France 2 recevait sur une terrasse à Roland-Garros où il faut être vu au moins une fois dans la vie. J'ai aperçu ce monde-là, qui n'est pas le mien et fait rêver tant de gens prêts à tout pour en être. Je traîne toujours un peu les pieds pour me rendre à ce genre de sauteries et les choses, finalement, se passent mieux que prévu. Les filles du service de presse m'avaient convaincu d'accepter l'invitation. J'ai bien fait, la soirée fut plaisante. Drucker a tenu à m'emmener avec lui dans les vestiaires situés sous le cours Suzanne-Lenglen, où son ami Fabrice Santoro, qui venait de jouer quatre heures et quarante minutes d'affilée, était en train de se faire masser. Je ne voulais pas, je ne me voyais pas déranger un champion après tant d'efforts dans le plus simple appareil.

– Viens, je te dis. Ça nous fera un souvenir commun de plus. Tu verras, il est charmant !

Michel est têtu et souvent malicieux. Je me suis donc retrouvé, comme je le redoutais, coincé entre Christopher Baldelli et lui dans une salle de massage à Roland-Garros devant la table où Fabrice Santoro se laissait aller entre des mains expertes.

Vu sous cet angle-là... le tennis... évidemment !

Mardi 25. Dîner au restaurant du Sénat à l'invitation du président d'un club d'échanges et de réflexions. Un homme volubile et quelque peu autoritaire, m'a-t-il semblé, mais drôle et cultivé. Il écrit en japonais « des ouvrages de référence sur la mécanique quantique ». Ses amis et lui voulaient me rencontrer, « mieux me connaître », des chefs d'entreprises, un chasseur de têtes (il s'est présenté ainsi), un dentiste, un banquier, une ophtalmologiste, un conseil en marketing, une directrice de relations publiques, un jeune cadre qui rougissait quand je le regardais, des femmes pas bêtes. Aucun d'eux ne m'avait lu, hormis le président qui me posa des questions très pernicieuses sur ma sexualité « triomphante », « incompatible avec votre chagrin ». Des gens de bonne compagnie, en somme, qui voulaient simplement me « voir en vrai ». Ils m'ont vu. Je ne me suis pas ennuyé avec eux. À 22 heures précises, j'ai quitté la table. J'avais prévenu.

Chanter au Palais des Sports devant cinq mille spectateurs et ma mère, si petite au premier rang, entourée de mes intimes et d'une demi-douzaine de ces jeunes qui chantent à la télévision le dimanche avec moi – et se verraient bien à ma place sur la scène où, quand j'avais leur âge, je rêvais moi aussi de monter. Je me suis dépensé sans compter pour leur plaire. Allan, le plus émouvant d'entre eux, m'a dit : « J'ai le trac pour vous, là dans mon ventre. »

Paris, 28 mai

Dîner en tête à tête avec Marco place de l'Alma.

– Là où Lady Di s'est tuée en voiture ?

Ce qui intéresse Julien au pont de l'Alma, ce n'est ni le zouave ni Marco, mais le fantôme d'une princesse de légende, morte d'amour une nuit d'été à Paris à toute vitesse.

– Y a encore des fleurs à l'endroit de l'accident ?

Julien croit au Père Noël. Il sera déçu.

Morterolles, 29 mai

Paucard encore ! Il me bombarde de potins ou d'informations capitales comme ce matin la déclaration du groupe des Verts au conseil municipal de Paris.

« Face au risque de densification de Paris qui se ferait forcément au détriment de la préservation du patrimoine, et parce que nous avons une vision de la ville à taille humaine, nous nous opposons fermement à la construction de tours supplémentaires à Paris. Il nous semblerait au contraire judicieux de réfléchir à la disparition de certaines d'entre elles. »

Aux bravos de Paucard, j'ajoute les miens.

On n'a pas si souvent l'occasion d'applaudir ces gens-là dont il faut craindre les toquades et les foucades, mais s'ils empêchent Bertrand de livrer Paris aux bétonneurs, nous leur en pardonnerons une ou deux.

Paucard me rapporte aussi ce mot d'esprit de l'éditeur Dominique Gaultier : « Pourquoi tant d'histoires ! Autrefois les homosexuels étaient tous mariés. »

On doit sourire de ces affaires-là qui ne valent pas qu'on s'étripe. « Pour ne pas vivre seules des filles aiment des filles et l'on voit des garçons épouser des garçons », chantait Dalida il y a trente ans.

Oui, les hommes sont prêts à tout pour ne pas vivre seuls. De cela, il ne faut pas sourire.

Morterolles, 1er juin

Ça n'a pas traîné ! Je me suis une fois encore emballé pour rien. Le maire vient de me remettre le permis de démolir que l'architecte des Bâtiments de France a finalement signé dans un délai raisonnable.

« Tu veux toujours aller plus vite que la musique », me reprochait mon père. J'ai dans l'idée que les choses doivent aller comme j'ai décidé qu'elles aillent : vite et bien. Plus vite que la musique ?

Peut-être aurais-je pu attendre un peu avant de consacrer des pages furibondes à l'« affaire » de ce permis de démolir qui m'arrive plus tôt que je ne l'espérais.

– Et surtout, me conseille le maire, n'écris pas de vacheries sur l'architecte, c'est un type bien... très compétent.

Un type bien certainement, puisque Bernard le dit. Est-il décidé à faire raser la moitié de Morterolles ? Il resterait ainsi dans l'histoire du canton en bienfaiteur, on le citerait en exemple du bon goût comme Malraux pour avoir rendu à Paris sa splendeur.

Bernard sourit quand il m'entend rêver tout haut d'une armée de bulldozers déferlant sur Morterolles, lui le bon maire qui a pour mission de construire et construire encore des usines, des logements sociaux, des maisons de retraite, des crèches... des zones industrielles. Bernard sourit, il croit que je plaisante, que j'en rajoute un peu, histoire d'affoler les populations...

– Bon, tout cela est très bien, me dit-il, mais avant de faire raser la moitié de Morterolles, j'ai besoin que tu m'aides à sauver la poste. Ils vont la fermer s'il n'y a pas plus de mouvements financiers. La grande responsable du département voudrait que tu la reçoives pour te proposer...

– De lui donner des sous ?

– Oui, ça pourrait éviter la fermeture inévitable autrement.

S'il faut faire un geste pour sauver la poste je le ferai. Personne ne m'en saura gré, mais je le ferai en pensant à Stéphane qui l'aurait voulu. Je tenterai d'obtenir en contrepartie que l'on veuille bien ravaler la façade décrépie, repeindre les fenêtres et entretenir la misérable bordure prévue pour des fleurs, envahie d'herbes folles et d'orties la plupart du temps. Si, dans le même élan, on pouvait interdire le stationnement des voitures et le dépôt de saloperies en tout genre, alors je signe demain le chèque qui fera plaisir à la dame des Postes du département.

Oui, si chacun ici était d'accord pour la propreté, l'embellissement par les fleurs, le ravalement obligatoire, je serais prêt à participer, à « donner des sous ».

Mais non, ici comme partout ailleurs (il y a quelques villages préservés dans le Limousin), les gens se fichent de vivre dans la laideur, le provisoire à perpétuité. Ils veulent des postes, des supermarchés, des maisons de retraite. Ils veulent soixante-douze chaînes de télévision. Le reste, la tristesse des bégonias, les volets de la salle des fêtes, les coulées de goudron qui tachent les trottoirs et le pas de leur porte, les fils électriques qui pendouillent, ils s'en foutent énormément. Qui se soucie de l'éclairage du monument aux morts ?

Et, pour le bonheur de Morterolles, monsieur le maire me demande de l'aider à sauver la poste ! Comme je le tenais là assez bien disposé à m'entendre, je lui ai demandé à mon tour quand allaient enfin commencer les travaux de réparation de la voûte de l'église. Quand allait-on pouvoir de nouveau entendre sonner les heures en son clocher ? Il ne sait pas. Il fera au mieux selon les directives de l'architecte des Bâtiments de France. En attendant, il va faire étayer la voûte, par précaution, mais il doute que la messe de minuit de Noël prochain soit possible, ni aucune autre messe avant longtemps. C'est beaucoup plus contrariant que la fermeture de la poste.

Morterolles, 4 juin

On a profané le cimetière de Morterolles dans la nuit de mercredi à jeudi. Profané, c'est peut-être beaucoup dire. Disons : pillé. Dix-sept tombes sens dessus dessous. La femme du Duc les a comptées. Un christ en bronze, quelques vases de porcelaine, des plaques souvenir en marbre, des croix de valeur, ils ont tout emporté. Des bacs à fleurs ont été renversés. Par qui ? Pourquoi ? La femme du Duc n'en sait rien, les gendarmes non plus, probablement. Ils enquêteront et la rumeur fera le reste. Des enfants ? Mais il n'y a pas d'enfants par ici en âge de s'amuser dans les cimetières. Des brocanteurs éméchés ? Quelques romanichels de passage ? Non. Il n'y a rien à tirer, pas un clou, fût-il rouillé, des misérables trésors que nous déposons sur nos tombes le cœur serré. Alors ?

J'ai beau réfléchir, je ne trouve pas d'autre mobile que l'ennui qui explique tant de crimes. Tout est calme, on croit pouvoir dormir en paix et des mains qui s'ennuient, des mains d'hommes (les femmes n'ont pas le temps de s'ennuyer) traînent au cimetière, à l'entrée du village, et tripotent sous la lune des christs en bronze et des vierges Marie en plâtre. Des paumés, des violeurs impuissants. Dieu nous garde de l'ennui.

Morterolles, 5 juin

Entre celui qui se dandine quasiment les fesses à l'air ou en jupette sur des talons aiguilles dans les étables d'une ferme préfabriquée pour la télévision et ces deux-là qui s'embrassent à pleine bouche, langues comprises, devant une mairie en Gironde où l'ineffable Mamère vient de les marier, on a envie de hurler, non pas de rire mais de colère. Il faut arrêter maintenant. Ça va, on a compris ! Ceux qui applaudissent au nom de la liberté et ceux qui sifflent au nom de la morale se valent, on ne voudrait pas leur ressembler. La tolérance a bon dos et, pour le coup, la morale aussi. L'extravagance, il y a des cabarets pour ça.

Qu'on arrête, oui, qu'on arrête, ou les mères de famille les mieux disposées vont s'affoler pour leur fils. Et s'il rêvait lui aussi d'être fermière en bas résille ?

Ceux, plutôt hétérosexuels, que l'idée de passer à l'acte un jour ou l'autre n'effarouchent pas, qui se disent qu'après tout rien n'est moins extraordinaire que de faire l'amour entre hommes, ceux-là sont perdus pour nous. Il va nous falloir bien du talent pour les rattraper. Je ne voulais pas revenir sur ce cirque où les homophobes se régalent aux premières loges, mais comment y échapper ce matin où toute la France, que dis-je la planète, est invitée à la noce ? On souhaite tout le bonheur possible aux jeunes mariés. Mais nous n'en sommes pas, nous qui espérons un monde où les garçons qui aiment des garçons ressemblent à des garçons et placent leur fierté là où il faut, pas sur leurs faux cils.

Julien (qui n'est jamais au courant de rien) et « s'emmerde à réviser son bac », est très énervé au sujet de son professeur de philosophie.

– Une salope, me dit-il. Elle m'a mis 7 à un devoir sur « la morale et la liberté sont-elles compatibles ? »

– Et alors, quelle est ta conclusion ?

– Plutôt oui. J'ai développé une thèse, argumenté sur ce thème et elle m'a collé 7, même pas la moyenne ! C'est une salope qui préfère la liberté à la morale... et toi tu penses quoi ?

– Un peu comme toi, lui dis-je. Je viens d'ailleurs d'écrire quelques lignes à propos du mariage gay.

– Quoi ? Y a des mecs qui se marient pour de vrai à la mairie ?

– Il faut te réveiller, Julien.

– T'es marrant, toi ! J'peux pas écouter toutes les conneries qu'ils racontent à la télé.

Paris, 6 juin

Déjà la lumière de l'été. Brutale comme celle des fast-foods des supermarchés, des toilettes de l'autoroute.

Soixantième anniversaire du débarquement allié en Normandie. On va le savoir. Comment peut-on être antiaméricain aujourd'hui ? Moi, je ne l'ai jamais été, je peux donc m'associer en pensée à l'hommage rendu aux *beach boys* morts pour nous. Ça ne me laisse pas indifférent le courage, le sens du devoir et de l'honneur. Ceux qui insultent l'Amérique insultent sa jeunesse et notre liberté. Il n'y a pas d'un côté les bons peuples et de l'autre les méchants, les noirs, les jaunes et les bronzés, il y a le genre humain et là, c'est une autre histoire. Le genre humain n'a pas toujours bonne mine. À l'époque, il avait carrément une sale gueule sur les places publiques, dans les cours des prisons, dans les coins derrière l'église ou officiellement sur les marches de la mairie quand est venue l'heure des lâches, des héros de dernière minute, des minables, des salauds... On nous donne toujours à voir ces jeunes femmes à la gorge pigeonnante, en robes à fleurs, les épaules nues, les jambes à l'air qui prenaient d'assaut les chars libérateurs et sautaient au cou des GI's et se laissaient embrasser contre un paquet de chewing-gum. Des filles de France énamourées. Moi, je pense à leurs maris, leurs frères qui tondaient à tour de bras des pauvresses hébétées, fusillaient dans le dos leur voisin, violaient, torturaient des Lacombe Lucien dans les caves de la Libération. On appelait ça l'épuration. Le genre humain est le même partout, pas aussi joli qu'on le raconte à l'école ou dans les congrès de la Ligue communiste révolutionnaire.

Paris, 7 juin

On les a vus au bal des pompiers, à la noce d'Angèle, au supermarché, ils traînent tous les samedis des paquets de pâtes et une montagne de rouleaux de papier hygiénique ; aux caisses d'allocations familiales, ils font la queue. Ils sont tellement ordinaires ces gens-là, tellement comme nos voisins, qu'on se demande si ce n'est pas normal de manger des petits enfants le soir à la maison et d'inviter des amis à se régaler avec nous. Ils n'ont l'air ni coupables ni innocents, ils n'ont l'air de rien. Ils attendent leur tour entre deux gendarmes. Regardons-les trembler, ce sont des monstres. Ils vont payer pour apprendre que le mensonge sort aussi de la bouche des enfants. Qui les croit sur parole est un homme mort. Avant de nous laisser intimider par ces juges, ces psychologues de Sécurité sociale, ces pédopsychiatres affolés, voyons un peu ce qui les fait jouir et nous aurons moins peur d'eux et nous leur ferons baisser les yeux. À ce procès des gens d'Outreau, qui se joue à Boulogne-sur-Mer, depuis plusieurs semaines on voit passer la boulangère et le curé, le chauffeur de taxi, nous espérions une bonne sœur. Il ne manque plus qu'un raton laveur pour que la farce soit parfaite. Ils ne tarderont pas à en trouver un. J'écris « farce » car c'en est une, mais ces vies déglinguées, ces enfants martyrisés par leurs parents, c'est une tragédie qui remonte à la nuit des temps. Parents ! Méritent-ils cet honneur, ce droit ? Je ne peux pas supporter l'idée que de faire des enfants soit à la portée du premier imbécile venu, de la dernière des salopes, de n'importe qui. Ça n'émeut apparemment personne, ce trafic. C'est à ceux qui savent se tenir, se contenir et ne font pas d'enfants qu'il faudrait verser une prime de bonne conduite. En ouvrant ses caisses à tous les lapins, l'État finance le vice et finalement l'horreur.

Toutes les pratiques sexuelles sont imaginables entre adultes consentants, quelques perversions recommandées, toutes sauf une : l'inceste.

Une soi-disant journaliste se présente :

– Moi vous savez, me dit-elle, je suis nature, je n'y vais pas par quatre chemins, je dis ce que je pense.

Comme c'est une idiote, elle ferait mieux de se taire.

Paris, 8 juin

« Tu ne fais décidément rien comme tout le monde, mon pauvre garçon. » J'entends mon père. Il me regardait, désolé, m'occuper à écrire des poèmes sur l'automne et les roses plutôt que d'aller jouer au football. Mes frasques d'adolescent le dépassaient, mes façons l'intriguaient. La fierté viendra plus tard. Ce qui, dans mon comportement, lui apparut étrange, l'aurait-il admis sans l'absolution des autres ? Mon père n'en revenait pas de me voir dans leurs yeux. J'ai voulu l'épater autant que possible. Il est mort épaté après s'être penché à la fenêtre de mon salon une dernière fois. Paris ne lui avait jamais paru plus beau que vu d'ici. Il est mort, rassuré, à cette fenêtre que je n'ouvre pas sans penser à lui.

Morterolles, 9 juin

On ne peut pas toujours répondre que ça va bien quand ça ne va pas du tout. C'est pourtant ce que nous faisons. Ce mensonge est une politesse que les autres nous rendent à leur tour quand nous nous inquiétons d'eux. Cette allégresse permanente est une comédie, vivre en société serait impossible si nous disions la vérité.

Paris, 12 juin

Reprendre ce journal quand je l'ai laissé pour me donner sans compter aux foules des music-halls et de la télévision, pour recevoir des amis ou succomber aux tentations de la vie parisienne, est une épreuve que je ne surmonte pas facilement. Les plaisirs que je m'accorde, je les paie cher à l'heure du doute et du silence. Et si je renonçais, si ce journal restait inachevé ? Certes, le monde ne s'en porterait pas plus mal. Mais moi ? Ce fil auquel je m'accroche comme un damné s'il cassait, ces mots toujours les mêmes s'ils ne voulaient plus rien dire, ces répétitions inévitables (« révélatrices », dit Julien Green), si je devais les éviter, je serais mort.

Je ne sais pas vivre sans écrire, je ne vois même pas comment c'est possible.

Paris, 13 juin

Finalement, ça me dérange de me retrouver du côté de ceux qui dénoncent le mariage des garçons. Quand je vois la tête méchante de la plupart d'entre eux, quand je lis ou j'entends leurs arguments piteux, j'ai comme un haut-le-cœur. Ils sont contre pour des raisons exactement contraires aux miennes : la famille sacro-sainte, l'avenir de l'humanité, le Bon Dieu, le droit des enfants... Oui, ça me dérange cette promiscuité douteuse avec ceux-là qui nous feraient interner s'ils en avaient le pouvoir.

Et puis Stéphane aurait été pour, évidemment. Il aurait adoré être le marié, afficher son bonheur face au village, à la ville, au monde entier. Il aurait fait un beau marié, les demoiselles d'honneur n'auraient eu d'yeux que pour lui. Stéphane pensait que l'amour excuse tout, explique tout. Philippe, lui aussi (je l'aurais parié), juge possible le mariage des garçons.

– Les gens du peuple, dit-il, ont besoin d'une reconnaissance, d'une fête rien que pour eux. La société ne peut pas leur interdire indéfiniment ce jour de gloire...

Philippe est de gauche comme on le sait, donc humaniste, forcément humaniste et le bonheur des gars du peuple lui importe beaucoup.

On peut voir aussi les choses de cette façon. Elle me va bien. Sur la forme, j'ai des doutes encore. Je reste du côté de Benoît Duteurtre qui vient de tirer sur la noce dans les colonnes de *Libération* avec une précision imparable. Les falbalas, tout ça, cotillons et serpentins, langues de belles-mères et pièces montées ne sont pas pour nous. Sur le fond, malgré les violons, la musique de Philippe est à la mode. Les mariés peuvent ouvrir le bal.

Paris, 14 juin

Il faut se donner beaucoup de mal aujourd'hui pour rater son bac, s'abrutir à réviser des pages d'histoire, de chimie, se saouler de chiffres et d'anglais, ânonner des formules d'algèbre, des poèmes de René Char. Un moment d'inattention peut être fatal, vous voilà bachelier sans avoir rien compris à rien. Julien devient fou, le nez plongé dans ses cahiers d'écolier, je le sens éperdu d'angoisse. Il le veut absolument ce bout de papier qui ne sert à rien, ou à si peu de choses.

– Je sais qu'on le donne à tout le monde, me dit-il, mais j'ai peur quand même de le rater. La honte que j'aurais ! Et je veux que tu sois fier de moi...

Julien s'abrutit, je ne vois pas d'autre mot, pour que je sois fier de lui, mais surtout il croit (on le lui a tellement répété) que sans le bac on n'a plus qu'à se foutre à l'eau. On le donne même aux ânes, la prouesse serait qu'il le rate. Je ne me sens ni la force ni le droit de le décourager, je ne voudrais pas qu'il puisse me le reprocher un jour. Il va l'avoir, son bac, je le crains, et il ne saura pas quoi en faire ni à qui le montrer. L'administration, les services publics l'exigent, on se demande pourquoi. Julien ne veut pas être fonctionnaire, il ne sait pas du tout ce qu'il veut faire. Il danse, il joue au football avec des copains du lycée, comme eux il n'a pas la moindre idée de son avenir – star à la rigueur lui plairait bien, sans plus.

Le « passe ton bac d'abord », cette injonction rabâchée aux oreilles des adolescents est épuisante à la fin. « Apprends un métier » serait une recommandation autrement plus sérieuse. N'y comptons pas ! Le sens du vent n'est pas favorable aux attardés dans mon genre. Julien me tiendra-t-il pour un attardé quand il lira ces lignes que son tourment m'inspire ? Dans six mois, il aura grandi, oublié la peur qui lui noue le ventre aujourd'hui.

17 h 30. Julien sort de classe, il hurle au téléphone :

– Tu sais quoi ? Même au milieu des examens, j'ai pensé à toi.

– Et alors ?

– Du coup, j'ai réussi la philo, mais j'ai foiré les maths !

Julien est tout excité, il parle en marchant sur le front de mer, il me raconte sa journée, il s'arrête pour manger une glace, il manque se faire renverser par un autobus. Il crie, il rit. Julien exulte, il me dit que la glace est bonne, il veut que je devine le parfum qu'il a choisi. Les adolescents se consolent heureusement plus vite que nous.

Paris, 16 juin

Il ne faut pas douter de la sincérité de ceux qui nous ont dit « je t'aime » un jour, il y a longtemps ou la nuit dernière dans l'extase. Qu'ils l'oublient aussi vite ou avec le temps ne change rien à la vérité d'un moment. Simplement, tous les « je t'aime » de notre vie ne disent pas la même chose, ils sont de circonstance, le plus souvent provisoires. Sachons-le. Prenons-les comme ils viennent, qu'ils viennent est déjà beau.

« Je t'aime », le mot de l'amour à l'oreille d'un copain de classe, sur le front de nos mères, sur la joue d'un enfant s'en va naître et mourir sur la bouche des amants. C'est la musique qui nous trompe.

Paris, 17 juin

C'est un jeune homme interminable, une chanson d'amour sur les lèvres de sa dulcinée, le héros imprévu d'un best-seller, une charade à lui tout seul. Sa photo paraît parfois dans des magazines en couleurs. Il dînait hier à la maison. Jean-Noël était sûr qu'il me plairait, que nous allions nous entendre. « Il est charmant, tu verras. » J'ai vu. J'ai vu ce Raphaël enfin, que Jean-Noël me promettait. Son sourire, ses jambes à prendre à son cou et puis ses mains, cerfs-volants attendus sur le ventre des femmes. Ce jeune homme que l'on s'arrache en ville, nous eussions préféré qu'il fût un peu bêta. Mais non ! Raphaël est agrégé de philosophie, il a fait un bébé à une chanteuse que nous aimons, parle sur France Culture et cite Auguste Blanqui entre la poire et le fromage. Tant de grâce pourrait agacer s'il n'était pas charmant de surcroît.

L'autre nouveau venu par la bande, Ariel Wizman, n'est pas mal non plus dans le genre : « Excusez-moi, je débarque à l'instant de la salle de muscu, je me passe les mains à l'eau et je suis à vous. » Ce sont plutôt ses épaules qui nous ont ému, rondes, et ses bras nus. On peut se présenter en débardeur pour dîner dans l'île Saint-Louis quand on a des épaules pareilles et sur les épaules une tête exactement à sa place. Ce garçon, qui joue les zigotos sur Canal +, je l'avais repéré de loin parmi une clique d'autres zigotos dont l'humour au trente-sixième degré ne m'amuse que très modérément. Ariel donc, ce drôle d'oiseau, s'il sort bien d'une salle de « muscu », n'a pas oublié de passer par la bibliothèque. Je pressentais qu'une complicité était possible. Nous nous en sommes donné à cœur joie. Si je rapportais ici le quart des propos que nous avons tenus, les décisions que nous avons prises, comme notamment de rayer de la carte de la France les départements qui nous déplaisent ou de faire pendre tous les cons qui ne sont pas de notre avis, on verrait que nous avons passé une bonne soirée, très politiquement incorrecte, pas du tout diffusable sur Canal +. Nous avions des témoins : d'abord mes femmes. Julie avait mis une jupe juste pour moi, Nathalie en porte toujours, ces deux-là se sont comprises. J'ai expliqué à Raphaël et à Ariel que les femmes en jupe étaient plus appétissantes qu'en treillis. Comme s'ils avaient besoin de moi pour leur donner des idées. Je m'entends parfaitement avec les garçons que les femmes ne laissent pas indifférents, qui les épousent parfois sans pouvoir se passer de nous.

Si la solitude ne me pèse pas, si le silence est ma drogue, j'ai quelques dispositions aussi pour la vie en société quand c'est moi, naturellement, qui l'organise. Ces dîners ne s'éternisent jamais au-delà de minuit, après on tombe vite dans le bavardage. Nous sommes douze le plus souvent. La bonne mesure. Il n'y a pas de plan de table, chacun s'assoit où il veut, où il peut pour les derniers arrivés, sur un coussin par terre, sur le rebord de la fenêtre, comme hier Stéphane Bern. On aurait cru un ange auréolé du Panthéon, un ange... polisson. Celui-là ne cache pas son jeu, c'est ce naturel qui lui vaut tant de succès. Ce n'est pas un homme banal, passe entre lui et moi le mystérieux petit contact du cœur. Je garde la lettre superbe qu'il m'a écrite dans l'avion qui le ramenait de Grèce l'hiver dernier après avoir lu *On s'ennuyait le dimanche*. Ses bonnes manières le rendent singulier dans les couloirs de la télévision où l'on croise tant de gougnafiers. Une seule ombre entre nous à ce tableau idyllique, il vire dangereusement socialiste, tandis que j'en pince sérieusement pour la monarchie absolue, tempérée par l'assassinat.

Un jour, quelques-uns de mes invités diront : « Autrefois quai d'Orléans, Paris était une fête... le maire y venait parfois, on tutoyait d'anciens ministres et des chanteuses de beuglants... »

Il y avait deux journalistes avec nous qui écrivent des choses graves sur mes livres. Il y avait Emmanuel en goguette dans la capitale. Hier, au début du siècle, c'était le bon temps.

Morterolles, 19 juin

Visite à ma mère en passant avant de revenir ici, juste à temps pour échapper aux tam-tams et autres pipeaux de la fête de la musique. Antony est sur le chemin de l'île Saint-Louis à Morterolles, je m'y arrête chaque fois. J'ai grandi là, à la sortie de la ville, sur la nationale 20, après le pont du chemin de fer, avant le marchand de couleurs. Ma mère m'attend sur le perron, agrippée à la rampe de l'escalier qui descend à la cave, ses jambes ne la portent plus qu'à petits pas, son genou gauche la martyrise sans relâche. Elle ne lui cède pas, une fois par jour au moins elle traverse son jardin. Quand elle dit « mon jardin », l'odeur des lilas de notre enfance me saoule un peu. « Tu as vu mon jardin comme il est beau ? » Je le fais entretenir maintenant qu'elle ne peut plus et ça la rend malheureuse de laisser à d'autres son jardin.

– Ils sont bien gentils, mais ils oublient toujours quelque chose. Hier j'ai dû arroser les géraniums et le rosier grimpant derrière la maison sur le mur de ta chambre...

« Ta mère est intenable, me répétait mon père. Au lieu de se tenir tranquille, c'est plus fort qu'elle, il faut qu'elle repasse après les jardiniers ou la femme de ménage. Remarque bien, me glissait-il à l'oreille, on ne va pas la changer maintenant. »

Elle s'assoit parfois dans son fauteuil, près du radiateur de la salle à manger depuis qu'il n'est plus là. Moi, je préfère le sien, elle le sait. Enfant déjà c'était là, près de la fausse cheminée en faux marbre, que je me trouvais bien. Du fauteuil de ma mère on aperçoit la branche du cerisier où pendait autrefois la balançoire de mes sœurs et au bout de l'allée, de l'autre côté de la rue, le pavillon des riches, avec une véranda, un garage et une grille noire en fer forgé. J'ai cru longtemps que les riches habitaient sur la nationale 20 des pavillons en meulière à deux étages, avec du lierre aux fenêtres. J'ai dix ans quand je reviens m'asseoir sur le fauteuil de ma mère. Nous ne parlons pas beaucoup de ce temps-là, qui est si loin, quand nous nous retrouvons seuls tous les deux. Inconsolables. Nous manions les souvenirs avec précaution. Ce matin, je lui ai apporté une demi-bouteille de champagne et un bouquet de pivoines. Des livres. Elle ne peut pas s'en passer.

– Remercie bien la petite jeune fille de chez Albin Michel qui m'en a envoyé quatre.

Ma mère lit tous les livres qui lui tombent sous la main, sauf mon journal. Au contraire de mon père je n'ai pas eu à la dissuader de me chercher entre ces pages qui la brûleraient. Jamais elle ne m'a posé une question à leur sujet. Elle sait. On lui en parle beaucoup. Ça suffit bien. La semaine dernière elle est allée au cimetière à Saint-Pardoux avec ma sœur Jacqueline qui a une maison dans les environs.

– Qu'est-ce qu'il y avait comme poussière sur la tombe de papa, tu ne peux pas t'en faire une idée. Sur le marbre le pollen des arbres et des fleurs ça se remarque plus que sur la pierre. Nous l'avons lavé à grande eau tu verras...

Ma mère dit « sur la tombe de papa », moi « sur la tombe de Stéphane ».

« La nôtre » à elle et moi, un jour ou l'autre.

Morterolles, 21 juin

L'anniversaire de Lulu. Je viens de laisser un message sur son répondeur où chante Vanessa Paradis, l'idole de son enfance. Je ne l'oublie pas celui-là qui a grandi trop vite comme tous les enfants. Je ne le vois plus qu'en passant. « Ça va mon Papou ? » Une bouille de grand bébé triste aujourd'hui. La vie le pousse et le malmène un peu. Il ne me dira rien, presque rien, pas si vite. J'avais prévu que l'orgueil lui ferait faire des bêtises. Reviendra-t-il poser sa tête sur mon épaule ? Non. Ou alors pour rire, juste pour rire, en souvenir de ces jours-là où l'on se disait tout. Si l'on réunissait la centaine de pages qu'il m'a inspirée, Lulu serait un livre à lui tout seul. Son rire, ses baisers dans mon cou, ses lettres posées sur mon oreiller, sa chambre à Montmartre, les géraniums à son balcon, son arrivée ici en chaussettes blanches sur la pointe des pieds et cette nuit de l'hiver 1999 où nous n'avons rien entendu de la tempête. Le monde pouvait s'envoler, nous dormions sans peur. Les relit-il quelquefois ces pages éblouies par lui ? Les connaît-il par cœur ? Les a-t-il oubliées ? Lulu a vingt-sept ans, le miroir où il était si beau est un rétroviseur.

Morterolles, 22 juin

La maison des morts rend l'âme. Je l'entends craquer, se désarticuler, s'effondrer sous les coups répétés des tractopelles et des marteaux-piqueurs à l'œuvre depuis ce matin. Un quinze tonnes déblaie les lieux à mesure, demain tout sera réglé. Ce n'était pas Versailles. Ces bruits sourds de fonte et de béton qui s'entrechoquent, le ronflement des camions ne m'agacent pas, au contraire, j'aime que monte vers ce bureau le mouvement de la vie, celui des hommes au travail, occupés à dégager un morceau du ciel. Chacun pourra en profiter, chaque fois que je pourrai terrasser la laideur et planter des sapins je le ferai. Qui s'en plaindra ? S'il en est un, la femme du Duc l'enverra sur les roses. Je voulais être là pour les grandes manœuvres, Vincent aussi. Irremplaçable en inspecteur des travaux finis. Le bâtiment « il en connaît un rayon », « faut pas la lui faire ». À l'entendre nous raconter ses années de chantier, on comprend qu'il a dirigé les fondations de Notre-Dame-de Paris.

Il est ici aujourd'hui l'homme de la situation, les couvreurs sont sur le toit, des électriciens finissent de brancher la climatisation, une équipe de pépiniéristes s'affaire au traitement des pelouses. Jean le maçon ne voit pas le bout des kilomètres de muret qu'il devait avoir terminés fin mai, les peintres remettent une couche d'acajou sur les trois portes de l'entrée, on attend le maréchal-ferrant et Ginou passera dans l'après-midi enlever une pauvre armoire en marqueterie, seul « trésor » de la maison des morts sauvé d'un capharnaüm, avec quelques chaises que j'ai données à ma sœur Jacqueline et une table en merisier qui ira dans le chalet près du tennis. Ne rien laisser traîner après moi, que tout soit en ordre. Mon obsession, ma douce folie.

Morterolles, 23 juin

Dans la grande série : Progressistes de toutes les provinces, unissez-vous, l'ordre ancien a vécu, nous avions déjà eu : « La messe de minuit sera célébrée à seize heures trente », nous avons maintenant : « Le bal du feu de la Saint-Jean aura lieu dimanche 27, place du Marché, à partir de 21 heures. »

Le journaliste primesautier qui annonce le calendrier des festivités régionales sur France 3 ne faisait pas d'humour, il avait même l'air de trouver cela très bien que le bal du feu de la Saint-Jean soit reporté à la Saint-Fernand. Attendons-nous prochainement à : « Le lundi de Pâques sera remis au jour suivant en raison des RTT auxquelles ont droit les personnels de l'industrie du chocolat et les prêtres ouvriers. »

Morterolles, 24 juin

Julien m'explique qu'il ne pourra plus me téléphoner avant le 1er juillet car il a épuisé le forfait de son portable.

– Mais toi tu peux m'appeler... Tu m'appelleras, dis ?

Il ne lui reste que deux minutes pour m'avouer qu'il est à découvert de quarante euros à la banque et qu'il ne veut rien devoir à personne ni même à une banque. « Tu te rends compte : quarante euros ! » Il refuse que je lui envoie de quoi créditer son compte.

– Je te prête quarante euros, lui dis-je. Tu me les rendras... Ce n'est rien, quarante euros.

Non, Julien ne veut pas, il va se « débrouiller », il va chercher une place, un petit boulot au supermarché pendant les vacances. Il s'arc-boute sur sa fierté, je le sens tendu. Il l'est de toutes ses forces. J'ai compris cela sur sa bouche le premier soir.

– Pourquoi tu ouvres les yeux quand je t'embrasse ?

Julien a des étonnements et une fierté irréprochables.

Morterolles, 25 juin

N'importe qui s'improvise architecte, il suffit de regarder autour de soi, n'importe qui écrit des livres, il suffit d'entrer dans un supermarché, n'importe qui peut se nommer voyante ou psychanalyste, une plaque gravée à son nom suffit à attirer les gogos, n'importe qui passe et repasse à la télévision pour dire n'importe quoi. Et l'on se demande pourquoi je suis tellement intimidé devant les chirurgiens, ces hommes silencieux qui nous ouvrent le cerveau et le cœur.

Morterolles, 26 juin

Aymeric m'informe, toutes affaires cessantes, que « Christophe Donner, qui se marie le 13 juillet prochain avec une femme biologique, impose à sa famille marxiste-léniniste une bénédiction à la chapelle expiatoire pour Louis XVI et Marie-Antoinette ». C'est bien le moins ! J'adore l'idée que le rejeton de militants révolutionnaires leur impose une bénédiction en souvenir de la reine assassinée, mais je tombe des nues car je ne savais pas Christophe si pressé d'épouser une femme, fût-elle « biologique ». Je ne vois d'ailleurs pas à quoi peut bien ressembler une femme « biologique ». On imagine forcément une créature assez irrésistible pour avoir détourné un écrivain pourtant insoupçonnable de légèreté. Est-ce que ça parle, une femme biologique ? Sait-elle tricoter, faire la cuisine ? Est-on obligé de coucher avec elle ? Christophe a-t-il songé au « devoir conjugal » ? Je ne serai pas tranquille pour lui tant que Aymeric, qui sait tout, ne m'aura pas rassuré.

Morterolles, 27 juin

Il m'a dit : « J'ai baissé mon pyjama sur mes genoux... il fait chaud, je suis torse nu, j'ai les cheveux mouillés », plus doucement comme s'il craignait d'être surpris, il m'a dit : « Je suce mon pouce... Et toi tu fais quoi ? »

Moi, je venais juste de tomber sur moi à la télévision au hasard du zapping nonchalant qui occupe mes fins de soirées en solitaire à Morterolles. Match TV rediffusait pour la énième fois un portrait intime tourné ici, il y a trois ans, par Jean-Louis Remilleux qui me fait parler calmement de choses graves, de l'amour, donc de Stéphane... Était-ce la lumière, la couleur de ma chemise en harmonie avec l'acajou de l'escalier du salon ? Ce ton que je prends, ce sourire apaisé, c'est la dernière bonne image de moi, la vraie. On ne la retrouvera plus. Je ne peux plus me montrer, je suis devenu « immontrable », ou peu s'en faut. Me sauve (pour combien de temps ?) la passion qui habite encore mon regard. Je me voyais sur l'écran donner à manger aux canards, courir à travers champs après mes ânes, lorsque la caméra me serre de près, je me laisse faire, c'était encore possible de me laisser faire par une caméra. J'avais les yeux bleus, le visage reposé, lavé par les larmes, pas un battement de paupières, pas un rictus à me reprocher, un homme dans son âge, exactement à l'heure avec lui-même.

J'en étais là de mes regrets quand le téléphone a sonné un peu avant minuit. Julien m'a dit : « J'ai baissé mon pyjama sur mes genoux, je suce mon pouce, je vais poser mon portable sur mon ventre bien en dessous de mon nombril, enfin tu vois... Rappelle-moi, je veux te sentir vibrer sur moi. »

J'ai fait ce qu'il me demandait de faire, plusieurs fois de suite. « Encore, recommence », me disait-il.

– Et toi, tu fais quoi ?

– J'allais me coucher.

– Emmène-moi dans ta chambre.

J'ai éteint la télévision. Je n'allais pas faire ça devant moi et j'ai emmené Julien dans ma chambre en déboutonnant ma chemise.

– Tu fais quoi ? J'entends plus ta voix, rien que ton souffle. Tu fais quoi ?

Avant qu'il ne mette le feu à ma peau, je ne faisais rien de mal, je n'avais pas la tête à ça. Maintenant qu'il m'avait cherché, il allait me trouver.

– Tu suces toujours ton pouce ?

– Oui, le pouce de la main gauche, j'ai calé mon téléphone sur l'oreiller au creux de mon épaule, comme ça j'ai la main droite libre... Et toi, tu fais quoi ?

Paris, 28 juin

Drucker impeccable. Et l'on se demande pourquoi il plaît tant aux Français et depuis si longtemps. Face à lui, Bill Clinton les mains posées sur les genoux. Un premier communiant à confesse. « Oui, j'ai commis une grave faute. » Il baisse les yeux, contrit, il nous prend à témoin de son infortune. « Oui, une grave faute. » Mais enfin, quand va-t-il arrêter de s'excuser ? À sa place, nous aurions fait comme lui sans nous gêner. Il arrive toujours un moment dans la vie d'un homme où la morale peut attendre. Et puis la morale en vérité ! À quoi peut bien servir d'être président des États-Unis (donc du monde) si l'on ne peut pas se délasser avec une stagiaire entreprenante assez bien disposée à notre égard sans que cela devienne une affaire d'État ? Oui, à quoi sert le pouvoir si l'on doit demander la permission au Congrès, aux ligues de vertu, aux juges et au pape de laisser venir sous son bureau une ou un stagiaire qui ne demande pas mieux. Oui, nous aurions aimé être Bill Clinton ce jour-là, ou Monica. À sa place, nous n'aurions pas hésité. On n'a pas si souvent l'occasion de rendre un service au président des États-Unis. Il n'a à s'excuser de rien. Il n'a pas déclaré la Troisième Guerre mondiale ni affamé son pays, alors quoi ? Drucker lui a dit : « Merci, monsieur le Président. » Impeccable, vraiment. Là où tant d'autres journalistes se seraient autorisé un « salut, Bill » tellement plus dans l'air du temps, lui n'a pas mis les pieds sur la table. C'est pour cela que nous l'aimons tant.

Bertrand et Max assis côte à côte à la tribune officielle du Stade de France, la foule qui hurle et vacille entre les cuisses des dieux en short qui se roulent dans la boue les uns sur les autres. Le bonheur de Max, la joie éclatante mais contenue de Bertrand. Leur complicité. Que se disent-ils à l'oreille ? J'ai beau faire un effort de mémoire, je ne me souviens pas les avoir jamais entendus se passionner pour le rugby. Jamais. Bertrand, fonction oblige, est prié d'être enthousiaste. Il l'est naturellement. Mais Max ? Il rêvait de faire l'Olympia quand nous attendions la gloire il y a trente ans à Montmartre. Le voilà président ! Et Bertrand maire de Paris et président un jour, peut-être. J'ai été ému en les apercevant à la télévision, si proches, si jeunes. Une seconde, j'ai eu vingt-cinq ans avec eux, quand tout était encore possible. François Dufay dans un article du *Point* nous appelle « les enfants de Dalida ». Hier il manquait l'aîné sur la photo de la tribune du Stade de France.

Paris, 29 juin

Midi. Je n'ai pas besoin de visiteurs ni d'amis de passage. Laurent T. pour quelques jours à Paris voudrait bien venir me dire bonjour, ça lui ferait « vraiment plaisir », « si ça ne vous dérange pas ».

Pour m'avoir beaucoup lu et fréquenté quotidiennement durant ces quatre dernières années, il devrait savoir qu'on ne revient pas me dire bonjour en passant, que je n'ai pas grand-chose à confier à ceux qui un jour se sont éloignés de moi, ne serait-ce que géographiquement. Ne me retiennent que les folles passions ou les fidélités immobiles, les larmes partagées. Que Laurent T. me voue des sentiments très forts ne fait aucun doute. Il n'empêche qu'il vit maintenant à Annecy et qu'il se passe très bien de moi. Il me suffit de le savoir en bonne santé (il m'a tant inquiété), heureux dans les bras de quelque Jamaïcain danseur de biguine. Il aura trente ans loin de moi. C'est arrivé à d'autres.

Je ne me contente pas d'un bonjour « en passant », il faut se tenir là, à portée de ma main, de mon regard, n'avoir pas d'autre souci que moi. Il ne faut pas partir. Je n'ai aucun reproche à faire à Laurent T., nous fûmes amants du bout des doigts, du bout des lèvres, amis plus sérieusement. Il ne m'a laissé que de beaux souvenirs, mais je ne vis pas de souvenirs.

Une rupture ça claque, ça ne peut pas s'éterniser. M'arrêter d'écrire, de lire ou de réfléchir pour bavarder du passé me dérange, m'ennuie. Je ne suis pas disponible pour la nostalgie.

15 heures. Laurent est venu. Je ne lui ai pas expliqué les raisons de mon peu d'entrain à le recevoir, il les lira quand ce journal paraîtra. Il peut les comprendre. Je l'ai retrouvé le même, très charmant. Nous avons échangé quelques banalités, j'ai préféré m'en tenir là. Pas de violons. Il faut des projets à l'amitié, pas de sanglots longs.

Paris, 2 juillet

Julien a eu son bac avec un 17 miraculeux en philosophie. Il exulte comme tous les gamins de son âge aux portes des lycées. Il dit qu'il est « trop content ». Il veut que je lui répète plusieurs fois que je suis fier de lui. Julien a eu son bac. « Tu te rends compte ? Je suis trop content. » Sa joie est la mienne, évidemment. Je me voyais mal lui expliquer que ce n'est pas un drame de rater son bac, alors qu'il croit (ce qui se raconte partout) qu'on n'est bon à rien sans ce diplôme sacré. Le jour où le rêve de tous les ministres de l'Éducation nationale sera réalisé, à savoir cent pour cent de réussite au bac, que vaudra-t-il ? Cette armée de bacheliers triomphants, il ne faudra pas lui demander de rempailler les chaises ni de déboucher les lavabos, ni même de toucher la terre ou le ciment. Cette armée de bacheliers aura des exigences violentes. « Je suis trop content », ils sont des milliers contents comme Julien. Combien sont-ils à savoir ce qu'ils veulent, ce qu'ils pensent ? Que fait-on avec un 17 miraculeux en philosophie ? « On va aller manger au Mc-Do avec mes copains pour fêter ça ! »

Je ne dis pas, on l'aura compris, que d'aller en classe ne sert à rien, je crois au contraire qu'il faut défendre l'école de la République, laïque, mais le bac obligatoire ! Ceux qui ont mis ça dans la tête des enfants seront responsables de leurs désillusions. Julien sera bientôt inconsolable. Ce soir « il est trop content ». Trop ?

Paris, 3 juillet

« Dans l'édition de poche n° 30 000 de votre journal *On dirait qu'il va neiger*, à la fin du livre, après la liste de vos œuvres complètes, on trouve un résumé de *La Vie sans lui* où l'on peut lire ceci : "Le destin de l'auteur bascule le 16 novembre 1998, jour de son anniversaire quand Stéphane ferme les yeux pour toujours." Cela m'a énormément choquée. Je peux vous paraître bête, mais je lis tout dans un livre, même l'achevé d'imprimer. »

La vigilance de mes lecteurs (une lectrice de Reims en l'occurrence) me venge un peu de l'étourderie des correcteurs que le jour et le mois de ma naissance n'obsèdent pas. C'est un 16 octobre que Stéphane a fermé les yeux. Octobre, pas novembre. Ça ne change rien, mais ça change tout quand même. Ma lectrice l'a bien vu. J'écris pour elle. Rien n'échappe, décidément, à ceux qui aiment nos livres et les connaîtront bientôt mieux que nous.

Paris, 4 juillet

Il pleut. « Quand il pleut, écrivez qu'il pleut. » Ce conseil de Simenon, que me rappelle Pierre S. aussi souvent que je doute, je l'applique ce matin à ma mélancolie. Il y a un bouquet de pivoines mauves sur mon bureau qu'une jeune inconnue a déposé devant ma porte : « Pour vous, en souvenir de lui. » Dimanche. Il pleut. J'ai perdu la trace de Julien depuis vendredi soir, un peu avant vingt heures. J'allais sortir dîner à l'hôtel Bristol, à l'invitation de Nathalie R. et de Claude B. qui fêtait son anniversaire et la fin du tournage de son film. Julien m'a dit : « Je t'appelle maintenant parce que je dormirai quand tu rentreras. Je vais me coucher tôt, sois sage et pense à moi quand tu seras avec toutes ces grandes personnalités. N'oublie pas que je t'aime... »

Aurais-je dû m'étonner qu'il veuille se coucher tôt, lui qui boude chaque fois que je lui fais remarquer que l'heure tourne ?

Il y avait Pierre Arditi et sa femme ; Daniel Auteuil ; Nathalie Baye et sa fille. Je n'avais jamais vu Nathalie Baye en vrai. Sur les photos, on voit bien que ce n'est pas l'actrice la plus laide du monde, mais on ne perçoit pas cette beauté si douce, ce naturel renversant. On ne peut pas l'imaginer, c'est une apparition, un miracle. Une femme. J'aurais voulu l'embrasser. Il y avait Jérôme Seydoux, des attachés de presse, des marchands de tableaux, la petite-fille de Picasso et le masque de Nadine Trintignant.

Julien dormait. Je ne doutais pas qu'il dormait. Depuis trois mois, il n'a pas fait un geste, un pas sans me demander de le suivre. « Là, je marche dans les jardins de l'hôtel Royal, tu entends le gravillon qui crisse. J'ai des baskets rouges, un jean blanc et une chemisette blanche aussi. Je vais m'allonger sur un banc à l'ombre près de la fontaine. Après j'irai au centre commercial voir les nouvelles vidéos et le rayon des livres pour te dire si les tiens sont bien placés. J'aime la photo à ton bureau, de profil, tu regardes par la fenêtre, l'air songeur, le doigt sur la bouche. Le vent se lève. Tu l'entends dans les feuilles des arbres ? Écoute... je vais peut-être m'envoler... » Il riait.

Je suis inquiet. Il y aura bientôt quarante-huit heures que Julien ne répond plus. Où s'est-il envolé et avec qui ? L'empêche-t-on de me parler ? Est-il malade ? A-t-il fait une bêtise ? Je ne trouve aucune explication logique à ce silence brutal. Je sais l'inconstance de la jeunesse, la fragilité de ses emballements, mais ça ne va pas. S'il se cache pour reprendre ses esprits, s'il a décidé que l'histoire du Petit Poucet devait s'arrêter là parce qu'elle lui faisait peur, j'en serais surpris. Surpris mais pas étonné, j'ai passé l'âge où l'on s'étonne des turbulences de la passion.

Non, ça ne va pas. Quelque chose ne va pas, qui me dépasse.

J'envisage toujours le pire. Le pire étant qu'il soit malheureux.

Julien est-il enfermé dans sa chambre ? Dans sa tête certainement.

C'est bien ce qui m'inquiète.

Morterolles, 5 juillet

La veuve du docteur B. n'a pas les mains trapues. Je crois avoir déjà rectifié, mais les deux photos qu'elle m'envoie ce matin pour me confondre m'obligent à revenir sur le sujet. Où avais-je les yeux ? Comment ai-je pu employer un adjectif aussi laid pour décrire des mains si fines au contraire, longues, comme faites au moule ? Je comprends maintenant que la veuve du docteur B., qui ne manque ni d'humour ni de vocabulaire, ait sursauté en me lisant. Trapues ? « Mais enfin, mon petit Pascal, où avez-vous vu cela ? Et puis ma maison n'a pas de proportions bordelaises. » Ah bon ! « Je vous précise, par ailleurs, que je ne suis pas encore arrière-grand-mère, et qu'il y a un train qui s'arrête en gare de Bersac à 17 h 18. »

La grande Fabienne est l'élégance même, et jusqu'au bout des ongles. Ces deux photos du profil gauche, prises l'une à Cherbourg en 1970, l'autre à Chevreuse en 1974, le prouvent assez, elle ne transige pas avec les grands principes, ni les horaires du train Limoges-La Souterraine. Se fâchera-t-elle si j'écris qu'elle aurait affolé François Mauriac ?

La femme du Duc, son amie, m'a raconté hier, lors de notre promenade du soir, qu'elle refusait d'embrasser le curé de son village après la messe et même de lui serrer la main. Elle ne voyait pas du tout ce que ce genre de familiarité avait à faire avec la foi. Nous non plus.

Le genre « sympa » (pour reprendre une expression désolée de Renaud Camus) fait des ravages partout, jusqu'au fin fond de nos provinces.

Ménageons pour cela les grandes Fabienne qui regimbent.

Morterolles, 6 juillet

Me raisonner. « Mais enfin, mon grand, raisonne-toi, ne te mets pas dans des états pareils ! » La voix de ma mère à mon oreille, si longtemps après les petites peurs de mon enfance. « C'est un garçon très émotif docteur, je ne peux pas le raisonner. »

« Émotif », disait-elle aussi en parlant de moi à mon instituteur qui s'en moquait absolument. On ne change pas. Ou si peu. Me raisonner !

« Fallait pas t'inquiéter mon chéri, on m'avait piqué mon portable et, comme ton numéro est dedans, je ne pouvais pas t'appeler. En plus, je suis resté enfermé dans ma chambre à penser à plein de choses... t'es pas fâché ? » Tout est toujours beaucoup moins dramatique que je ne le crois. Me raisonner ! Quand vais-je enfin me raisonner ? Julien ne recommencera plus, il me l'a promis.

– Je ne voulais pas te faire de peine tu sais...

– Tu es libre, Julien. Tu peux aller et venir sans ma permission, oublier jusqu'à mon nom. Dis-moi seulement que tu t'en vas... À la seconde même, je ne m'inquiéterai plus de toi.

Julien ne comprend pas du tout pourquoi je lui prête de si mauvaises intentions, ni mon pessimisme « qui lui fait mal ».

– Comment j'pourrais oublier ton nom ?

– C'est une image, Julien.

– Elle est pas belle, ton image.

Julien s'agace lorsque je lui explique que la passion

n'est pas un sentiment raisonnable, qu'on ne peut pas lui faire confiance longtemps, qu'elle nous emporte et nous laisse défaits, parfois vaincus. Non, ce discours-là, Julien ne veut pas l'entendre et, d'ailleurs, il va jouer au foot, ses copains l'attendent au stade. Il me rappellera après le match, et puis ce soir « avant de m'endormir ».

Morterolles, 7 juillet

Le CSP de Limoges est en liquidation judiciaire, c'était fatal ! Tant de margoulins se sont régalés sur son dos. Les joueurs, qui ont le dos large, auraient pu sauter de plus en plus haut, courir de plus en plus vite, la partie était perdue depuis belle lurette. Les margoulins au panier ! Le feuilleton de leurs déboires occupe quotidiennement les actualités régionales de France 3. On finit par confondre la moustache du maire avec celle d'un ex-dirigeant du club qui fut l'honneur, que dis-je, la gloire de Limoges.

Ce défilé de têtes au tribunal me réjouit. Le Baron lui, ne décolère pas. Il était si fier de son club, ça le dégoûte « ces magouilles ». Les supporters sont généralement « dégoûtés » par les magouilles quand elles les privent de leur joujou, de leurs joueurs. Avant, ils s'en accommodent sans état d'âme. Sur les gradins de tous les stades du monde, il y a des supporters peinturlurés qui se foutent pas mal de qui pique dans la caisse « pourvu qu'on gagne », de qui se pique pourvu que tournent les roues des vélos. Le Baron est un supporter-né. J'ai failli céder, la semaine dernière, à la fin d'un dîner chez lui, quand il me proposa de faire un chèque avec suffisamment de zéros pour sauver le CSP.

– On appelle le directeur financier si tu veux, c'est un pote à moi...

J'avais bu quelques verres de mâcon, je me voyais déjà au bras de la Baronne les soirs de match, triomphant dans les vestiaires, héros des foules en liesse. Le maire de Limoges m'aurait dit bonjour, on m'aurait appelé « monsieur le président », comme Max à Paris, et j'aurais eu ma photo à la une du *Populaire.* La grande vie en somme ! Mes amis n'en seraient pas revenus. Pour le même prix, j'aurais appris les règles du basket dont je n'ai pas la moindre idée.

Heureusement qu'on ne fait pas toutes les bêtises qui nous passent par la tête à table les soirs d'été quand le vin est bon.

Morterolles, 9 juillet

À ceux que ma littérature aurait trompés, je déconseille vivement la visite de Morterolles. Les nuits d'hiver, à la lumière orange des réverbères : une église, une place, un monument aux morts, des étangs qui frissonnent, elle peut faire illusion. En été, où les jours n'en finissent pas, c'est son atroce banalité qui saute aux yeux. On ne trouvera pas une ligne de moi qui en vante la beauté. Alors comment expliquer ce mystère de Morterolles que veulent vérifier tant de mes lecteurs ? Par Stéphane, sans doute. Morterolles n'a pas d'autre mérite que lui.

Morterolles, 10 juillet

Il y a les lettres que je déchire sitôt lues, celles que je classe précautionneusement, leurs signatures m'obligent ; et puis les autres, toutes les autres que je mets de côté en vrac dans une boîte de cuir marron posée à la gauche de mon bureau. Quelque chose qui relève de la superstition, de la piété, me retient de m'en débarrasser brutalement. Tant de ferveur, d'aveux me laissent ému et souvent désemparé. Qui m'aimera encore assez dans cinquante ans pour recevoir à ma place la tendresse, l'affection d'hommes et de femmes aussi perdus que moi ?

Je ne veux pas qu'on fouille là-dedans un jour. Je viens de déposer un millier de ces lettres au chalet de bois rouge, près du tennis, en attendant le feu que je sens venir au bout de mes doigts. Entasser, entasser des trésors et des babioles, du papier, des tonnes de papier « pour plus tard, quand on sera vieux », funeste projet ! Il faut jeter au contraire, jeter ces mots d'amour. Nos héritiers ne savent pas lire. Jeter est un mouvement de jeunesse, un geste d'espoir. Quand on jette, on attend d'autres lettres.

Il m'étonnerait que je trouve jamais le courage de relire celles de Stéphane. « Le souvenir du bonheur ce n'est plus le bonheur, le souvenir de la douleur c'est la douleur encore. » Le feu fera l'affaire. Une à une je brûlerai les lettres d'amour de Stéphane dans la cheminée du salon qu'il allumait pour nous. Ce geste-là, je n'en ferai pas un drame, ni même une cérémonie, une allumette suffira. Stéphane a tant aimé le feu.

Morterolles, 11 juillet

« J'ai honte ! Je suis creusoise, née à Guéret il y a trente ans, et je ne connaissais pas Jouhandeau avant de vous lire. Je ne savais pas que j'étais née en réalité à Chaminadour. Au cours de mes années d'études de lettres, aucun de nos professeurs au collège, au lycée, ne nous a parlé de lui. »

J'aime que ma lectrice s'émerveille d'être « née en réalité à Chaminadour », elle ne doit pas avoir honte. Elle n'est pas responsable des choix douteux des professeurs de français de Chaminadour, de leur inculture et de leur parti pris. Ils ne sont pas les seuls en France à nous recommander plutôt le Petit Prince et le Grand Meaulnes, ce couple de benêts inusables.

Morterolles, 13 juillet

J'ai vu la France du bord des routes en été, cul par-dessus tête dans les fossés, la France dépenaillée qui va en maillot les bras nus, le ventre à l'air, la France qui digère et laisse cavaler ses enfants et ses chiens devant la roue des coureurs. La débâcle, l'exode, la fête aussi. J'ai suivi dans une voiture officielle l'étape du Tour de France entre Saint-Léonard-de-Noblat et Guéret, autrement dit sur mes terres, de Poulidor à Jouhandeau. Cent soixante kilomètres dans la roue des champions, escorté d'une escouade de motards, de cameramen, de radio-reporters, d'hélicoptères, un barnum pour les vaches. Notre chauffeur, lui-même un ancien cycliste professionnel, nous a commenté la course que nous vivions de l'intérieur, au cœur du peloton ou à la poursuite des échappés. Des instants de grâce, d'émotion. Ces garçons en danseuse, lancés à folle allure ou tendus vers le ciel, comme ils m'ont paru jeunes, minces, allongés de la pointe du nez aux mollets. Des gamins. Virenque, le fameux ange blond en larmes du Tour 98, tragique dans mon souvenir (le dernier été de Stéphane) et dans le sien sans doute, pour d'autres tourments. Virenque : un gamin.

La Baronne à mon bras, Serge T. à nos trousses, nous avons été emportés. J'ai signé des chapeaux en papier que me tendaient des adolescents surchauffés, embrassé des dames que leurs maris voulaient photographier à mon cou, salué des orphelins de la java et de l'accordéon. Des Français comme moi, accrochés à des banderoles, à leur jeunesse. J'étais haut comme trois pommes au Parc des Princes quand Charly Gaul menait la course en tête. Cette France-là, que je dis dépenaillée parce qu'elle l'est, c'est sa nature, elle vote et rote dans le même élan, on peut la voir aussi gentille et joyeuse. Je ne la renie pas, j'en viens.

Morterolles, 14 juillet

Mon premier livre, *Le Passé supplémentaire*, commence ainsi : « C'était au temps de ma splendeur, ceux qui m'ont bien connu à cette époque vous le diront : j'avais tout pour être heureux. »

Ces lignes, je les écrivais il y a trente ans jour pour jour, assis au bureau que m'avait offert Dalida, à Montmartre, chez moi, dans mon premier appartement, rue Gabrielle, où je venais de passer ma première nuit.

Ces lignes, qui avaient quelques longueurs d'avance,

je pourrais les reprendre aujourd'hui sans mentir : j'avais tout pour être heureux.

Les héros de mes romans parlent à ma place. Au passé. Ce qui était littérature est devenu réalité. On est un très jeune homme, on s'invente des histoires, des passions, des chagrins qui nous rattrapent quand on n'a plus vingt ans depuis longtemps.

Ce souvenir d'avant le déluge, je ne le marque pas tous les ans. Pleurer sur le temps qui passe n'occupe pas mes loisirs. Si Serge T., qui rôde place de l'église tandis que je m'esquinte à mettre des mots sur ma mémoire, ne m'avait pas posé cette question stupéfiante et précise : « Que faisais-tu le 14 juillet 1974 à quatorze heures ? », je n'aurais pas noté la réponse dans ce journal. Ce que je faisais ce jour-là à quatorze heures, Serge T. venait de l'apprendre de la bouche d'un de mes lecteurs en visite à Morterolles dont la gloire, décidément, me dépasse.

– Figure-toi, me dit-il, qu'il va faire huit cents kilomètres dans la journée juste pour repérer ce qu'il considère comme des lieux saints, avec l'espoir aussi de t'apercevoir. C'est un homme d'environ quarante ans, bien de sa personne, au volant d'une voiture immatriculée 91. Il m'a demandé où se trouvaient le presbytère, le parc Jouhandeau. Il voulait voir les chevaux, même de loin, le tennis, mais sans te déranger. Il a bien remarqué les sapins que tu as fait planter l'automne dernier devant le lavoir, et l'emplacement de la maison des morts... Il dit que tu as eu raison de la détruire. On voit qu'il s'intéresse à toi, enfin à ce que tu écris... Si tu me l'autorises, je vais lui présenter la femme du Duc. Il en rêve...

Pourquoi me serais-je opposé à une demande aussi

pieuse ? La femme du Duc en voie de canonisation lui a même ouvert l'église.

18 heures.

Le mystérieux visiteur de Morterolles a repris la route à l'envers, « enchanté, m'assure Serge T., d'avoir vu la femme du Duc en vrai ».

– Il va t'écrire... Attends-toi à un roman !

On peut s'attendre à tout d'un homme qui sait ce que je faisais le 14 juillet 1974 à quatorze heures.

Morterolles, 15 juillet

La situation financière des parcs Euro Disney serait alarmante. Les génies du marketing international auraient vu trop grand, on n'exclut plus « à moyen terme » une faillite. Le plus tôt sera le mieux. Que repoussent les champs de blé aux portes de Paris, des pâturages, avec des veaux, des vaches et des cochons, des canards et des mares à canards et des maisons autour... on appellerait ça une « ferme ».

Et les enfants du 9.3 n'en reviendraient pas que « ça existe en vrai », une ferme.

Morterolles, 16 juillet

En souvenir de nos jeunesses échevelées, Bertrand D. me pardonne et mes passions et mes emportements. Encore heureux ! Nous venons de bavarder longuement au téléphone. Il devait venir à Morterolles au moins une soirée, il s'en réjouissait, moi aussi, nous avons encore tant de choses à nous dire, de secrets à partager. Il ne viendra pas. Son livre à corriger, Paris-Plage, les jeux Olympiques d'Athènes, le soixantième anniversaire de la Libération... Et le reste, la politique, qui le fatigue un peu par moments, l'amuse aussi.

– Et ton ami Sarkozy, comment va-t-il ? Je ne vais pas le louper, celui-là, dans mon bouquin...

Le « ton ami Sarkozy », ce refrain bien connu que me chantent à tour de rôle Jack Lang et Bertrand D., j'avoue qu'il me plaît bien.

– Je te rappelle, monsieur le maire, qu'il fut un temps où j'étais beaucoup plus à gauche que toi et ce n'était pas trop difficile...

– C'est vrai, je m'en souviens très bien...

Le problème avec Bertrand, c'est qu'il redevient vite sérieux. « La déconnade entre copains » que nous nous promettons régulièrement devra attendre un peu.

– La présidentielle ? Oui, bien sûr, mais je ne me sens pas concerné. Qu'ils se débrouillent, j'ai d'autres inquiétudes : la montée de l'antisémitisme et puis la démocratie qui ne va pas si bien... Ce climat n'est pas bon.

Il a raison à l'évidence, mais je me suis mordu les lèvres pour ne pas lui faire valoir que la démocratie c'est aussi, hélas, qu'on le veuille ou non, le droit de vote à des foules qui croient que Picasso est une marque de voiture et Rembrandt un tube de dentifrice. Il m'aurait fâché.

Morterolles, 17 juillet

Du magnésium. Que je me plaigne du dos, de vertiges ou d'un bouton de fièvre à l'intérieur de la lèvre comme ces jours-ci, le docteur E. me prescrit du magnésium. Il prend ma tension (13,8 comme d'habitude), me palpe le ventre et le cou, allume une lampe de poche dans ma bouche, me fait tendre les bras en fermant les yeux et m'annonce en sifflotant que je n'ai rien, « ce qui s'appelle rien ». Pour quelqu'un qui se déclare à l'article de la mort chaque matin au réveil, c'est une bonne nouvelle.

– Une cure de magnésium fera l'affaire.

Je ne me lasse pas d'entendre le docteur E. m'ordonner le remède miracle qui, je dois l'admettre, produit sur moi les meilleurs effets. Je me sens objectivement mieux en moins d'une semaine, presque apaisé, rassuré provisoirement. Tant que j'aurai des maladies mortelles qui se soignent au magnésium, je pourrai m'estimer heureux.

Une confidence de Françoise, qui dînait hier à la maison, nous a laissés interdits : sa mère ne lui a jamais caché qu'elle était « une fille des allocations familiales », une fille pour arrondir les fins de mois du ménage. Je me suis souvenu en l'écoutant nous dire cela, sans amertume, d'un livre marquant de Christiane Rochefort, *Les Petits Enfants du siècle*, que je lisais fasciné, à vingt ans, en me réjouissant de ne pas être né dans ce monde-là où l'on fait des enfants pour s'acheter une machine à laver, aujourd'hui sans doute une antenne satellite. Françoise n'a pas été une enfant maltraitée, « mal aimée », dit-elle sobrement. « On n'a pas beaucoup fait attention à moi. »

Et puis nous avons parlé d'autre chose... Après qu'elle nous eut quittés pour rejoindre son moulin sur la Gartempe où elle nous attend ce soir, Serge T. épiloguait, attrapant du bout de son long nez les ronds de fumée de sa cigarette.

– Quelle chance j'ai eu d'être orphelin très jeune et de n'avoir jamais connu mon père. Oui, je bénis le ciel chaque matin, aucune famille, rien, pas la plus petite cousine...

Serge T. va seul, enjoué et claudiquant vers la fosse commune. Est-ce si grave finalement ?

Morterolles, 18 juillet

13 heures, un dimanche.

La voix bouleversée de Nathalie au téléphone. Elle vient de voir Stéphane chanter à la télévision...

– Sa chemise rouge, son regard... mon Dieu qu'il était beau... Je pense à toi, mon ange...

Nathalie ne va pas tarder à passer à table, sur une terrasse en Corse, avec les amis qui l'entourent dans la maison de son père, et elle pense à moi, à Stéphane donc à moi. Claude est à deux pas d'elle, il ouvre peut-être une bouteille de champagne pour arroser sa rosette d'officier de la Légion d'honneur. Je me suis endormi en pensant à elle, la nuit dernière, et voilà qu'elle me réveille : « Allô, mon ange, c'est Nathalie. »

Sa voix comme un murmure, dans un souffle. J'ai compris : elle vient de voir Stéphane. Qui n'est pas bouleversé en voyant Stéphane ne m'aime pas. Nathalie ne me réveille pas, elle m'arrache à un songe. Je n'avais pas allumé la télévision, la pluie qui tombe en rafales sur l'étang me retenait à la fenêtre. Stéphane chantait sous la pluie.

« Allô, mon ange, c'est Nathalie. » Elle n'a pas besoin de se présenter, aucune femme ne m'appelle mon ange. Sa voix guérit les hommes blessés. Claude lui doit sa résurrection. Quand ils se regardent, on comprend bien qu'on est au-delà de l'amour, quelque part où les autres ne nous rejoignent jamais. J'ai l'impression qu'eux aussi se tiennent serrés contre la mort. Assez forts pour lui résister. Ils se sont rencontrés le 17 octobre 1998, au commencement de la fin pour Claude qui pleurait, depuis la veille, un jeune homme du prénom de Julien, son fils. Aux premières heures de *La Vie sans lui* pour moi, qui pleurais depuis la veille un jeune homme du prénom de Stéphane. Nous sommes faits des mêmes élans, des mêmes chagrins... Claude et moi. Le livre où il raconte tout cela qui nous ressemble est sur ma table de chevet. J'ai longtemps tourné autour avant de l'ouvrir.

Morterolles, 19 juillet

Le visiteur immatriculé 91 m'écrit qu'il a bien constaté que Morterolles n'existe pas, mais qu'il gardera ce secret pour lui. C'est tout juste s'il ne me reproche pas maintenant de lui consacrer tant de pages. Quant à la femme du Duc et Serge T., qui lui firent les honneurs d'une promenade sur la colline Françoise-Arnoul, d'un tour au presbytère et au musée, pas un mot à leur intention. Les a-t-il seulement regardés ?

Les gens ne vous pardonnent jamais le bien qu'on leur fait. Je me tue à répéter cela à mes proches qui hochent la tête, mais ne veulent pas admettre cette affreuse vérité.

Morterolles, 20 juillet

Vincent est rentré humilié de Tunisie où il espérait être traité avec les égards dus à son rang dans une station de balnéothérapie qu'on lui avait recommandée, service discret et mains expertes. Il s'y voyait déjà.

– Tu parles, on n'est plus rien, nous, les Français ! Les Russes sont partout, à tous les étages il n'y en a que pour eux. C'est tout juste si faut pas se pousser quand ils passent...

Vincent, qui n'est pas du genre à se pousser docilement quand on lui marche sur les pieds, ne veut plus entendre parler des Russes.

– Que des mecs de la Mafia, des grands blonds avec des gonzesses roulées je te dis pas, mais intouchables. Tu peux même pas les mater en douce, sans quoi tu te retrouves au fond de la piscine comme par erreur... Les mecs, ma parole, ils ont des flingues dans leurs slips de bain. Non, tous ces Russes, ça me dégoûte de la Tunisie.

Vincent finira donc ses vacances dans une grande surface de « Créteil-Soleil », en banlieue, où il passe ses journées à glander. On le voit fureter au rayon lingerie... s'entretenir, on se demande de quoi, avec les clientes... Quant au contenu des slips de bain des mecs de la Mafia russe, une pointe de jalousie n'est pas exclue. Il a pu faire confusion aussi. Vincent n'est pas spécialiste des armes à feu, à Créteil-Soleil, dans le 94, il se sent enfin chez lui.

Morterolles, 21 juillet

« M'en voulez-vous de vous aimer ? »

Le jeune homme qui m'écrit cela à 9 heures et 4 minutes (précise-t-il), le matin du 20 juillet dans l'Oise, ne manque pas de style. Il a pour le moins une façon d'écrire les choses qui n'est pas de n'importe qui. C'est aussi l'avis de Philippe à qui je viens de faire lire sa lettre, peut-être la trentième du genre.

Dois-je ou non la reproduire dans ce journal, au risque d'en agacer plus d'un ? A-t-elle tellement d'intérêt ? Philippe pense que oui. J'hésitais. Il l'a relue.

– Coupe quelques passages, mais oui, tu peux... Publie-la, elle n'est pas banale, on sent un battement de cœur, une âme naïve...

À l'heure du courrier, Philippe n'est pas le plus mal placé pour m'ôter d'un doute. À quoi rimerait en effet un journal intime qui ne retiendrait que de l'eau de rose et des bulles de savon, en faisant silence sur les battements de cœur, les mouvements du corps qui pourraient déranger ? Je me posais déjà la question le 18 janvier, en écho à la remarque plaisante de Stéphane Hoffmann sur mon donjuanisme supposé. Il faut que je cesse, une fois pour toutes, de me compliquer l'existence. Je n'ai pas à répondre des passions que j'inspire.

« M'en voulez-vous de vous aimer ? » Cette question-là, inattendue, ferait un joli titre pour ce journal qui n'en a pas encore. Voici la suite, allégée de quelques lignes :

« M'en voulez-vous de rêver ma vie à travers la vôtre ? J'aimerais être vous, comme je vous l'ai déjà dit. J'ai peur de vous embêter, alors je n'ose plus écrire de longues lettres sur ma vie si monotone. Vous ne m'appelez plus jamais. J'étais si heureux de vous parler. De là, j'ai rêvé que nous serions amis, voire proches. On est bête à vingt-sept ans quand on est encore un gamin. Tous mes amis m'ont laissé un jour. Même cette collègue de travail, à qui je pensais pouvoir me confier, me lance maintenant quelques phrases acerbes. C'est ça la vie ? Une éternelle déception ? Je m'ennuie tellement. Même avec Thomas, il n'y a plus d'amour comme avant. D'ailleurs, on ne le fait plus que rarement. Chez Bouygues Telecom, il y a un réseau, alors je fantasme dessus, je m'invente une vie. Les gens sont vraiment louches, mais ça m'amuse puisque j'y retourne. Je ne les rencontrerai jamais. Parfois ils donnent des rendez-vous, je passe en voiture pour voir ce que je pourrais avoir encore... Me dire que je pourrais plaire, c'est important. Ma vie est nulle, alors je la rêve. "Vous que j'aimerais prendre dans mes bras..." Combien de fois vous l'ai-je dite cette phrase ? Je vous aime, mais vous ne m'entendez pas. »

– Et tu lui réponds quoi, à ce jeune homme ?

Oui, que répondre à Martin sans lui faire de peine ? Que son désir m'émeut, qu'il m'embarrasse aussi ? Je pourrais lui écrire : « Je vous interdis de m'aimer », mais l'humour n'est pas la qualité première des amoureux transis. Dois-je le vouvoyer ou m'adresser à lui comme à un gamin qui veut me prendre dans ses bras ? « Arrête tes bêtises, Martin, tu vois bien que je suis fatigué ! »

C'est cela, je vais lui répondre que je suis fatigué.

Un prétexte de père de famille qui n'a pas envie d'aller jouer au foot avec son fils.

Morterolles, 22 juillet

« Tu verras, mon amour, un jour le tilleul fera de l'ombre dans ta chambre en été, ses fleurs embaumeront la terrasse, nous dormirons la fenêtre ouverte, tu n'auras pas peur puisque je serai là... »

En quelle année l'avons-nous planté ce tilleul qui tenait dans nos mains jointes, que Stéphane me promettait géant et parfumé ?

« Sois patient, mon amour, nous avons le temps devant nous. »

Sur quelle terrasse à Saint-Tropez commence le chagrin de Bardot ? Sous quel tilleul, en quelle année Sacha lui a-t-il promis des matins parfumés pour la vie ? Nos chagrins commencent à l'instant même où nous sommes heureux. Stéphane n'était pas né quand Sacha embrassait Bardot pour la première fois et qu'il tenait sa taille d'une seule main. Ce soir, au journal télévisé, on les verra marcher enlacés sur le port, cheveux au vent. Elle sera pieds nus, lui peut-être en pantalon de toile blanche, deux images volées, deux minutes envolées. Juste le temps de la jeunesse. Après ça tourne au drame, toujours.

Brigitte Bardot enterre sa jeunesse chaque fois qu'elle allume la télévision.

Ma tante Émilienne, la sœur aînée de ma mère, est morte la nuit dernière à quatre-vingt-dix-huit ans. Les jeudis après-midi de ma petite enfance, métro Pierre-

Curie à Ivry, la banlieue des immigrés espagnols. Ma famille. La zone. Des baraquements les uns sur les autres, de la tôle, des parpaings, des sacs de plâtre, du bois récupéré sur les chantiers, du linge usé aux fenêtres et, surgissant derrière des palissades, des jardins pentus, des carrés d'une terre pleine de cailloux où pousse de la salade et des poireaux. Des ouvriers qui baragouinent au café en tapant la belote. Une odeur de piment et de mousse à raser. Des tangos de Nino de Murcia à la radio, et ma cousine Lucienne qui chantait si bien les succès de Marie-Josée.

Sur les jeudis après-midi de ce temps-là : des musiques d'enterrement.

Morterolles, 23 juillet

Philippe s'en va. Dans une heure j'irai le raccompagner en voiture à la gare de La Souterraine où les garçons sont moins accommodants qu'à la gare de Florence, si l'on en croit ce qu'il raconte dans ses livres. Je le regrette, mais je n'ai rien de mieux à proposer à mes amis qui voyagent en train que La Souterraine, dans la Creuse. C'est une charmante bourgade d'autrefois remise au goût du jour, c'est-à-dire défigurée d'enseignes de supermarchés, de marchands d'outils, de centres commerciaux bariolés comme on en voit surgir partout, sortes de Disneyland du bricolage et de la boustifaille.

À l'entrée de La Souterraine malgré tout, au bout d'une avenue de platanes aux trottoirs pavés, un rond-point fleuri, très bien entretenu, il est même précisé « village fleuri », au cas où nous ne l'aurions pas remarqué. Les maires tiennent beaucoup à ce que l'on sache qu'ils aiment les fleurs et les petits oiseaux. Ils soignent les marguerites pour faire oublier qu'ils signent des permis de construire, n'importe quoi, n'importe où. La Souterraine offre en prime à ses visiteurs émerveillés une tour Eiffel de quinze mètres de haut en ferraille du plus bel effet, plantée là, juste devant une grande surface en plastique gris. Oui, une tour Eiffel qui nous souhaite la bienvenue !

Philippe ne s'en remet pas d'une idée aussi originale. Nous avons ri encore en baguenaudant sous la pluie place Bonnyeau à Guéret. Un après-midi de juillet, il n'y a que nous deux pour rire à Guéret, cette bonne ville de France où l'on diffuse désormais à tous les coins de rue du rap et du hard-rock américain avec l'intention sans doute de plaire aux folles jeunesses qui se précipitent en vacances pour danser par là où, personne ne s'en souvient hormis quelques centenaires et nous, Jouhandeau usa ses galoches.

– Tu entends ce que j'entends ?

Oui, j'entendais, mais le rire de Philippe me console. Que nous soyons à Guéret, à Sidi Bou-Saïd ou à Venise, il a ce don. Ce rire inextinguible que je lui envie, je sais maintenant où il va le chercher, je sais ce que cachent les pages les plus sombres de sa littérature. Philippe m'a parlé de lui hier au soir à table, à Limoges, passé l'appréciation gourmande des serveurs et leurs mérites supposés au vu de la longueur de leur nez. Je ne peux pas me satisfaire longtemps du rire de ceux que j'aime. Il me faut leurs larmes aussi.

Morterolles, 24 juillet

Pour que la poste ne ferme pas, j'ai signé bien sûr la pétition que fait circuler depuis quelques semaines une ancienne voisine d'Aïda, une jeune femme décidée à sortir Morterolles de sa léthargie ambiante. Ça peut durer un moment. J'ai signé tout en sachant que ma signature serait mieux comprise sur un chèque, mais tout le village a signé (puisque ça ne coûte rien), y compris ceux qui n'écrivent ni ne reçoivent jamais de courrier. Je vais rappeler la très distinguée postière en chef du département pour l'informer que je ne donnerai pas suite à sa proposition de placements. Je ne veux pas me mêler de ça qui m'obligerait à des calculs fastidieux. Que chacun fasse ses comptes d'apothicaires, que s'envolent les bas de laine... qu'on se débrouille sans moi.

Me préoccupe autrement la réouverture de l'église, le retour de l'angélus, des mariages et des enterrements. Que Dieu existe ou pas (et nous savons bien qu'il n'existe pas), nous ne supportons pas que son théâtre soit en travaux à perpétuité. Suis-je le seul avec la femme du Duc à me languir de sa musique et de ses parfums ? Il n'y avait pas moins de paroissiens à la messe que de clients à la poste, mais apparemment ils sont morts ou ça ne saurait tarder. Des morts qui veulent garder leur numéro de compte chèque postal, mais ne bougent pas pour faire réparer la maison du Bon Dieu.

Je vais expliquer au maire, qui sera déçu, que pour moi la poste ce n'est pas seulement un guichet avec un marchand de timbres, mais aussi un bâtiment entretenu, fleuri à Pâques et scintillant à Noël, son trottoir balayé. À deux pas d'une église du douzième siècle, qui pour n'être pas un chef-d'œuvre vaut mieux qu'un bureau de poste, je pensais qu'on pouvait parfois balayer les trottoirs et en expulser ceux qui y laissent traîner leurs poubelles et leurs chiens. Eh bien, il n'en est pas question ! « Ça n'est pas possible, m'a dit Bernard Brouille. Je ne peux pas obliger les gens à être propres, à ne pas pisser derrière l'église... »

Mes folles exigences de propreté, au mieux, le font sourire. On lui réclame des subventions pour le football ou les bandas, des colis bien garnis pour les vieux au nouvel an, des terrains où la Cogema puisse camoufler ses déchets d'uranium, des balançoires et des toboggans au lac de Sagnat pour que sautillent les enfants des écoles maternelles, mais de l'ordre, un minimum de propreté, des balayeurs enthousiastes... jamais ! Ne serais-je pas un peu excentrique ?

Morterolles, 25 juillet

Serge T., qui ne savait pas quoi faire d'intelligent hier après-midi à Paris, s'en est allé à Charleville déposer une rose en tissu sur la tombe de Rimbaud.

« Elle durera plus longtemps, me dit-il. J'étais seul dans le train, seul au cimetière, une tristesse mon pauvre petit, si tu savais. Les gens préfèrent se vautrer dans le Midi que de porter peine pour un génie français. »

Il faut s'attendre à beaucoup d'ingratitude quand on ne repose pas du côté de Marseille ou de Monte-Carlo. On n'a pas idée de se faire enterrer là-haut, à

Charleville-Mézières, quand il y a tant de parasols et de palmiers sur la Riviera.

Morterolles, 26 juillet

Il était question que L'Âge d'Homme, une maison d'éditions vaguement serbe et suisse où Paucard compte quelques amis, publie à la rentrée un recueil de textes (par lui regroupés) de Pierre Gripari sur l'homosexualité. Mystère pour les uns, miracle pour les autres, le sujet n'a pas fini d'émoustiller et de faire dire des idioties.

Gripari, qui connaît bien son affaire, évite le pathos médicamenteux ou freudien, et il ne propose évidemment pas de solution là où il n'y a pas de problème. Il écrit à son jeune neveu impatient et curieux des garçons :

« Tout ce que tu peux espérer de mieux, avec un partenaire sexuel, c'est “le plaisir et la camaraderie dans le plaisir” (l'expression est de Montherlant). Tu me diras que c'est peu. Non, ce n'est pas peu. C'est beaucoup, c'est énorme. En fait, c'est presque tout. »

Tant d'histoires pour ça ! Tant d'injures ! Ces lettres, interviews, poèmes et récits que j'étais censé préfacer, à la demande de Paucard, ne paraîtront finalement pas, il vient de m'en avertir, désolé de m'avoir fait « travailler pour rien ».

À lire Gripari, on ne perd pas son temps. L'auteur a une pensée originale, courageuse aussi. Au début des années cinquante, la tendance était moins « yop la boum » que sur les chars de la Gay Pride. Dans la lettre à son neveu, qu'il faudrait faire recopier comme un modèle de bon sens et de tolérance aux lycéens perturbés (ils le sont tous), Gripari ne dramatise ni n'embellit, il conseille de se tenir convenablement. Ne pas geindre ni se vanter.

« La mauvaise conscience n'arrange rien, elle te diminue, elle est un mal en soi. Il n'y a rien de tel qu'un comportement furtif ou inhibé pour réveiller immédiatement la brute, le sadique, la salope qui sommeille chez la plupart des gens. »

Et il ajoute ceci qu'on voudrait faire comprendre aux paradeurs emplumés et à ceux qui les applaudissent :

« Évite aussi d'en être fier. La tentation est grande, une fois la honte vaincue, de se faire un drapeau de la chose. Mais tu constateras que l'homosexualité, si elle n'exclut ni le talent, ni le génie, ni même, quoi qu'on en dise, la force de caractère, n'exclut pas davantage la bêtise, le snobisme, la méchanceté ni la bassesse. »

Morterolles, 30 juillet

Et les dames de Guéret ou d'ailleurs, à qui je dois tant, vont-elles s'étrangler en voyant Julien sauter tout nu sur mon lit ou se réjouir de ma bonne santé ? Avant que Pierre S. me téléphone, je m'interrogeais justement en relisant la longue lettre d'une jeune femme d'Angers que la grâce de Stéphane transporte. J'avais souligné ce passage qui résume le désir des femmes qui m'écrivent :

« Même si vous pensez avoir tout dit, parlez-nous encore de lui. On ne se lasse pas de le suivre sous votre plume, ça n'est jamais deux fois pareil. J'ai regretté que dans *On s'ennuyait le dimanche*, il faille tourner beaucoup de pages avant de le retrouver. Il nous manque, même dans vos livres. »

Je n'avais pas d'autre ambition en commençant d'écrire que de le retrouver. Stéphane n'a jamais eu de rival. Il n'en aura pas.

Morterolles, 31 juillet

Le grand embouteillage de l'été ! Mon divertissement préféré. Nous y sommes. Les journaux, la radio, la télévision ne parlent que de ça : « On prévoit jusqu'à huit cents kilomètres de bouchons ce week-end. » Mieux que l'année dernière, mais moi, qui en espère toujours plus, je suis un peu déçu. « La vallée du Rhône est impraticable... l'entrée de Bordeaux problématique... au péage de Saint-Arnoult-en-Yvelines, il faut compter plus d'une heure d'attente. » Pour rien au monde je ne voudrais rater ça, qu'ils appellent les vacances. Ce cul-à-cul torride, je ne m'en lasse pas, cette partouze des familles me distrait plus sûrement que les aventures de Julie Lescaut.

Morterolles, 1er août

Enfin la canicule ! On nous la promettait, elle est là. Oh pas pour bien longtemps, nous dit-on, « trois ou quatre jours au maximum », une petite canicule de rien du tout, mais c'est déjà ça. Ne boudons pas notre bonheur. Profitons-en vite car nous devrons nous contenter bientôt de températures à la baisse, un peu minables en somme, guère plus de trente degrés dans le Gard. Autant dire la Sibérie. Il pourrait même pleuvoir au milieu de la semaine prochaine. La pluie, ce désastre. Ils l'appellent « précipitations » pour nous faire peur, j'avais déjà relevé ce ridicule dans le journal de la saison dernière, mais ils continuent à nous menacer de « précipitations ».

Que le ciel leur tombe sur la tête et, pour l'amour de Dieu, qu'ils se taisent, qu'ils cessent de commenter le temps qu'il fait ou qu'il fera. Nous ne sommes pas des attardés mentaux. Pour nous, l'eau n'est pas un désastre, c'est un miracle.

Après le grand embouteillage et la canicule, nous aurons prochainement les incendies de forêts. On se demande comment il reste encore un olivier en Provence. On espère beaucoup de « précipitations » sur les campings.

Morterolles, 2 août

Philippe, embrumé par un rhume de cerveau qui l'empêche d'écrire, s'occupe à relire des morceaux choisis, des citations, des discours de François Mitterrand. Il m'a appelé la nuit dernière au bord de l'extase pour me lire, se régaler à me lire quelques passages indémodables. À cette hauteur-là évidemment, il n'y a plus grand monde, c'est pour cela d'abord que nous l'avons tant aimé.

– Écoute ça, me dit-il, qui va enchanter le démocrate forcené que tu es. Écoute bien ce que Mitterrand répond le 9 septembre 1994 à un journaliste du *Figaro* : « Finalement la démocratie faisait souffrir le général de Gaulle. Moi aussi. J'ai fini par m'y habituer. »

Cet aveu nonchalant, je le resservirai à Bertrand D. quand il me dira que j'exagère.

Le 2 août 1914, Franz Kafka notait dans son journal : « L'Allemagne a déclaré la guerre à la Russie. – Après-midi piscine. »

Pas de nouvelles de Julien depuis deux jours. Aucune inquiétude. Un peu soulagé même de n'avoir pas à me soucier de ses désirs, de ses peurs, de sa tendresse. Il ne viendra probablement pas à Morterolles comme il l'envisageait il y a un mois.

Julien a des humeurs de chat. Je ne suis pas à la disposition des chats.

Morterolles, 3 août

C'est plus fort que lui, Serge T. ne résiste pas à un enterrement. Rien de tel pour le remettre d'aplomb qu'une marche funèbre. Lui qui ne se lève pas avant midi était debout aux aurores pour courir rue Daru à l'église orthodoxe où l'on disait la messe ce matin en mémoire d'Olga Horstig, figure singulière et respectée du cinéma français. Du beau monde en perspective. Serge T. ne pouvait pas rater ça. Il pensait que, malgré ces chaleurs, Bardot serait là. Elle était là naturellement, si fidèle et pas seulement aux chiens.

Il vient de me téléphoner de la cabine d'un bar-tabac où il mange des crêpes à la confiture avec un ami antiquaire (habitué lui aussi des enterrements parisiens), pour me dire ça d'abord : « J'ai vu Brigitte, bouleversée, tu t'imagines. Elle t'embrasse... »

Ce drôle d'oiseau doit faire la joie des familles éplorées qui se demandent ce qu'il fait là, si content de présenter ses condoléances à qui en voudra. Il connaît les meilleurs angles de vue des cimetières de la capitale, il sait où et derrière quel pilier d'église il peut placer son long nez en embuscade. Serge T. est un héron bancal, fatigué ces temps-ci, soucieux aussi dans l'attente des résultats d'analyses et de radiographies des os de sa jambe droite. Il avait pourtant sa voix guillerette des jours d'enterrement... allait-il me rassurer ?

– Ah, il faut que je t'annonce une nouvelle qui va te faire plaisir : je suis en train de rédiger mon testament. Mon ami Charles-Henri me donne des idées...

Ce mot, cette précipitation soudaine à la table d'un café de Montparnasse à deux heures de l'après-midi me glacent le sang. Quoi ? Aurait-il appris quelque chose de si grave ? Non, il n'a d'ailleurs même pas eu le temps d'appeler son médecin, demain peut-être !

L'optimisme de cet homme qui rédige son testament à soixante et onze ans « pour me faire plaisir », en mangeant des crêpes. Serge T. croit que tout le monde peut mourir, sauf lui.

Après quarante ans, il faut prendre ses dispositions pour n'avoir plus à y penser que le moins possible. N'embêter personne après nous. Une politesse. En réalité, on n'a jamais fini de s'interroger, de douter. Alors que cette phobie m'était un peu passée, je me demandais pas plus tard qu'hier, en réfléchissant aux temps qui viennent, ce qu'il advient de nos biens immobiliers, financiers ou simplement sentimentaux refusés (ça arrive, me dit-on) par nos héritiers désignés ? À qui mes livres et mes chevaux ? Je vais m'assurer qu'ils ne reviennent pas d'office à des descendants, illégitimes, de toute façon.

Maître D. devrait savoir ça.

Morterolles, 4 août

Au téléphone à 16 heures.

– Tiens-toi bien, me dit Philippe (quand il commence ainsi on peut s'attendre à tout), figure-toi que je viens de déjeuner avec Alexandre, tu sais ce jeune homme de très bonne famille dont je t'ai déjà parlé, blond bouclé, le nez grec, rencontré dans le train de La Souterraine en venant à Morterolles la semaine dernière. Ce garçon donc, qui a obtenu cette année avec mention un bac L, c'est-à-dire un bac de lettres dont on peut penser qu'il n'est pas absolument sans rapport avec la littérature, eh bien, ce garçon, au demeurant plutôt éveillé, est persuadé que Françoise Sagan est une ancienne chanteuse de tes émissions et Marcel Proust un fabricant de pantoufles, quant à Gide il n'a même jamais entendu prononcer ce nom-là... *Les Nourritures terrestres*, un régime alimentaire !

Philippe, qui a grandi dans une école communale de Barbezieux dont son père était le directeur, ne contrôle plus ce fou rire qui lui va si bien : « On se demande parfois si c'est bien raisonnable de se fatiguer à écrire des livres et pour qui ? »

À peine avais-je raccroché le téléphone que Julien, l'autre bachelier série L avec mention, m'appelait comme si de rien n'était, étonné de mon étonnement.

– Je n'avais plus de forfait, ils viennent seulement de le réactiver... Alors tu comprends ?

Non, cette histoire de forfait dépassé plus vite que prévu, terreur des adolescents, qu'il me ressert chaque fois pour expliquer ses silences m'est incompréhensible, mais je m'en contente, Julien ne ment pas, il vit dans son monde, il a les préoccupations de son âge.

– À part ça où es-tu, que fais-tu ?

– Là je marche quartier Mézy vers chez moi, c'est pas si classe que du côté des palaces du bord de mer. Là j'attends le feu rouge pour traverser, tu entends la sirène des pompiers ? Là je vois une grosse dame en jogging avec un chien noir, il est moche, et puis des mecs qui tirent leur planche à voile... Après la pharmacie je vais tourner à droite pour aller au centre commercial voir les nouveaux DVD... Oh, là, là, y a une fille en mini-short qui me regarde, elle est canon, t'es pas jaloux ?

Depuis trois mois Julien me promène dans sa main, il me raconte La Baule. Il ne m'aura épargné aucun de ses émerveillements. Sur ses pas j'ai sursauté avec lui quand un motocycliste faillit le renverser. La nuit de la fête de la Musique, je l'ai suivi de place en place, de concert de rap en concert de rap... « Tu m'entends ? »

Julien est un enfant. Les bacheliers sont des enfants qui croient que Marcel Proust est fabricant de pantoufles.

– Tout cela est bien gentil, Julien, lui dis-je, mais à quoi occupes-tu tes journées ? Que fais-tu d'un peu enrichissant ?

Il soupire longuement, cherche ce qu'il a bien pu faire d'enrichissant et trouve enfin.

– Ah oui ! J'ai feuilleté un magazine, ma mère en ramène des fois du cabinet médical où elle travaille, un magazine avec des photos et des horoscopes.

Julien considère que feuilleter un magazine de photos qui traîne sur un canapé est un exploit, une preuve de dynamisme. Il ne parle plus de travailler pour gagner son argent de poche. Comme il ne va pas à la plage ni ne bricole, que les filles l'ennuient et que sa mobylette est en panne, Julien ne fait rien, absolument rien.

Quant à ouvrir un livre, même pour le parcourir, le humer, éventuellement le lire, c'est la dernière idée qui vient à l'esprit d'un étudiant en lettres. Philippe me l'avait bien dit.

– Un livre ! s'exclame Julien, suffoqué. Tu crois pas que j'en ai eu assez à me taper pour le bac... Et toi, tu fais quoi pendant les vacances ?

– J'écris, tu le sais bien, un livre que tu ne liras pas.

– Oh, arrête de m'embêter... On dirait que tu m'aimes plus...

Morterolles, 5 août

Marjolaine pour moi, c'est une chanson entraînante de Francis Lemarque. Pour Julien, c'est le prénom d'une idiote qui tortille ses fesses à la télévision devant des beaufs qu'elle fait baver. Triste tableau que celui du « sexe fort » rampant la bave aux lèvres. Le sexe fort, quelle rigolade quand on y pense ! Et l'on nous bassine avec ça depuis la nuit des temps.

Morterolles, 6 août

Le sexe est un jeu qui se pratique généralement à deux, les règles ne sont pas fixées pour autant. On peut s'amuser seul tout aussi bien, ou parfois mieux à plusieurs. Cela dépendra de l'humeur du jour, de notre capacité à organiser un groupe joyeux, du bon vouloir de nos voisins de camping ou, au contraire, de l'échec de nos négociations, les jeunes disent de nos « plans ». Les tentations et les possibles ne sont pas les mêmes en prison ou au Club Méditerranée.

Seul ou avec qui voudra de nous de toute façon le sexe est un jeu. Quand on a compris ça, les choses de la vie s'arrangent plus gentiment. Le malheur des hommes... et des femmes (qu'il faille préciser, alors que « les hommes » suffit parfaitement à désigner le genre humain, nous répugne, ainsi va le monde)... le malheur des hommes donc, c'est qu'ils en font une tragédie. Nommer amour ce qui relève de l'hygiène, du sport pour les plus doués, n'a aucun sens. Notre partenaire de jeux peut bien nous inspirer les meilleures performances, notre désir d'elle ou de lui n'a pas forcément à voir avec l'amour. Nous savons cela plus tard ou jamais. L'amour est grave, probablement unique, encore faut-il le mériter.

Morterolles, 7 août

Repris Chardonne la nuit dernière.

« Pour être heureux par l'amour, il faut une certaine sagesse ; il faut aussi une certaine sagesse pour se passer de l'amour. C'est la même. »

La sagesse. Après la jeunesse, nous n'avons pas le choix. J'ai été heureux pour cela autant qu'il est possible de l'être.

« Sauf la souffrance physique, tout est imaginaire. »

La jeune personne blonde un peu lisse du nom de Laurence Ferrari qui présente parfois le journal télévisé à la place de Claire Chazal a osé. Elle a dit : Madame le ministre de la Défense assistera aux cérémonies... Ce qui nous a bouleversé, c'est qu'elle a osé dire ça, qu'on n'ose plus dire depuis que Lionel Jospin et sa clique ont décidé d'efféminer notre langue et de la livrer aux « écrivaines ». Madame le ministre de la Défense. Ça va sans dire, François Mitterrand ne disait pas autrement. Il suffisait d'oser, d'avoir le courage inouï de nos jours de ne pas céder au conformisme ambiant. Si nous avons bien entendu, mademoiselle Ferrari aura mérité le fauteuil qu'elle occupe.

Morterolles, 8 août

Et les cloches de l'église qui ne sonnent plus. Il me semble pourtant les entendre, au loin dans mon silence. Quelle heure est-il exactement ? J'ai dîné seul hier sur la terrasse. Christiane m'avait laissé des blinis et du saumon de Norvège. J'ai bu de la vodka et je me demandais : quelle heure est-il dans ma vie ? Sur cette terrasse à l'ombre du tilleul et des lilas, les derniers beaux soirs remontent à lui. Autrefois, c'est-à-dire je ne sais plus quand. Tous les étés de sa jeunesse ici se confondent maintenant avec le temps qui passe. En quelle année portait-il ce maillot de marin qui lui laissait les épaules nues et le faisait ressembler à un dessin de Cocteau ? Est-ce vraiment en 1996, comme je le crois, qu'il fut le plus heureux et moi avec lui ? Il était guéri, nous en étions sûrs.

Sur la fuite du temps, on radote forcément, on aura tout dit qu'on n'aura encore rien dit. Les souvenirs comptent peu, pour presque rien. Quelques-uns suffisent. Au-delà nous sommes morts. Le soir tombait sur les oiseaux (j'oublie toujours les oiseaux, lui les reconnaissait et chantait avec eux), pas un souffle de vent, sur l'étang devenu miroir mes ânes marchaient à l'envers. Le silence, et tout au bout les cloches de l'église, les lèvres de Stéphane sur mon cou, ses mains sous ma chemise. Sa voix : « Je suis là, mon amour... » Je n'étais pas plus triste que ça. La femme du Duc est venue me rejoindre au dessert, nous avons partagé une glace à l'abricot, elle m'a dit : « Ne vous en faites pas, l'été sera bien vite passé, les nuits sont fraîches après le 15 août. »

Morterolles, 9 août

Sans leur femme, ils sont perdus. Un peu minables. Ils viennent d'avoir cinquante ans, leur ventre déborde de leurs jeans depuis leur premier anniversaire de mariage, ils mangent trop de viande rouge, boivent de la bière au goulot. À part le foot et Loana, rien ne les sort du canapé où ils s'affalent pour digérer. Le chat de la maison est parti, les enfants sont grands maintenant, ils couchent ailleurs. Leur mère ne rentrera pas. Les avocats s'occupent des formalités et du reste, du contrat de mariage et des assurances-vie. Elle ne reviendra pas. Il ne l'aurait jamais crue capable de lui faire ça à lui, son dieu vivant, son héros interplanétaire, son danseur de rock and roll.

Les hommes à femmes sans une femme sont des loques. À la première qui voudra d'eux dans l'état où ils sont, ils promettront la lune, de l'eau minérale à tous les repas. Ils sont prêts à tout pourvu qu'elle lave leur chemise et leur prépare des plats en sauce, qu'elle ne soit plus vraiment gironde ne les gênera pas.

L'inverse n'est pas vrai. Une femme plaquée, ou veuve, n'est jamais perdue ni minable. Elles nous mettent au monde, elles nous ferment les yeux, leur dignité ne fait pas de doute.

Morterolles, 10 août

Chardonne. Petite suite amoureuse et désenchantée.

« Il n'y a pas d'amour sans accord physique, c'est le fondement mystérieux de l'amour. »

De cela nous sommes intimement convaincus mais, au bout de ce raisonnement indiscutable, il y a le nôtre qui ne l'est pas moins : l'accord physique se passe très bien de l'amour, nous l'avons vérifié. Chardonne ne va pas jusque-là, un peu de tenue l'en empêche. Il nous met en garde, cependant à sa manière. Unique.

« ... La vie est tragique, c'est vite dit. Le savoir c'est autre chose. L'amour, c'est horrible... et puis le mariage presque toujours, c'est atroce. On vit là-dedans, en fumant des cigarettes... »

Le docteur E. me l'avait bien dit que je n'avais rien. Les résultats de mes analyses de sang lui donnent raison une fois de plus. J'ai beau retourner les chiffres et les pourcentages dans tous les sens, les comparer avec ceux des dix années passées, pas un globule ne manque à l'appel, pas un gamma de trop. En cherchant la petite bête, on pourrait se demander pourquoi la deuxième heure de la vitesse de sédimentation dépasse d'un point la valeur normale... Le docteur E. en rit encore, car je lui ai posé la question. Je n'ai pas pu m'en empêcher.

– C'est à vingt ans que l'on s'inquiète d'une VS en hausse, après c'est dans l'ordre des choses et du temps...

Morterolles, 12 août

La petite dame aux cheveux bleus aperçue l'hiver dernier à l'entrée des artistes d'un théâtre où je chantais dans le Sud-Ouest ?... Cahors peut-être... me rattrape maintenant partout où je passe, où je vis.

Une veuve, probablement sans enfants, qui nous a choisis, Stéphane et moi, sur les images de la télévision, entre les lignes de ce journal. Elle s'appelle Hortense, je ne sais rien d'elle que ce prénom d'opérette viennoise. Où habite-t-elle ? Plus personne aujourd'hui ne précise son département, on vous accorde parfois un numéro, Hortense ne se donne même pas cette peine. D'où venons-nous ? Où allons-nous ? C'était si joli pourtant de voir le jour dans les Alpes-Maritimes, de courir sur les côtes d'Armor, d'avoir de la famille en Lorraine, des amis en Loire-Atlantique, d'habiter en Moselle... Si même Hortense, qui date de cette France-là que l'on pouvait chanter au tableau noir de nos écoles, se satisfait d'un code postal, ce n'est pas Julien et ses copains que ça empêchera de dormir. Les braves petits bacheliers n'ont pas de temps à perdre avec les préfectures et les sous-préfectures. Et pourquoi pas les chefs-lieux de canton ?

Restons-en là ! Je voulais relever ce matin la lettre d'Hortense, ou plus exactement un extrait du bristol minuscule où elle m'écrit des mots serrés, des mots de presque rien.

« Cher monsieur Pascal, si les cloches de l'église de Morterolles avancent de deux minutes, celles de Mussidan sonnent dix minutes après l'heure, vous vous rendez compte, dix minutes ! [Quand elle apprendra, la chère Hortense, que Morterolles ne sonne plus du tout !] J'ai interpellé qui de droit, on m'a envoyée sur les roses. Le curé s'en moque il aime mieux manger. Il est énorme. J'ai signalé aussi aux services de la voirie qu'une lampe était grillée dans la ruelle si sombre derrière chez moi et qu'un chauffagiste avait déposé ses saloperies sur le trottoir près de la gare. Il y a deux mois de cela et toujours pas de réponse. Vous voyez, le laisser-aller est partout, la médiocrité de nos élus, la saleté des administrés, quel monde ! Je passerai le dimanche 15 août à Saint-Pardoux vers 8 h 15 du matin, pourvu que le cimetière soit ouvert, j'ai une plante en pot pour Stéphane, celui de Mussidan n'ouvre qu'à 9 heures... »

Pourquoi Hortense est-elle si pressée ? D'où arrivera-t-elle de bon matin le dimanche du 15 août ? Tel le furet du bois joli, Hortense est passée par ici, elle repassera par là... Elle m'appelle « monsieur Pascal ». Dans quelle province parle-t-on ainsi ? Monsieur suffit bien. Pascal à la rigueur, mais anoblir ce prénom indéfini, lui donner du Monsieur, non c'est trop.

Que madame Hortense ne se tracasse pas, le cimetière de Saint-Pardoux ne ferme jamais.

Morterolles, 13 août

C'est fait. J'ai vidé les tiroirs du bureau de Stéphane. Son fourbi, ses boîtes à malice. De tout. Tout lui en vrac. Un désordre charmant. Des bouts de papiers griffonnés, des crayons de couleur, un tube de colle sèche, des cahiers à spirale neufs pour la rentrée des classes, le pupitre d'un écolier qui n'aurait rien rangé avant de partir en vacances. Son téléphone, des petits chevaux de bois, les disquettes de son ordinateur. Que diraient-elles si je les faisais parler ? Quels messages intimes sur son répondeur qu'il n'aurait pas effacés ? D'autres à ma place auraient voulu savoir, moi pas. Je ne veux rien apprendre qu'il ne m'aurait pas dit. Je n'ai jamais mis mon nez dans les affaires de Stéphane de son vivant, ni mes yeux dans ses poches, je n'allais pas commencer hier. J'ai déchiré sans les lire quelques feuillets d'un texte de dix pages environ. Le début d'un roman, d'une romance ? L'important n'est pas ce que Stéphane m'a caché, mais ce qu'il m'a donné. La part la plus secrète de lui-même.

Entre son passeport et sa carte de Sécurité sociale, il avait glissé un mot d'amour de moi et ma photo d'identité à l'âge de vingt ans. Au contraire de moi, il gardait tout. Des vieux billets de cinéma. Des Kleenex. Je devais me fâcher pour qu'il fasse semblant de ranger. Stéphane n'était pas un garçon prudent. J'ai même retrouvé sa dernière déclaration d'impôts, signée par lui à Paris le 20 mars 1998 : 315 127 francs de revenus au titre de l'année 1997. Le prix de ses chansons, de son sourire. J'ai découvert aussi qu'il était né à Suresnes et non au Plessis-Robinson ou à Meudon, enfin de ce côté-là, comme je l'ai toujours cru. Suresnes, le 4 janvier 1963. Sur la photo de son permis de conduire, il a dix-huit ans. Nous allons nous aimer bientôt.

Ça m'a pris comme ça, j'ai tiré le premier tiroir à droite de son bureau, installé désormais dans le chalet près du tennis, pour voir si c'était le moment, si j'allais pouvoir fouiller sans trembler. C'est fait. Un grand sac-poubelle plein de riens et de mystères. Je n'allais pas conserver une poignée de préservatifs dont la date limite d'utilisation est dépassée depuis janvier 2001. Je ne savais pas ça, jamais je n'avais lu ce qui est écrit sur les boîtes de préservatifs. Périmés comme les yogourts ! Qu'en faisait-il, Stéphane, de ces caoutchoucs ?

Morterolles, 18 août

La maison des morts ne gênait personne que moi. On passait à côté sans la voir, rien ne la signalait que sa banalité. C'était une verrue malgré tout, là, juste sous mon nez. J'avais l'impression que mes visiteurs ne voyaient qu'elle. Des matériaux si laids, une antenne satellite au balcon et des stores orange. Effacée ! On a déjà oublié qu'elle était là depuis trente ans, si ordinaire au milieu des champs. Simplement modeste, je ne l'aurais pas touchée, une cabane en planches arrangée avec goût, une grange pleine de foin, une étable m'aurait convenu. Ce tas de parpaings badigeonné d'un crépi sale aux prétentions espagnoles, ça non ! Effacée ! Sur ce terrain qui restera vague jusqu'à l'automne, j'ai décidé cet après-midi de l'emplacement des lilas, du chèvrefeuille et des sapins. Il y aura une grille en fer forgé peinte en vert anglais... des roses trémières sur la tonnelle. J'aurai passé une partie de ma vie à planter des arbres et des fleurs que d'autres arracheront, que les tempêtes emporteront. Il en va de nous comme des maisons. Effacés de la terre nous serons et personne ne s'en apercevra.

Morterolles, 20 août

Un lecteur de Barbezieux m'informe régulièrement de ce qui se trame contre la mémoire de Jacques Chardonne dans sa ville natale, qui n'a pas d'autre titre de gloire justement que celui-là : avoir vu naître l'un des meilleurs prosateurs français du siècle passé.

Mon lecteur, scandalisé, m'envoie ce matin des coupures de presse de *La Charente libre*, en date du 30 juillet, annonçant la décision du nouveau conseil régional Poitou-Charentes de débaptiser deux salles de l'hôtel de région du nom maudit qu'elles portaient jusqu'à ce jour. On apprend ainsi avec stupeur qu'un autre conseil régional, avant que la gauche ne s'empare des lieux, avait eu cette audace : rendre à Chardonne un modeste hommage.

Un dénommé Paul, obscur conseiller communiste, considère que c'est une « infamie ». Il ne sait pas très bien, pas du tout même qui est Chardonne, mais on lui a dit que... et ça, il ne peut pas le supporter. Avec sa camarade Simone, un genre de féministe furibarde, « ils n'ont eu aucun mal à convaincre madame Royal », précise le journal, du bien-fondé de leur ire.

Pour la démagogie, la *mater dolorosa* des couches-culottes ne craint personne, on le sait, c'est un fonds de commerce qui marche bien. Pour que son bonheur soit parfait, Paul veut faire débaptiser d'urgence également une école désaffectée d'Angoulême.

Paul a des principes : un boulevard du maréchal Staline, ça ne le dérange pas, des lycées Louis-Aragon, il en voudrait partout, nous aussi, mais une école désaffectée d'Angoulême qui porte encore le nom de Chardonne, ça non !

Quel triomphe pour Philippe et moi qui prétendions obtenir du maire une rue pour notre cher maître. Philippe, la nouvelle gloire de Barbezieux, aura, lui, sa rue que Chardonne attendra toujours au purgatoire le bon vouloir des Paul de service.

Morterolles, 21 août

Il est là depuis le début de la semaine. J'étais sûr qu'il ne viendrait pas. Il est là pourtant, allongé sur la moquette devant mon bureau, à me regarder écrire, et je ne peux pas écrire, puisqu'il est là et qu'il me regarde. Cette page m'a échappé dix fois depuis qu'il est là, pendu à mon cou, insatiable et joyeux. Dans le train, il a rencontré une Sophie qui lui envoie des textos câlins. Elle veut savoir s'il a bien dormi et avec qui, comment sont les filles du camping de Morterolles. Que lui a-t-il raconté à cette pauvre petite pour qu'elle s'inquiète déjà des filles du camping de Morterolles ? « Si elle savait, me dit Julien, que je suis dans la chambre quand elle téléphone. »

Il me dit aussi que Sophie est canon et moi « super canon pour ton âge ». Il me dit des choses que je n'ai pas besoin de rapporter ici, des choses que les autres ne peuvent pas comprendre, qui n'intéressent que nous. Je ne peux pas, je ne veux pas. Ce serait trop. Julien est là, c'est aussi simple que cela, beaucoup plus simple en vérité que je ne le craignais, depuis le lundi de Pentecôte où j'écrivais : « Ça n'ira pas, ce garçon est fou, ça n'ira pas. » Il défait mes lacets de baskets à la mode des cités, des lycées, et choisit mes tee-shirts, il va torse nu en chaussettes blanches d'une pièce à l'autre de la maison, il n'en finit pas de prendre des douches. Il est propre et bien élevé. Serge T. lui a offert un chapeau de paille, il le photographie sous toutes les coutures. Ça nous fera des souvenirs tristes bientôt. Tristes, les souvenirs le sont toujours quand les enfants ont grandi. Julien est un enfant, il appelle Serge « Papy ». Les femmes d'ici fondent quand il se décoiffe pour les embrasser. Il a offert des fleurs à la Baronne, la femme du Duc lui a fait un clafoutis aux cerises.

– Ça me fait drôle de connaître en vrai des personnages de roman.

Julien croit que ma vie est un roman parce que j'écris des livres. Il trouve que dans la réalité la place de l'église fait moins rêver, qu'elle est moins mystérieuse... Je lui explique que la littérature, ça sert à ça justement, nous faire croire à l'impossible. Il veut que nous allions marcher dans le parc la nuit venue, il a peur, mais il aime avoir peur dans mes bras. Un souffle de vent sur les branches des peupliers, une grenouille qui bondit au bord de l'étang, le battement d'ailes d'un oiseau, il sursaute à chaque pas et s'agrippe à mon épaule, il me dit à l'oreille : « J'ai peur, embrasse-moi. »

Julien mesure un mètre quatre-vingts, mais il tient dans ma main, dans le creux de ma main. Je ne le lâcherai pas tant qu'il aura peur. Il n'aura pas peur longtemps.

Morterolles, 22 août

Marie, la fille de Roger Nimier, jouait de l'accordéon dans mon émission il y a quinze ans. Elle est aujourd'hui un écrivain Gallimard béni par la critique. Ce matin, *Le Journal du dimanche* la traite d'« écrivaine ». Son père n'aurait pas supporté qu'on l'insulte ainsi. « Écrivaine », et pourquoi pas pisseuse de copie ?

Autre nouvelle affligeante dans le même journal, Nicolas de Tavernost, l'excellent patron de la sixième chaîne de télévision, explique qu'il va présenter à la rentrée un programme où l'on suivra le parcours d'une classe de certificat d'études dans les années cinquante. Jusque-là l'idée est plaisante. Nous qui avons grandi avec de l'encre aux doigts, sous les préaux de la communale à l'école des garçons, nous nous réjouissons beaucoup de retrouver notre maître en blouse grise au tableau noir, l'odeur de Javel et du cuir de nos cartables, de la craie, de l'encrier... notre enfance.

« Ça s'appellera *Le Pensionnat*, précise monsieur de Tavernost. Vingt-quatre garçons et filles seront soumis aux méthodes d'éducation d'hier, il sera intéressant d'observer comment les jeunes d'aujourd'hui réagissent à la discipline de ce temps-là. »

Que viennent faire les filles dans la classe des garçons ? Le jeu sera faussé et l'histoire arrangée pour plaire aux ménagères de moins de cinquante ans. Affligeant.

La fête au village voisin. Une fanfare, un manège d'enfants, une buvette, un stand de tir à la carabine, un peu de soleil sur le chapeau de paille de Julien. La fin de l'été, un dimanche.

Minuit. Julien me boude en suivant les jeux Olympiques, la tête posée sur l'épaule de Serge T. Il trouve que je ne me suis pas assez occupé de lui cet après-midi, que trop de gens m'ont entouré. Il me veut à lui tout seul, même au milieu de la fête. Caprice.

Morterolles, 23 août

Jack Lang ne croit pas du tout au scénario catastrophe que je viens de lui prédire, à savoir la candidature de Ségolène Royal qui, cédant à l'amicale pression de ses amis, se présentera comme la « sauveuse » de la gauche et de la République en danger. « Sauveuse ! » Le mot ne la fâchera pas, il est fait pour elle.

Jack Lang croit, au contraire, que le temps joue pour lui, qu'il deviendra « inévitable ». Il est au bord de sa piscine à Beaulieu, ses petites-filles voudraient se baigner, mais il pleut.

– Un ciel pour toi, me dit-il... Voyons-nous dès que tu rentres à Paris, nous parlerons de ça...

– Compte sur moi, lui dis-je. Une popularité qui ne sert à rien, c'est ridicule à la fin...

– Tu as raison.

Julien est assis en tailleur au pied de mon bureau, le dos à la bibliothèque. Il découpe des photos de pin-up dans les magazines que Serge lui a prêtés. Pin-up ! Ce mot qu'on ne dit plus depuis un demi-siècle le fait sourire. J'aime les mots oubliés comme les chanteuses de mon enfance. Comment dit-on ? Julien ne sait pas. Il me regarde fixement. J'écris sous surveillance. Son insistance me trouble. Tandis que je m'efforce de mettre de l'ordre dans mes idées, il découpe des photos de pin-up et me demande si j'ai sauté Madonna. Julien me croit capable de tout.

Morterolles, 24 août

Écrire sans se soucier d'être lu et compris, écrire pour rien ni personne, c'est parler tout seul comme les vieillards et les fous.

Souvent je pense à Minou Drouet dont la gloire m'éblouissait quand j'avais son âge. Mon père aurait voulu que je l'épouse sous prétexte qu'elle m'aimait bien. Je n'avais pas vingt ans. Qui se souvient d'elle ? Julien me dirait que ce sont les chats qu'on appelle « minou ».

Elle vit en Bretagne où, paraît-il, elle élève des oies. Destin charmant d'une petite fille modèle longtemps après les nattes et les socquettes blanches. Une blouse de grand-mère. Cocteau, qui savait tout, écrivait : « Tous les enfants sont poètes, sauf Minou Drouet. »

On peut retourner comme on veut les sentences de Cocteau et leur faire dire le contraire de ce qu'elles disent. On a compris une perfidie alors qu'il fallait lire un hommage. Tous les enfants ne sont pas poètes. Dieu merci.

Nicolas Sarkozy de passage à Limoges. J'aurais bien été le saluer, mais quel ramdam dans le landernau.

Que n'aurais-je pas entendu ? L'humour n'est pas une qualité française.

Marco au téléphone. Je commençais à m'ennuyer de lui. Quelque chose nous lie que je ne saurais pas nommer. Deux mois sans nous voir, sans nous parler. C'est trop long.

Morterolles, 26 août

Il y a un Morterolles-Saint-Pardoux quelque part dans la Creuse. C'est très contrariant, mais c'est ainsi. La confusion est inévitable, même les plus attentifs de mes lecteurs tombent dans le panneau indicateur.

Le garçon de Chambéry, qui poursuit toutes les autorités de la République pour qu'elles me décorent de tous les ordres imaginables et que j'attendais à midi, est perdu par là-bas, du côté du lac de Vassivière, autour d'un patelin du même nom que le mien. Morterolles. Combien de fois devrai-je répéter, écrire dans tous mes livres, rectifier dans tous les journaux que Morterolles n'est pas en Creuse mais en Haute-Vienne. Décidément, ce département numéroté 87 pourrait être supprimé de la carte de France que personne ne s'en apercevrait. J'ai eu maintes fois l'occasion de le vérifier, personne ne sait où se trouve la Haute-Vienne et si, par extraordinaire, l'envie de Morterolles vient à quelques-uns, c'est en Creuse d'abord qu'ils vont le chercher. Marie-Françoise Perol-Dumont, la très distinguée présidente du conseil général, devra faire preuve d'imagination si elle compte retoucher l'image si floue de son département. Ce qui ajoute encore à la confusion, c'est le nom de Saint-Pardoux accolé à celui de Morterolles. Il y a des Saint-Pardoux partout en France, mais le seul qui occupe ce journal se situe en Haute-Vienne, à une vingtaine de kilomètres d'ici. Cerné de grands lacs et de petits étangs, de bois de châtaigniers et de pâturages d'autrefois. Il y a un cimetière.

Jérôme, de Chambéry, viendra demain à midi. Ça lui laisse vingt-quatre heures pour retrouver la Haute-Vienne. Il souhaite m'interroger pour une revue d'étudiants sur le « mécanisme » du journal intime. Il apprendra en lisant la page de ce jour que rien n'est fixé, qu'il n'y a pas de mécanisme, qu'un visiteur égaré peut suffire à nous distraire.

L'énergie de Drucker. Son enthousiasme de jeune homme. Il a une idée pour dans un an ou deux, il voulait m'en parler tout de suite.

L'optimisme de Drucker.

– Tu peux noter dans ton journal que je t'ai téléphoné à 16 heures le 26 août pour te faire une proposition, ne dis pas laquelle, cela doit rester entre nous, ne dis rien à personne, ni à la Baronne ni même à la femme du Duc que tu salueras pour moi.

Morterolles, 27 août

Si l'on veut me voir guéri, on peut. Que je ne le sois pas n'a plus d'importance. Ce journal témoigne de la vie d'un homme au-delà du chagrin. Ce que l'on dit de moi sur mon passage compte peu, bientôt on ne dira plus rien. Un jeune pompiste d'une station-service du voisinage, où je m'arrête une ou deux fois par semaine, m'a demandé hier mon nom pour établir la facture. Ou il se payait ma tête, ou c'est un abruti parfait. Quand je dois répondre quotidiennement à tant de mains tendues, je regrette de n'avoir pas plus souvent l'occasion de croiser de ces gens ahuris qui me font rire et pitié. Et que l'on ne vienne pas me chercher sur le chapitre de la vanité, je ne pense pas que tous les pompistes de la Papouasie doivent se prosterner devant moi, mais j'ai bien le droit de me taper sur les cuisses au bord de la route nationale 20, à deux mille mètres de chez moi. Il y a du vice là-dedans. La tête de ce pauvre garçon dans mon rétroviseur, le fou rire de Serge T. et l'effarement de Julien. Un bon moment.

Morterolles, 28 août

Ce mot du mari de Bardot à Serge T. qui me le rapporte en pouffant : « Mais enfin, où a-t-on vu que Brigitte est homophobe avec tout le mal qu'elle se donne pour sauver les bébés phoques ? » Oui, rions de cela et du reste contre les pisse-froid. Sauvons les bébés phoques. Là-dessus, Philippe sera d'accord, nous signerons la pétition.

Ménagerie. Suite. Ce qui est révoltant ce n'est pas que les chiens aboient, mais bien que leurs maîtres ne les fassent pas taire.

La fiancée de Pierre S. vient de lui offrir une chatte, le voilà chaviré, lui, l'homme revenu de tout, le voilà attendri comme une mémère. Ce gâtisme devant les chats m'est incompréhensible. Pierre S. le sait, je ne comprends pas du tout à quoi sert un chat. Sa joie, pourtant, me touche. Il a donc besoin lui aussi de quelque chose qui bouge autour de lui, qui miaule et saute sur ses genoux ? Peut-être même que cette chatte dormira dans son lit. Comme les hommes sont fragiles.

Morterolles, 29 août

Les filles du camping comme autant d'Arlésiennes. Julien les cherche, il veut voir à quoi elles ressemblent, si elles sont aussi « chaudes » qu'à La Baule. Morterolles n'étant pas exactement la première destination du tourisme sexuel de la planète, ni son camping un lupanar, les filles « chaudes » vont plutôt se faire bronzer ailleurs. Julien en aurait quand même repéré une, blonde naturellement, esseulée près des douches.

– Elle s'est bien occupée de moi, me dit-il.

Déçu que je ne lui demande pas de détails, il en rajoute pour me « chauffer », il me raconte comme se racontent entre eux les adolescents à la récréation, avec gourmandise, les lèvres encore brûlantes de baisers, de mensonges.

Julien est en bonne santé, j'aime qu'il ne s'ennuie pas et qu'il patiente avec la fille du camping en attendant que « j'arrête enfin d'écrire » pour m'occuper de lui.

Morterolles, 30 août

Pierre S. n'en doute pas : sa chatte a une âme. Cet homme d'apparence normale, aux capacités intellectuelles appréciées dans les milieux littéraires, cet homme-là, qui a toute ma confiance, a perdu le sens commun en quelques jours. Il voulait que j'en sois le premier informé, une si bonne nouvelle ne pouvait pas attendre. Il m'a annoncé ça sans précaution : « ma chatte a une âme », sur le ton enjoué de quelqu'un qui vient de toucher le tiercé, ce qui lui arrive parfois.

« Elle est a-do-ra-ble, elle grimpe aux rideaux, se fait les griffes sur le canapé, déchiquette mes manuscrits. Je la laisse faire, on ne dérange pas un chat, il est le maître, nous à sa merci. Savez-vous, me dit-il, que Paul Morand écrivait autour du sien, sur de grandes feuilles de papier pour ne pas le déranger s'il dormait sur ses pages... »

Le coup du grand écrivain couvert de chats, très peu pour moi. À la question infernale, que Pierre S. ne m'a pas posée, « les chats de Léautaud avaient-ils une âme ? », j'aurais répondu non. Je manque certainement de candeur.

Ils ont démonté la tour Eiffel à l'entrée de La Souterraine où nous sommes allés reconduire Serge T. qui prenait le train de 14 heures 16 pour Paris. C'était donc provisoire, un décor. On peut craindre, en revanche, que la grande surface de plastique gris n'occupe les lieux définitivement. Julien ne l'a même pas remarquée, ce genre de zone lui paraît aussi naturel qu'à nous les jardins. Quand s'effacera ce monde atroce qui est le sien aujourd'hui, il le pleurera avec sa jeunesse.

Morterolles, 31 août

Visité le docteur T. à la clinique François-Chenieux de Limoges. C'est une habitude de l'été depuis plus de dix ans. Un rendez-vous de prudence, presque amical. Des souvenirs terribles nous lient, nous n'en parlons pas : d'autres plus légers les jours de petites victoires.

Le docteur sourit, il passe une caméra sur mon ventre, en un quart d'heure le tour est joué. Ça va. Après quoi, il s'extasie sur l'exactitude de mon taux de cholestérol et je me trouve mieux, comme un bon élève devant l'homme qui sait. Il m'a avoué qu'il n'en menait pas large, lui non plus, quand il attendait ses propres résultats d'analyses.

– J'y vais à reculons.

Savoir que l'homme qui nous soigne est dans le même état que nous quand vient son tour d'être patient m'a curieusement réconforté.

Promenade sur mes terres. Il a plu, la nuit, le jour, sans discontinuer durant le mois qui s'achève. Les pelouses sont anglaises. Parfaites donc. Enfin un été adorable.

Il y a trop de saules pleureurs autour de l'étang du haut. C'est un arbre un peu lamentable, finalement. Qui se lamente. D'où son nom peut-être ? Je ne sais pas pourquoi il jouit d'une si noble réputation, sa majesté en impose aux enfants, les jeunes filles le trouvent romantique, moi-même je me suis laissé endormir par le discours des pépiniéristes : « Ça fera très bien au bord de l'eau. »

Ils avaient raison, mais il y en a trop.

– Toi, me disait mon père, le jour où tu seras satisfait de quelque chose...

Les dahlias du jardin d'Aïda sont plus beaux que les miens, ça m'agace. Elle vient de me porter un bouquet rouge et or pour Stéphane. J'irai à Saint-Pardoux ce soir.

Morterolles, 1er septembre

M'allonger sur le lit de Stéphane, là où je n'ai jamais su dormir avec lui, m'allonger en fin d'après-midi et fermer les yeux dans cette chambre qui me faisait peur hier encore, qui m'a toujours fait peur. Je le peux maintenant. Sa chambre, séparée de mon bureau par un rideau de théâtre, je la traverse dix fois par jour pour aller dans notre salle de bains. Sa chambre, la dernière de sa vie qui ne fut pas d'hôpital. Nos baisers de feu ces nuits-là où il me disait « reste encore un peu », me tirait par le bras de toutes les forces qui lui restaient : « embrasse-moi encore ». Sa fièvre que j'emportais sur mes lèvres. Je le laissais s'endormir avec ses cauchemars et je descendais retrouver les miens, les mêmes. Nous nous sommes aimés jusqu'au bout de nos rêves et de nos cauchemars.

Morterolles, 2 septembre

Si, par extraordinaire, notre héritier désigné refuse ce que nous lui avons légué, de nos biens, immobiliers ou bancaires, l'État, qui n'a pas d'états d'âme, empochera le magot. Maître D. est formel, l'État ne laisse pas traîner un sou. J'aurais pu m'en douter. Comme je lui en aurai beaucoup donné dans ma vie, je vais faire en sorte qu'il ne lui reste rien après moi.

Mon lascar. J'appelle Julien mon lascar. Ça m'est venu comme ça, en le regardant faire le malin. Mon père m'appelait ainsi quand il était content de moi. Julien fond quand je prends un ton paternel pour m'adresser à lui. Mon lascar, ça lui plaît beaucoup.

On me dit que le mot court dans les cités, les quartiers chauds des banlieues, il est donc dans l'air du temps puisque, semble-t-il, tout se décide de ce côté-là. Tous les lascars ne s'appellent pas Julien, mais ce mot-là, si savoureux, qui date de la jeunesse de mon père, lui va bien.

Morterolles, 3 septembre

« L'ex-premier ministre de Malaisie n'aura effectué finalement que six ans de prison pour avoir sodomisé son chauffeur, au lieu des vingt ans que son crime aurait pu lui valoir. »

J'ai relu deux fois l'article du *Figaro* pour être sûr que je n'avais pas la berlue. « Crime », la justice malaise appelle « crime » une partie de plaisir entre adultes. Vingt ans de prison pour avoir sodomisé son chauffeur ! Et pourquoi pas la peine de mort ? Ces régimes modérés décidément, il n'y a rien de bon à en attendre. Quand on songe à tous les premiers ministres du monde qui font assassiner qui ils veulent, y compris leur chauffeur peut-être même après l'avoir sodomisé, sans craindre la moindre remontrance, et sont reçus sur le perron de l'Élysée ou de la Maison Blanche, on se dit qu'on a bien de la chance de ne pas vivre en Malaisie, ce modèle de démocratie où les gouvernants pourraient détourner l'argent public, emprisonner les opposants, torturer leurs femmes, mais pas sodomiser leur chauffeur.

Mon ami Lang devance dans les sondages d'opinion mon ami Sarkozy, lui-même suivi de près par mon ami Delanoë. Le tiercé gagnant. Pour l'ordre d'arrivée, il faudra attendre un peu.

Morterolles, 5 septembre

Madame Aubry, l'amère de Lille, une femme bien connue pour son sens de la nuance, nous informe ce matin quc « le projet de Nicolas Sarkozy lui fait froid dans le dos ». Espérons que les foules venues se régaler de moules-frites à la braderie de sa bonne ville ne céderont pas à la panique, que l'exode n'a pas commencé.

Si elle a froid dans le dos, on conseille à l'amère de Lille une petite laine. À nos âges, c'est plus prudent.

Dernier dimanche de l'été ici où je viens de vivre deux mois sans jamais m'ennuyer sinon de lui. Mon cartable est prêt pour la rentrée. Ne rien oublier surtout. Classer les pages de ce manuscrit que je ferai photocopier pour l'envoyer à Marie qui l'attend, mettre à jour mon répertoire téléphonique, consulter mon agenda, choisir la chemise et le pantalon que je mettrai demain. J'ai toujours fait ça : mettre de l'ordre avant la classe. Tout l'après-midi j'ai retrouvé mes gestes d'écolier méticuleux. Ne rien laisser au hasard.

Je chantais à midi à la télévision une chanson d'Aznavour qui dit : « le hasard souvent fait bien les choses », c'est vrai, mais je m'en méfie. Que me réserve l'année qui commence ? Quel chagrin vais-je devoir affronter ? Je pourrais me dire que l'automne arrive, que mes musiciens m'attendent, que les cloches de l'église résonneront à Noël, mais c'est plus fort que moi, c'est une autre musique que j'entends, d'autres couleurs que je vois. Alors je range, j'organise, je me prépare. Je n'en finis pas de me préparer. À quoi, sinon à la mort ? Le moment viendra où l'écriture de ce journal ne suffira plus à calmer mon tourment.

Paris, 7 septembre

Ils ont planté trois palmiers miteux devant la statue du général Leclerc, trois autres face à l'église place d'Alésia, comme si Paris devait se faire pardonner d'entrée d'être la capitale de la France et non pas celle du Zimbabwe. Le grand café de Montrouge qu'on appelait la « vache noire » annonçait la porte d'Orléans, la mienne, celle de tous mes désirs. J'arrivais de ma banlieue-sud en autobus, j'avais quatorze ans, Paris commençait là. Ai-je assez rêvé de ses fêtes en remontant les avenues du quatorzième arrondissement, parfois même jusqu'à Denfert-Rochereau ? Plus loin, c'était Montparnasse et Saint-Germain-des-Prés. J'étais trop petit, encore, trop sage pour m'aventurer de ce côté-là... Ça viendrait, je n'en doutais pas. En attendant, j'allais de la statue du général Leclerc à l'église d'Alésia, le Paris qui se tenait là suffisait à m'enivrer. Ses vitrines en couleurs, ses boutiques de mode, ses terrasses, son métro, l'odeur de son métro, des immeubles cossus de pierre avec des lourdes portes de fer forgé où habitaient des avocats, des ophtalmologistes, des chirurgiens-dentistes. Des concierges en tablier faisaient briller les plaques de cuivre où leurs noms étaient gravés. Un monde. Des ouvriers en bleu de travail, des loufiats en tenue, des femmes en robe, quelque chose dans l'air qui ne laissait aucun doute, on était à Paris.

Afin d'éviter un embouteillage, sur le périphérique extérieur, je suis repassé par là en revenant de Morterolles. La « vache noire » est morte, massacrée par les marteaux-piqueurs, des tours à loyers modérés occupent maintenant ce dernier carrefour avant Paris. Là où Robert Doisneau vit arriver la division Leclerc : des tours à loyers modérés.

Et puis enfin des palmiers miteux parfumés aux gaz d'échappement. Des palmiers. Les Zoulous ne tarderont pas.

Promenade quai aux Fleurs, après dîner hier, avec Jean-Noël où nous avons croisé un jeune homme de ses amis éducateur à la DASS qui a trois passions : Marie-Antoinette, François Mitterrand et la neige.

Je l'ai donc retenu pour cela, et pas seulement pour cela, un peu plus tard que prévu à la maison. On ne rencontre pas tous les soirs un garçon qui a porté une semaine durant le deuil de François Mitterrand. Il avait quinze ans à la mort du Président puisqu'il est né le 10 mai 1981.

Paris, 8 septembre

« Pas d'adjectifs ; le moins possible, ils affaiblissent un style naturellement fort, vif, savoureux comme le vôtre. L'adjectif c'est comme les bijoux, une femme élégante ne porte pas de bijoux (ou bien c'est un solitaire qui vaut cinq millions), les bijoux communs, c'est pour les bonnes. »

À ces recommandations que Chardonne adresse à Ginette Guitard-Auviste, j'essaie de me conformer. Je peux aussi me laisser surprendre. Les adjectifs sont des coucous. Le maître lui-même n'est pas à l'abri de leur agilité à se fourrer partout, j'en relève quatre ici, neuf au total dans sa lettre du 23 novembre 1952. Ça me console un instant de n'avoir pas son génie.

Paris, 9 septembre

« Un jour, il ne neigera plus en France », les scientifiques et les messieurs-dames de la météorologie, réunis à la télévision sur la cinquième chaîne par le pertinent Yves Calvi, sont d'accord là-dessus : « Un jour, pas demain mais bientôt, il ne neigera plus en France, ni nulle part ailleurs. »

Ils nous expliquent, une fois de plus, le réchauffement de la planète. Ils n'en sont pas responsables mais cela pourrait au moins les désoler. Non, ils nous prédisent la pire catastrophe sans s'émouvoir.

Un jour il ne neigera plus en France, moi ça me tue, mais comme je serai mort ce jour-là, après tout...

Paris, 10 septembre

Dîner de rentrée chez les Berri. La tendresse infinie de ces gens-là.

Nathalie a dit doucement, de l'amour dans la voix : « Claude distingue les femmes en trois catégories : les emmerdeuses, les salopes et les saintes... et moi où croyez-vous qu'il me case ? »

Parmi les saintes, j'en suis sûr.

Claude faisait semblant de ne pas entendre. Je me garde comme lui des emmerdeuses... Avec les autres, on peut s'arranger. Il nous a demandé de lui donner notre avis sur l'affiche de son prochain film, *L'un reste l'autre part,* et nous avons écouté la chanson que Nathalie a écrite sur ce thème, un bijou sur une musique lancinante de Frédéric Botton, son premier mari.

Nathalie vit entouré de ses hommes, elle aime avoir ses trois maris autour de la table. Claude, son Claude, « si beau, il est si beau », Frédéric, son meilleur copain, et Léo, quinze ans de sa vie, son frère, son éditeur.

Paris, 11 septembre

Midi. Remue-ménage.

Mon voisin du dessus voudrait que ma femme de chambre monte dans la sienne passer l'aspirateur et lui repasser au moins une chemise. Dans le genre « excusez-moi, je viens juste de tomber du lit », mon voisin du dessus est irremplaçable. C'est un acteur ébouriffé dont la frimousse s'affiche ces jours-ci sur tous les murs de Paris, sur les autobus. « Même dans le métro », me dit Souad qui l'adore mais le trouve quand même un peu trop dérangé.

Édouard B. est débordé. Ébouriffé et débordé. J'avais parié qu'il les rendrait toutes folles. C'est fait. Elles vont, elles viennent, assez discrètement. Parfois un trait de leur parfum dans l'escalier, jamais très longtemps. Elles ne font que passer, alors forcément la vaisselle s'entasse. Et d'ailleurs, elles ne savent pas faire la vaisselle. D'où l'angoisse d'Édouard qui n'a plus qu'un espoir : Souad. Je les ai laissés s'arranger tous les deux, il lui a fait du charme et dans ce genre-là aussi il est imbattable.

Quand il est arrivé, Julien était assis par terre au milieu du salon, absorbé, télécommande à la main, à « mater » les déhanchements de Britney Spears. Son quart d'heure de récréation. Je ne peux pas tout lui refuser.

Édouard a trouvé cela étonnant, une musique pareille dans mon salon de si bon matin. Quand il a vu le jeune homme, il a compris. Édouard B. comprend vite. Cet air ahuri qui lui va si bien est un masque. Édouard B. ne veut pas qu'on sache qui il est. Le sait-il ?

14 heures. Jean-Christophe tente de réparer la climatisation qui menace d'imploser. Dès qu'il y a un bruit bizarre à la maison, je l'appelle. Il saute sur sa moto aussitôt, « j'arrive tonton », il est là.

Mon ami François, chargé de valises, de costumes, de sacs en plastique et de bonbons débarque de Québec. Il transpire comme un bœuf. François a toujours chaud, même à Montréal en hiver. C'est son premier voyage en avion depuis le 11 septembre 2001. Il a dû suivre une thérapie pour surmonter sa terreur de mourir en plein vol.

« J'ai quand même dû me droguer et boire beaucoup », me dit-il avec cet accent impossible qui me ravit moi qui déteste les accents.

La concierge de l'immeuble quitte la loge qu'elle occupait depuis quinze ans et veut me saluer avant son départ. Souad me conseille de lui donner une pièce. La fraternité des bonnes.

Un livreur dépose dans la cuisine cinquante roses rouges et une caisse de champagne accompagnés d'un bristol ainsi libellé : « Pour vous, une femme éperdue et perdue. »

Pas de signature, pas d'adresse.

Sur les pas du livreur et de François, au milieu du couloir qui ressemble à un hall de gare, Vincent vient chercher Julien qui rentre à La Baule ce soir sans se presser. Il voudrait bien rater son train, mais Vincent ne rigole pas avec les horaires. Julien s'en va.

Ce brouhaha, cette fébrilité après trois jours de tournage épuisants dans la chaleur épaisse des studios de La Plaine-Saint-Denis, ce brouhaha m'étourdit, des courants d'air, des portes qui claquent, les larmes de Julien ! Trop de désordre dans la même matinée.

Jean-Christophe a réparé la climatisation.

Paris, 12 septembre

Julien me répète sans se lasser que je suis beau. « Le plus beau du monde. » C'est bien la preuve bouleversante que l'amour est aveugle. Nathalie, qui voulait le rencontrer, lui a trouvé un petit côté Samy Frey époque Bardot.

Dîner chez Lipp avec Philippe qui rentrait, essoufflé, de la fête de *L'Humanité* où j'ai tant aimé baguenauder adolescent. Sa version des gens de La Courneuve préparant la révolution en mangeant des merguez pourrait lui valoir le goulag.

Paris, 13 septembre

L'Europe ! Ça va comme ça maintenant. J'en ai ma claque de l'Europe, ses commissaires et ses cabris. L'Europe, l'Europe, l'Europe, ils en ont plein la bouche. Une indigestion.

C'est très joli l'Europe, mais la France n'est pas mal non plus. La Norvège, l'Irlande... ils ne savent même pas où elle commence ni où elle finit, ils se battent à coups de mappemonde, ils font tourner la terre au gré de leurs fantaisies. Des mabouls ! Il faut voir l'impayable madame Guigou dans « Istanbul mon amour ». C'est une partouze qu'on nous promet. Oui, ça va comme ça, j'en ai ma claque de l'Europe, des peuples et des pipeaux. Du pipeau !

Jean Monnet, de Gaulle, Mitterrand. Je sais. Je ne suis pas complètement abruti, je voterai non malgré mon respect pour eux.

Jack Lang a beau me jurer la main sur le cœur que l'Europe nous a apporté plus de bonnes choses que de mauvaises, je veux bien le croire. Quand même, j'en ai marre de la grande idée européenne, ma petite idée de la France me suffit. Il s'exaspère quand je lui dis que je voterai non avec Fabius, Chevènement, de Villiers et qui voudra. Il me dit que le non fédère toutes les démagogies, c'est l'évidence, mais le oui sera tout aussi démagogique. C'est le propre de la politique, la démagogie.

Je termine cette page à l'heure où Jack répond aux questions de Guillaume Durand sur I.Télévision. Il parle de l'Europe. Il est parfait.

Mais j'en ai ma claque de l'Europe.

Paris, 14 septembre

Patrick s'ennuie en Italie, mais il s'ennuie partout, c'est même sa principale occupation depuis le jour de sa naissance il y a cinquante ans bien sonnés. Sa mère, qui fut ma secrétaire au début des années 80, se désolait de le voir traîner à ne rien faire. Patrick ne sait pas ce qu'il veut, il ne le saura jamais. Il écoute gravement les conseils que je lui donne et n'en tient compte en aucune façon. Patrick est un homme serviable, sincère, mais il est fatigué d'avance à l'idée d'aller au bureau ou à l'usine. Il fut laveur de tombes à Passy dans sa jeunesse, ça ne l'a pas amusé longtemps. Patrick vit de ses rentes. Il s'ennuie. Pour quelqu'un qui ne lit pas, sa lettre italienne reçue ce matin est bien tournée (comme disait ma grand-mère). Je la publie pour ce qu'elle vaut de tristesse, celle qui étreint les hommes sans passion, donc sans amour.

« Mon cher Pascal,

« J'ai été très touché de recevoir des photos de celle que j'aimais tant ! Elle me manque. Elle seule savait guider mes pas et me conseiller moi qui suis à la dérive, ne sachant plus où vivre, où m'installer ni quoi faire. Je vivote ! Quelques bons amis en Italie comblent un peu ma solitude morale, mais l'angoisse m'étreint dès que je me réveille jusqu'au soir où je m'endors enfin.

« Ma mère, c'est une chose. Elle est partie alors qu'elle aurait tant voulu rester là, à mes côtés, et me protéger.

« Jean-Pierre, lui, m'a abandonné volontairement. Il était tout pour moi. Mon amour, mon amant, mon frère, mon ami, mon fils.

« Il me téléphone, me reproche de ne pas lui donner plus souvent de mes nouvelles. Pour quoi faire ? C'est tout ou rien.

« Sans lui je vis mal.

« Je me reproche de l'avoir aimé trop fort et trop longtemps.

« Ces dix années d'amour, je vais les payer jusqu'à la fin de mes jours, à moins que je ne rencontre celui ou celle qui refera battre mon cœur. Je dis celui ou celle car le sexe m'importe peu et, à ce propos, je ne sais plus où j'en suis. L'ai-je jamais su ?

« Je vais vivre la plupart du temps en Italie. Quelques bons amis me font oublier ma solitude (déjà dit !). Je ferai des navettes entre ici et Paris pour retrouver ceux que j'aime (ils sont peux nombreux) et la France, mon pays. Entre deux trains, j'espère un rendez-vous d'amour. Qui sait ?

« Je fais partie de ceux et celles que tu décris dans

ton dernier journal, ceux qui ne sont pas des fous de littérature et qui ne lisent qu'un seul livre par an, ceux qui t'aiment toi et encore pour plusieurs jours ! Un seul livre me suffit puisqu'il m'apporte l'émotion nécessaire à la survie, les rires, les larmes aussi.

« Pense à moi. Je ne t'oublie pas. »

Paris, 16 septembre

Régine chantait hier à Paris. Pour la voir et l'entendre j'ai dîné à 22 heures 50 ! Je suis insupportable, mes proches en savent quelque chose, si je ne passe pas à table à 20 heures 15 au plus tard.

J'aime la voix de Régine où traînent tous les accents des faubourgs de Belleville, son répertoire est à la hauteur de sa garde-robe : impeccable. D'abord, le fameux ciré de Morgan dans *Quai des brumes,* et puis la robe noire pourrie de chic de Saint Laurent. Au final le boa rouge qu'on attendait. Rouge le rideau de scène, rouges aussi les fauteuils de velours. Une première comme autrefois, avec des Parisiens bien nés, des banquiers libanais, des attachées de presse affolées, quelques gigolos des beaux quartiers et des fils de famille de partout. Beaucoup de fils de famille.

Pas une jeune fille au balcon.

Régine chante uniquement pour les garçons, elle est leur reine, leur maîtresse, leur maman. Elle ne danse plus qu'à petits pas comptés, à chaque instant elle va tomber. « Un jour je quitterai tout », chante-t-elle d'entrée, encerclée de lasers bleus, elle vacille, sa voix se casse au bout de toutes les nuits du monde. Régine va mourir sur scène, et nous avec elle. Sublime. J'étais allé l'embrasser avant le spectacle pour m'éclipser rapidement au final, sans avoir à m'attarder en coulisses parmi les fantômes et les fantoches.

En ai-je rêvé pourtant de ces soirs de première à Paris où j'aurais ma place un jour, j'en étais sûr ! Je la laisse à qui la veut. Surgissant du fond de la salle un rappeur noir, le slip dépassant comme il faut de son jogging blanc, la casquette à l'envers, faisait glisser sur son cou le boa de la grande Zoa. Entre ses jambes. Sa main. Une folie. Ses copains n'étaient pas mal non plus, mais nous n'avons vu que lui, si parfaitement assorti à nos fantasmes.

Le rideau pouvait tomber, la chanteuse avait vingt ans. Nous aussi. J'avais faim. Danielle, Jean-Noël, Gabriel Matzneff qui m'accompagnaient m'ont rattrapé sur le trottoir de l'avenue Gabriel et nous sommes allés dîner au Berkeley, avenue Montaigne, où Jacques Collard officie. La courtoisie même, ce maître Jacques dont Thierry Le Luron ne pouvait se passer. Soir de première, soir de dernière, sait-on jamais ?

La moitié des services de presse que nos éditeurs adressent aux journalistes et à nos confrères et amis s'égarent en chemin, les filles de chez Albin Michel sont absolument certaines que les livres partent, le problème c'est qu'ils n'arrivent pas ou alors par hasard. Ça ne va pas mieux chez Gallimard puisque Gabriel M. a dû faire le coursier lui-même ce matin. Il n'a que la Seine à traverser, mais quand même. Sa stupeur hier à table quand je lui reprochais de m'avoir oublié sur ses listes l'a fait voler vers moi ce matin comme il me l'avait promis.

C'est cela, Gabriel Matzneff ne marche pas, il vole. Un danseur étoile. Pas étonnant qu'il plaise tant aux ballerines. Si j'étais père de famille, je lui confierais ma fille, sûr qu'elle serait en de très bonnes mains.

Ma sœur Jacqueline a cinquante-trois ans, nous n'avons plus l'âge ni l'envie de fêter nos anniversaires. Quai de la Tournelle, une fanfare des Beaux-Arts joue des twists et des sambas de Dario Moreno. Notre-Dame sonne les vêpres. La musique de Dieu et celle des campeurs.

Dîner au Dôme, à Montparnasse, avec Pierre S. désireux que je lui raconte Julien et tout ce que je ne peux pas écrire dans ce journal. La vérité est invraisemblable souvent.

Régine chantait hier à Paris, la robe noire qui lui va si bien n'est pas signée Yves Saint Laurent. Madame Mine Parral Verges doit prendre mon erreur pour un compliment.

Paris, 17 septembre

Renaud souhaite que je lui remette les insignes d'officier des Arts et Lettres. L'honneur sera pour moi. La cérémonie aura lieu à l'Hôtel de Ville de Paris le 16 décembre prochain en présence de Bertrand et, je le suppose, de Jean-Jacques Aillagon, le premier ministre de la Culture à s'être aperçu en trente ans que Renaud ne comptait pas pour rien dans la chanson française. Je n'aurai pas à me forcer pour dérouler mon compliment à l'artiste, pourtant je serai intimidé devant le joli monde qui se pressera sûrement autour de lui. Tous ses amis ne sont pas les miens, mais nous sommes de la même famille.

Un mois plus tôt, à la mairie de L'Isle-Adam, j'aurai épinglé au revers du tailleur de Georgette Plana la médaille de chevalier de la Légion d'honneur. La Grande Chancellerie vient de me faire tenir la formule exacte que je dois prononcer en cet instant solennel au nom du président de la République. Rien que ça.

Georgette Plana est une femme du music-hall d'autrefois, d'avant tous les lasers et autres Zénith, plus proche cependant de Renaud qu'il n'y paraît à première vue en dépit des trente-cinq ans qui les séparent. À lui comme à elle un accordéon suffit pour faire chanter la rue. Au-delà de cette *Riquita* qui lui valut une gloire tardive, Georgette a brûlé les planches et fait valser le populaire. Son tempérament et l'humour qu'elle mit à détailler les couplets les plus invraisemblables la placent au rang des grandes réalistes que furent ses aînées, Marie Dubas et Fréhel.

J'avais dix ans lorsque je l'ai vue chanter au bal des cochers chauffeurs où nos parents nous emmenaient chaque année. Mon goût pour la goualante date de là. Je serai un gamin devant Georgette Plana en lui remettant ce ruban rouge. Rouge comme les rideaux des music-halls où elle triompha.

Paris, 18 septembre

Et le titre ? On s'impatiente autour de moi. Chaque année j'hésite, je décide et puis je doute encore. Celui retenu la veille, le vin blanc aidant, me semble fade au réveil sans la saveur que l'alcool lui donnait. Trop fade ou trop voyant, trop ou pas assez. Le sixième volume de ce journal pourrait s'appeler *La Vie sans lui* comme le premier, comme le dernier que j'écrirai. Je n'ai pas d'autre idée en tête que celle-là qui m'obsède : comment tenir ? Comment me tenir sans lui ? *Depuis qu'il n'est plus là* serait une redite. Pierre S. à qui je proposais cette échappée ne m'a pas suivi, je ne serais pas allé loin de toute façon. J'interroge mes intimes quand je ne suis pas vraiment convaincu. Il n'est pas question non plus que Julien accapare le titre de ce journal qui n'a jamais porté le prénom de Stéphane, bien qu'il en soit l'unique inspirateur. Une pudeur au dernier moment me retient de publier sa photo en couverture, qu'il nous regarde dans les yeux, que l'on sache bien que c'est lui et pas un autre, que mon héros existe et qu'il était beau. On me reprocherait le côté sensationnel de son sourire en pile dans les hypermarchés, en vitrine dans les gares. Sensationnel ! Stéphane l'était autant qu'il est possible de l'être.

« Il pleut, embrasse-moi ! », son injonction joyeuse ferait un joli titre. Il m'aura répété cela des milliers de fois, en public de préférence, que tout le monde comprenne bien qu'il m'aimait : « Embrasse-moi. »

Julien aussi me le demande souvent, mais sur un autre ton. En cachette. Une dame mal peignée avait publié autrefois un récit de ses cabrioles sous le titre charmant de *Baise-moi.* Difficile de faire mieux. On comprend tout de suite.

« Embrasse-moi » a quelque chose de gentil, de rassurant. Nous vivons avec l'espoir que quelqu'un nous tende ses lèvres. Il y a mille années-lumière entre les baisers de Stéphane et ceux de Julien, mais c'est toujours la même histoire si parfaitement banale et unique.

Le titre d'un livre annonce sa couleur, le résume en trois ou quatre mots. Je ne les trouve pas. Mon indécision m'épuise. Il y a des jours où rien ne va.

Paris, 19 septembre

Julien est persuadé que je ne peux pas faire un pas dans la rue (et moins encore dans le quartier du Marais où Jean-Noël m'emmène dîner ce soir), sans être harcelé sexuellement par tous les garçons et toutes les filles qui ont le privilège inouï de me croiser ; en un mot Julien est fou amoureux. Si je ris lorsqu'il m'intime de ne pas céder aux multiples tentations qui s'offrent à moi, il croit que je me moque de lui, Julien n'a pas d'humour. Il est très sérieux (et c'est bien ce qui m'inquiète) quand il me dit : « Fais attention à toi, tu vas te faire manger. »

Je suis ivre de joie, naturellement, qu'il considère qu'à côté de moi Brad Pitt n'a qu'à bien se tenir.

Paris, 20 septembre

Visite de Marco hier entre 19 heures et 20 heures. Il avait besoin de me parler. J'avais envie de l'entendre. Notre amitié s'aggrave. C'est bon signe quand l'amitié s'aggrave. Ce que nous nous sommes dit restera entre nous, cette part de lui-même n'appartient qu'à lui. Marco assis en tailleur au bout du canapé, un verre d'eau à la main : un écolier perturbé. Pour le faire sourire, je lui ai raconté que Julien me prenait pour

Brad Pitt. Devant les caméras il se serait payé ma tête, m'aurait traité de Don Juan sur le retour. Pour faire l'intéressant. Ce petit jeu-là avec lui, je ne m'y prêterai plus.

Paris, 21 septembre

J'avais oublié ce dîner avec Stéphane et Bertrand Delanoë chez Bofinger. Le souvenir m'en est revenu hier en entrant dans cette brasserie de bobos où Paul-Marie Coûteaux avait retenu une table d'angle sur la banquette de cuir noir au fond de la salle à droite.

Bertrand avait beaucoup d'idées en tête à cette époque, des projets de créations, de fêtes... Pensait-il déjà à conquérir Paris ? Je ne le crois pas, Bertrand préfère la vie au pouvoir, nous le verrons bientôt. Stéphane chantait au théâtre de L'Eldorado. Tout était encore possible. On est sûr de ne pas s'ennuyer avec Paul-Marie Coûteaux, député souverainiste (il a inventé le mot), au Parlement européen. Nous avons toujours, lui et moi, quelques idées simples à partager, aux dépens des grandes consciences de la gauche morale.

C'est peu de dire que nous sommes le plus souvent sur la même longueur d'onde. Il aime l'automne et le Poitou, le thé anglais et Rachmaninov, la France, et ça, c'est d'une ringardise achevée. Quoi ? La France ! Mais enfin, mon bon monsieur, vous plaisantez, je suppose ! Paul-Marie voudrait publier dans son journal ma tirade contre l'Europe. Je viens de la relire. Évidemment, je ne fais pas dans la nuance, on pourra la juger sommaire, primaire, mais où a-t-on vu jouer que les peuples, qui seront appelés à décider de la Constitution, sont composés de trois cents millions d'intellectuels au discernement sans faille ? Où a-t-on vu jouer que les joueurs de pétanque raisonnaient comme Spinoza ?

Non, l'idée folle que la France (« ce cher et vieux pays » qui arrachait des larmes au général de Gaulle) devienne, finalement, une province démodée de l'Europe dont la capitale sera Ankara, non, cette idée folle, nous ne l'acceptons pas. Ringards que nous sommes !

Paris, 22 septembre

Reçu de Marie, ma première lectrice par la force des choses, le manuscrit de ce journal qui va du 6 juillet au 7 septembre. Elle le commente ainsi : « Vos portraits de Serge T. me ravissent, je vous l'ai dit. Contrairement à votre lectrice, je ne cherche jamais Stéphane au fil de vos pages car, contrairement à elle, moi qui l'ai connu, je sais où le trouver. J'ai toujours avec moi la petite chaussure porte-clés qu'il m'avait offerte au retour des Gets, mes clés y sont suspendues puisque c'est à cela qu'elle sert. Entre autres. »

Que valent ces pages que je viens de relire mises au propre par Marie ? Comme chaque année à pareille époque, je suis incapable de juger mes gribouillis de l'été. Marie ne cherche pas Stéphane, mais il me manque, d'où mon embarras à choisir le titre. Que me dira Pierre S. ? Avant même qu'il ne se prononce sur le fond, au son de sa voix, à l'intonation qu'il prendra, j'aurai compris. Ce besoin maladif que j'ai d'être constamment rassuré.

Dîner à Antony avec ma mère dans ce restaurant de poissons où nous allions avec mon père. « Il faudrait mourir en bonne santé », me dit-elle en s'accrochant à mon bras pour marcher jusqu'à la voiture de Vincent garée à quelques mètres. Ma mère va bien, biologiquement elle va bien, mais elle souffre des genoux, des bras. « Mourir en bonne santé », dit-elle. C'est demander l'impossible !

Morterolles, 24 septembre

16 heures. Le Duc est tombé devant sa porte avant-hier. Un faux pas, une absence. On l'opère en ce moment même du col du fémur au CHU de Limoges. « Il faut attendre », me dit sa femme la main posée sur le téléphone qui devrait sonner bientôt. Elle l'espère, elle la redoute cette sonnerie. On passe beaucoup d'heures de notre vie à attendre près d'un téléphone des bonnes nouvelles qui tardent trop.

22 heures. Françoise Sagan est morte.

Je venais d'allumer le premier feu de cheminée de l'automne, j'étais impatient que Julien en profite, nous allions dîner en tête à tête, il chantait en anglais je ne sais quelle rengaine, je le regardais faire le singe. Je n'allais pas si mal. Et Claire Chazal a dit ça : « Françoise Sagan est décédée à l'hôpital de Honfleur d'une embolie pulmonaire. Elle avait soixante-neuf ans. »

C'était un écrivain, pas une écrivaine. Elle ne disait pas d'idiotie sur la parité et l'égalité des sexes, c'était une femme comme Bardot, de cette trempe à qui il faut tout pardonner.

Il est tard, Julien s'endort sur le canapé, il n'a jamais entendu parler de Françoise Sagan. Je ne trouve pas les mots pour dire ma tristesse (chagrin serait trop), nous ne fûmes pas amis. Tristesse, c'est ça.

Morterolles, 25 septembre

Je vais transmettre à madame Octavie, présentement correctrice de mes œuvres chez Albin Michel, la lettre d'une lectrice pointilleuse, qui a relevé dans *On s'ennuyait le dimanche* une vingtaine de fautes, « non pas de style, mais d'orthographe ». D'inattention dirons-nous pour être aimable. Si je m'applique de mon mieux à repérer quelques tournures fautives, à traquer les adjectifs, avant que mes pages ne s'impriment, une fois qu'elles sont en vente partout, je ne les relis pas à la loupe. N'étant pas spécialiste du trait d'union ni de l'accent circonflexe, je laisse ce plaisir à qui de droit. Au départ, il y a moi, pauvre diable aux prises avec son âme et les mots pour le dire, à l'arrivée quand tout va bien des centaines de milliers de lecteurs. Et, entre nous, Octavie et les très mystérieux typographes officiant dans l'ombre quelque part en Mayenne. Je ne décline pas toute responsabilité, mais je me réjouis de la vigilance de ma lectrice lilloise, probablement institutrice en retraite de la IVe République. Je suis très flatté d'être lu si bien, et j'aime assez que l'on m'interroge sur tel passage de mes livres ou que l'on discute mes partis pris, cela me donne l'occasion de mettre les points sur les *i* à qui me cherche, et cela je sais le faire très bien. Mon institutrice, que ma littérature ne laisse pas indifférente, me reprend sur une seule phrase page 167 pour douter de sa qualité française. La voici : « Des choses banales comme on en lit *sur* le journal. » C'est *dans* le journal qu'il faut écrire, croit-elle savoir. Moi, je ne suis sûr de rien, mais puisque la faute, si faute il y a, revient à Louis Aragon, je suis couvert.

Morterolles, 27 septembre

Si tous les hétérosexuels étaient aussi câlins, je veux dire aussi bien disposés avec nous que Julien l'est avec moi, les choses de l'amour seraient moins compliquées. Il serait entendu, une fois pour toutes, que les anges sont des garçons et toutes les femmes des saintes. Des Nathalie ! Des Julien !

J'écris cela avec le sourire en songeant à sa réaction quand il lira les passages le concernant et ces lignes d'aujourd'hui que m'inspire son comportement irréprochable. Julien est sans arrière-pensée, c'est ce qui m'attache à lui plus sûrement que le sexe.

Morterolles, 28 septembre

À Guillaume Durand qui lui demandait d'expliquer sa fameuse rencontre avec Sartre dans un bordel entre cinq et sept, Françoise Sagan a répliqué : « Non, pas un bordel, une maison de passe. »

Cette nuance, c'est la touche Sagan, irremplaçable. Que faisait-elle dans une maison de passe ce jour-là justement où Sartre ne faisait que passer, bien sûr, et encore par hasard ? Si Guillaume Durand lui avait posé la question, elle aurait toussoté un peu et se serait exclamée l'air songeur, presque éberlué : « Mais oui, c'est vrai, que pouvais-je bien faire dans un endroit pareil ? » Elle aurait soufflé sur sa frange de cheveux blonds, elle aurait plissé les yeux.

Sagan restera pour nous cette femme-là, distraite au possible et si précise pourtant. Cette femme que nous n'avons jamais entendue parler pour ne rien dire. On l'enterre aujourd'hui, à l'heure même où Brigitte Bardot est censée fêter son soixante-dixième anniversaire. Silence. On se couchera tôt ce soir à La Madrague.

Morterolles, 29 septembre

Il m'avait donné rendez-vous dans dix ans, place des Grands Hommes. Vingt-cinq ans ont passé. Depuis, j'ai chanté à la télévision, ça ne lui a pas plu, paraît-il. Qu'importe. Ce qui est dit est dit, ce qui est écrit est écrit. J'ai retrouvé dans un dossier que Stéphane avait gardé dans son bureau (pourquoi ?) une lettre de lui datée du 2 décembre 1980. Nous avons beaucoup vieilli lui et moi depuis ce jour-là où je ratais d'une voix l'Interallié pour avoir préféré Olivier Orban à Grasset. La fidélité est mon plus grave défaut. Les quelques lignes qu'il signe « ton J. » auraient pu figurer au dos de l'édition de poche qui sort demain de ce roman qu'il aimait tant :

« *Vichy Dancing* est au-dessus de tous les prix. Les lauriers sont tout juste bons à couvrir une littérature anémiée, comme on dit : une tête nue. Aujourd'hui tu es, même solitaire, sur la voie royale : pas besoin de porter une couronne. Dans ton livre, et ceux à venir, bat le sang des princes. Je le sais. Et te donne rendez-vous dans dix ans. »

Mon Jérôme est en retard. Je ne l'ai pas attendu. Il a dû oublier sa jeunesse en chemin.

Morterolles, 30 septembre

Julien au téléphone de retour à La Baule.

– Tu l'as marqué dans ton livre ce que je t'ai dit hier avant de partir ?

– Quoi ?

– Ben... que tu es l'homme de ma vie...

– Non, je n'ai pas osé, pour ne pas te gêner, et puis j'aurais eu l'air de me vanter.

– Tu peux l'écrire puisque c'est vrai.

Comment dire à Julien que si je ne doute pas de sa sincérité, je sais aussi la fragilité des aveux les plus doux ? Sa candeur. Ma lucidité. Je suis fatigué. Il est tout feu tout flamme. À l'âge où tout commence, on ne peut pas croire que rien ne dure.

Morterolles, 1er octobre

Serge T. se couche tout habillé entre le dessus-de-lit et la couverture. Cet homme-là ne fait rien comme tout le monde et ne déteste pas qu'on le remarque. Je ne connais pas un photographe, et j'en connais beaucoup, aussi impatient que lui d'être sur la photo. Il se trouve irrésistible. Il veut absolument être sur la photo entre nous. On ne peut pas lui refuser ça tant il met de bonne grâce à saisir en douce notre meilleur profil. Comment fait-il pour s'arranger si poliment avec mes rides et mon double menton ? Il a laissé sur mon bureau, avant de rentrer d'urgence à Paris où personne ne l'attend, une photo prise le mois dernier sur la place du village voisin. Une photo éblouissante de gaieté : la femme du Duc, en maillot rouge, éclate de rire ; Julien, en maillot bleu ciel casquette à l'envers, me tient par la main ; une petite foule nous regarde passer ; Julien me regarde. À cet instant précis où Serge T. nous surprend, j'ai l'air heureux du grand frère et, comme j'ai largement dépassé l'âge du père, ce tour de passe-passe m'enchante. Il est digne d'un magicien. Me rendre présentable à côté de Julien n'est pas à la portée du premier venu. Pour cela je pardonne à Serge T. ses toquades de prélat défroqué.

– Que voulez-vous, me dit Christiane, c'est un original, dans son genre... On ne va pas le changer maintenant.

Morterolles, 2 octobre

Les écrivains ne devraient pas voyager ou le moins possible, les lieux sacrés de la littérature n'existent pas. On prend des risques à chercher le bonheur ailleurs que dans les livres.

Pas plus que je n'étais allé à Vichy pour écrire *Vichy Dancing*, Philippe n'a jamais mis les pieds à Charleville-Mézières avant de nous entretenir de l'agonie de Rimbaud et de son enterrement dans sa bonne ville natale. Il ne faut pas bouger, nous serions trop déçus.

Les grands reporters de guerre le savent bien, qui écrivent leurs meilleurs papiers au bar du dernier hôtel debout parmi les ruines.

Morterolles, 3 octobre

Le Duc n'est plus sous assistance respiratoire. Il revient d'on ne sait trop où ni comment. Sa tête « remarche », me dit sa femme, mais ses jambes ? Pourra-t-il reprendre l'escalier abrupt et si étroit qui monte à sa chambre ? La nuit dernière nous nous demandions s'il n'allait pas rester paralysé ; ce soir les nouvelles sont moins inquiétantes. À la fenêtre de sa cuisine où elle guette mon passage dès les premières nuits de l'automne revenu, la femme du Duc m'a retenu. Elle voulait me rassurer, me dire aussi sa peur quand le téléphone sonne, l'angoisse qui noue le ventre à l'heure des visites, les couloirs de l'hôpital, l'interminable attente de la parole des médecins, la cavalcade des infirmières, leurs sourires pressés.

En l'écoutant me raconter cela que je ne peux oublier, j'entendais les chariots rouler dans ma tête.

17 heures 50. « Tonton ? Ça va ? Je te dérange pas ? Voilà, je t'appelle pour prendre de tes nouvelles... et puis te dire que tout va bien... je suis à Antony chez mémé... ça va... enfin, elle est tombée dans le jardin... mais sa tête n'a pas cogné... t'inquiète pas tonton, les pompiers sont arrivés aussitôt, ils l'ont emmenée à l'hôpital par sécurité... je l'ai vue, elle m'a parlé, ça va tonton je t'assure... bon, mais il faudra quand même l'opérer cette nuit ou demain... elle s'est cassé le col du fémur... »

Les précautions de Jean-Christophe, ce ton calme pour m'annoncer ce qui lui noue la gorge : sa grand-mère adorée, ma mère, est à l'hôpital. Jean-Christophe qui fut un gamin insupportable, gâté au-delà du raisonnable, est devenu contre toute attente un homme responsable, vif comme l'éclair, tendre. J'écris cela tandis qu'il est penché sur sa grand-mère, ma mère, qui me disait hier encore : « Il faudrait mourir en bonne santé. »

Morterolles, 4 octobre

Octobre décidément. Le mois de tous les dangers, le plus beau de l'année aussi. On opérera ma mère le 7, le jour anniversaire de la mort de mon père, elle y pensera. Je la connais, elle y pensera. Mes sœurs sont près d'elle. C'est bien gentil les garçons, les grands garçons, les jeunes garçons, les vieux garçons ; ça vous embrasse, ça vous donne le bras, mais ça panique dans un couloir d'hôpital, ça ne sait pas comment s'y prendre avec nous quand nous sommes perdus.

Morterolles, 5 octobre

Une lettre déprimée de Philippe, des confidences de petit frère.

« Partager ma tristesse avec toi ce matin, tu es celui qui est là quand les autres n'y sont pas, n'y sont plus. Très vite nous recommencerons à proférer des énormités, à rire de la bêtise du monde et tout sera bien. »

J'aime que ce soit à moi qu'il pense quand il a le cœur gros.

Un long message de Lulu sur mon répondeur à Paris. S'il avait vraiment voulu me parler et m'entendre, il aurait téléphoné ici où il sait me trouver, mais il a préféré me laisser sa voix si douce dans mon souvenir : « Ben alors, Papou, tu oublies ton Lulu ? » Je vais le rappeler.

« Il pleut, embrasse-moi », le désir de Stéphane que j'avais envisagé comme un titre possible pour ce journal me gêne. Je le trouve maintenant trop chanté, sans mystère. Pierre S., à qui je viens d'avouer mon indécision, est déçu. Il me dit que les filles de chez Albin Michel, comme les représentants, sont unanimes au contraire à le juger bien dans ma manière. « Très Sagan », me disait Morlino hier, un compliment susceptible de me faire flancher, et pourtant je résiste, quelque chose ne va pas.

Qui réussira à balayer mes doutes ? Quelles grandes orgues Pierre S. fera-t-il jouer pour me persuader qu'il pleut et que Stéphane ne tardera pas à rentrer ?

Dîner au Moulin chez Françoise, seul avec elle qui a tant compté pour moi cet automne-là où j'ai dû me faire à l'idée que Stéphane ne rentrerait plus jamais. Nous écoutions des disques d'Eddy Barclay et d'Aimé Barelli à la lueur de bougies parfumées au jasmin.

Le pont romain sur la Gartempe n'est plus éclairé que par la lune, les gens de la mairie ne jugent pas utile de remplacer les projecteurs en panne depuis six mois.

Morterolles, 6 octobre

– Et toi, mon grand, comment vas-tu ?

Le premier réflexe de ma mère est de se demander comment nous allons, elle s'occupera d'elle après. Si je ne savais qu'elle est sur un lit d'hôpital, prisonnière des perfusions, la jambe lestée d'un poids de trois kilos et qu'elle souffre, sa voix pourrait me tromper, sa voix de tous les jours de la vie : « Et toi, mon grand, comment vas-tu ? »

La pudeur de ma mère. Son fatalisme. Elle m'a

expliqué que c'était arrivé bêtement, qu'elle a raté la marche du perron en voulant descendre au jardin arroser ses géraniums qui « piquaient du nez »...

« Elle ne peut pas rester tranquille une seconde », disait mon père, émerveillé malgré tout de la voir tellement vivante « pour son âge » alors qu'il se traînait.

Va-t-elle remarcher ? Même à petits pas ? Cette question nous obsède mes sœurs et moi. Nous ne pourrons pas la tenir longtemps sur une chaise. J'ai eu l'impression en l'écoutant qu'elle n'envisage pas de renoncer à arroser ses géraniums.

Morterolles, 7 octobre

Pour aller chanter en Lozère, on passe par la Creuse, l'Allier, le Puy-de-Dôme, le Cantal, la Haute-Loire. On s'extasie ! L'Auvergne de nos cartes de géographie, la France d'avant, et tout là-haut sur un piton : Saint-Flour. Saint-Flour, ça sonne moins léger que Venise, ça sent le fromage et l'étable, avant de l'apercevoir pour de vrai, on n'est même pas certain que ça existe.

J'ai quitté l'autoroute et j'y suis allé voir de plus près. Je propose ce détour à tous ceux qui ne se bouchent pas le nez en voyant des vaches et des moutons. Oui, Saint-Flour existe. C'est une splendide ville de France, en Europe, ce continent dont le cœur bat à Istanbul et, vu de là-haut, on ne peut pas en douter, il faut être salement raciste pour ne pas admettre ce qui saute aux yeux : Saint-Flour et Istanbul sont liées indéfectiblement par deux mille ans d'histoire.

Morterolles, 8 octobre

Au courrier : la lettre d'un docteur belge amoureux du souvenir de Stéphane, d'une châtelaine vivant à Cannes qui « attend en vain chaque hiver de voir tomber la neige sur la Croisette », une autre d'un jeune homme perturbé qui m'écrit en lettres minuscules des choses salaces qu'il fait dans les sous-sols des bars du Marais. Des vies, des fantasmes, des frustrations. Des factures de téléphone, le devis du pépiniériste, la supplique d'un garagiste du canton qui voudrait que je « m'occupe de sa fille de treize ans qui a une voix sensationnelle ».

De tout dans ces pochettes-surprises qui font mes délices du matin ; et puis ce rappel des faits d'une lectrice indignée à l'usage des juges de Chardonne qui instruisent à charge, et à l'intention de madame Royal moins empressée sous la présidence de François Mitterrand à dénoncer l'« écrivain collabo ». « Il faudrait lui apprendre que celui-ci bénéficia d'un non-lieu devant les tribunaux de la Libération, qu'il avait été un dreyfusard convaincu, admirateur de Jaurès et de Caillaux en 1914, très lié également avec Léon Blum qui le fit officier de la Légion d'honneur sous le Front populaire, et qu'il était avant tout pacifiste même si en 1940 cette tendance-là devenait provisoirement discutable. »

Vu ma mère hier, très calme, qui espérait beaucoup être opérée aujourd'hui : « Ce serait une bonne chose de faite. Après ça, je reprendrai mon petit bonhomme de chemin. »

Il n'en sera rien, ma sœur Jacqueline, qui hante dès

l'aube les couloirs de l'hôpital, vient de me confirmer ce que nous craignions la nuit dernière : « Maman a une infection des glandes salivaires, donc antibiotiques et pas d'opération avant la semaine prochaine. »

Ne jamais savoir ce qui nous attend.

Morterolles, 9 octobre

On donnait hier au soir, sur la place d'un village de la Creuse, un concert de musique malgache. Le journaliste des actualités régionales, qui commentait l'événement, s'est dit « étonné », et même scandalisé, de n'avoir rencontré que « trente spectateurs ». Moi, ce qui m'étonne, c'est qu'ils aient été aussi nombreux.

On nous annonce pour demain, dans le cadre des Francophonies de Limoges, « des joutes de poésies urbaines ». Si des foules en liesse ne se déplacent pas pour s'esbaudir, c'est à désespérer d'offrir de la culture aux masses populaires. C'est plus fort que moi, chaque fois que j'entends le discours de ceux-là qu'on appelle « animateurs de rues » ou, mieux encore, « agents socioculturels », j'ai envie de louer des vidéos d'*Angélique, marquise des anges* ou de *Sissi impératrice*, des histoires pas trop compliquées pour moi qui ne comprends rien « aux joutes de poésies urbaines ».

Une jeune pigiste du *Nouvel Observateur* me demande si j'accepte de signer une pétition pour le droit des homosexuels à l'adoption. Le court texte qu'elle vient de me faxer me convient. Je signe. Je ne comprends même pas que l'on interdise à des garçons qui s'aiment d'élever un enfant, que l'on doute de leurs bons sentiments, de leur capacité à l'amour paternel et que l'on ne réfléchisse jamais à la liberté laissée à n'importe quel malade mental, ou autres détraqués, d'enfanter en toute impunité.

Morterolles, 10 octobre

Ma décision est prise : je vais faire démonter la tombe à Saint-Pardoux, vite, maintenant. Cette idée qu'on peut trouver singulière, qui me hante depuis des mois, ne me fait pas peur, elle me rassure au contraire. Je suis vivant puisque j'ai encore le pouvoir de décider dans un cimetière. Ma volonté est de recommencer là où justement tout est fini. Je ne veux plus me mettre à genoux sur du marbre noir, je veux désormais poser mes mains sur de la pierre qui boit l'eau du ciel et ne brûle pas au soleil mais chauffe un peu. La pierre des églises et des châteaux, celle des granges et des abreuvoirs que le temps pourra malmener, qui prendra la couleur des saisons.

De la pierre que la mousse piquera çà et là, où le lierre pourra grimper après la fin du monde, c'est-à-dire après ma mère et moi.

Francis, mon beau-frère, qui m'accompagnait hier en fin d'après-midi à Saint-Pardoux, n'a pas jugé mon idée folle ni morbide. Il pense que « j'ai cent fois raison », que le marbre est plus glacé que la mort, tandis que la pierre respire encore. Sa complicité discrète a fini de me convaincre. C'est un bon gars. Je l'ai chargé de lancer les travaux dès demain.

Morterolles, 11 octobre

L'abbé Pierre a aimé dans sa jeunesse un jeune homme de dix-sept ans qui s'appelait Yves. De cet amour-là, miraculeux, le saint homme adoré des Français ne s'est jamais guéri. « Yves, Yves », répétait-il. Il en parlait à mi-voix à qui pouvait comprendre. Il en parle encore, c'est plus fort que tout, c'est plus fort que lui. Un soir à table, un dimanche de Pentecôte il y a longtemps, François Mitterrand nous avait dit son émotion d'avoir reçu la confidence de l'abbé : « C'est un vieil homme inconsolable, encore ébloui par l'amour d'un garçon. Son destin s'est joué là, aux premiers jours de son adolescence en feu. »

Je ne voulais pas rapporter cela, que je tenais du Président, tant que l'abbé Pierre était vivant. Ce n'était pas à moi de crier sur les toits une confidence murmurée. C'est possible aujourd'hui, au dernier hiver de sa vie, puisqu'il nous donne à lire les pages jaunies de son journal intime vieux de presque quatre-vingts ans.

Noël 1926. La messe à minuit, les enfants de chœur, les curés en soutane, l'encens. Peut-être même qu'il neige. L'heureux temps !

« Yves, les chants, le violon, les orgues, toute la chair frémissante, crispée par la volupté, par l'amour, folies, folies, l'enivrement de la messe de minuit, dans la pénombre avec le chant d'Yves. [...] "Bénissez-nous, Yves et moi ; faites que je l'aime toujours ; qu'il m'aime un peu" [...] "Je vous en supplie, faites que tout ne soit pas fini avec Yves. Je l'aime tant. Jésus, faites que demain je lui parle, qu'il me comprenne, qu'il m'aide. Ô Jésus, s'il le faut, j'attendrai, je souffrirai encore six mois, un an, ô Jésus, mais ne m'oblige pas à lâcher Yves pour un autre, je ne pourrai jamais ; ça serait plus fort que moi." »

Cette supplique à Jésus, nous l'avons tous faite. Henri n'a pas été entendu. Quelle tempête a déraciné l'arbre où il avait gravé son prénom dans un cœur mêlé à celui d'Yves ? Dieu pour lui avant Dieu. La longue marche de l'abbé se comprend mieux maintenant que nous savons que Dieu est un garçon qui répond au prénom d'Yves.

Morterolles, 12 octobre

Ma mère prend son mal en patience. Elle attend la décision du chirurgien. Mes sœurs se relaient à son chevet, trois femmes irremplaçables. Je compte sur elles depuis l'enfance, elles savent aussi pouvoir compter sur moi.

Julien me raconte qu'une « Beurette le chauffe grave », qu'elle lui a montré son string dans les toilettes de la fac.

– Et alors ?

– Ben... rien... pas tout de suite.

Comme les garçons sont timides !

Philippe rentre ébloui de Charleville-Mézières où il était invité à signer ses livres dans une librairie sobrement baptisée Rimbaud.

– C'est une belle ville, élégante, entretenue, pas du tout ce qu'on imagine... J'aurais raté mon livre si je l'avais visitée avant.

Charleville-Mézières, selon Philippe, quelque part entre Venise et Monte-Carlo.

Morterolles, 13 octobre

À ma lectrice corse, ma fameuse lectrice corse qui me reproche de trop aimer Françoise Sagan, de la défendre contre toute raison, je viens de répondre aussi sec : « Si Françoise Sagan a fait des bêtises dans sa vie, elle n'en a jamais dit. Cela mérite toutes les indulgences. »

L'enthousiasme de la Baronne pour le titre encore provisoire de ce journal : *Il pleut, embrasse-moi,* m'avait presque convaincu. J'allais lui céder quand elle a eu la mauvaise idée de demander l'avis de son mari qui rentrait du plateau de Millevaches où il était parti, à l'aube, chercher des champignons pour le dîner.

Comme je l'aurais parié, le Baron est insensible, voire allergique à cette proposition romantique de baisers sous la pluie.

– En toute sincérité, ça ne me plaît pas, ça ne me dit rien...

J'ai beau ne pas écrire mes livres en visant les supporters du stade toulousain, la moue du Baron m'a dérangé. Jamais l'idée de l'interroger ne me serait venue, les bons sentiments qu'il me porte ne font pas de lui l'arbitre des élégances littéraires. Il n'empêche que sa moue conforte mon indécision. Paucard non plus n'aime pas du tout, mais alors pas du tout ce titre.

Qu'ils soient les deux seuls de leur espèce ne leur donne pas forcément tort. Je suis tellement Balance ces jours-ci que la moue du Baron ne m'arrange pas. Je la préfère pourtant à un mensonge de complaisance.

14 heures 30. Maman a été opérée ce matin très tôt. Jacqueline me dit qu'elle se réveille doucement. Depuis toujours, j'ai peur que ma mère ne se réveille pas.

Morterolles, 14 octobre

Un collège d'experts vient de remettre au ministre de l'Éducation nationale un rapport scandaleux qui préconise le retour de la dictée et insiste sur l'urgence d'apprendre à lire, à écrire et à compter aux enfants. Nous qui ne sommes pas bien malins, ni très modernes, nous pensions que l'école, ça servait à ça : apprendre à lire, à écrire et à compter.

Eh bien non ! Le retour de la dictée, par exemple, les syndicats d'enseignants n'en veulent pas, ils feront grève pour s'opposer aux visées « réactionnaires » du ministre. Je dirais plutôt : visées fascisantes... car lorsqu'on regarde François Fillon, quand on l'écoute parler d'éducation, c'est l'évidence même, il y a du docteur Goebbels chez cet homme-là.

Sept cent mille kilomètres carrés de la Turquie se trouvent en Asie Mineure et vingt-trois mille kilomètres carrés du côté européen du Bosphore. Le compte est bon. Pas besoin d'aller à l'école très longtemps pour comprendre ça.

Morterolles, 15 octobre

Non seulement on ne voit toujours pas approcher de l'église les maçons et les charpentiers tant attendus pour sa réfection, ni les cantonniers sur la place où les pelouses ressemblent à des champs de luzerne, mais nous devons supporter maintenant la lumière des néons jaunes de l'enseigne de la poste allumés depuis trois nuits. Sur l'ordre de qui et pourquoi ? Quand je dis « nous », c'est une façon de parler, en l'occurrence d'écrire ; ce pluriel de majesté ne concerne en réalité que moi. Chacun supporte très bien ce qui m'agace. Ici derrière ses volets on dort. On meurt à petits pas. Que le néon de la poste éclabousse ce qui restait de mystère à ce village ne dérange personne.

Il n'y a rien à espérer de gens qui se sont donnés, pour des queues de cerises, à la commune voisine il y a vingt ans en votant l'abandon de leur souveraineté. Le Duc, qui se souvient de Morterolles du temps de sa grandeur, ne décolère pas, et moi, je bougonne. Au mieux nous ferons sourire.

Cette poste qui n'ouvre plus que par hasard, j'aurais préféré qu'on la ferme. Je m'en serais voulu d'avoir pris un compte-chèques postal pour financer une lumière de foire. Ils n'ont pas eu besoin des trois sous que je leur avais promis dans un excès de bonne humeur. Tout s'organise très bien sans moi.

Mais enfin, quand vais-je me décider à me foutre de tout ? Quand je serai vieux. Ça ne saurait tarder.

Morterolles, 16 octobre

Sur cette tombe qui sera de pierre, une croix ferait très bien. S'il ne tenait qu'à moi, j'oserais. Une tombe sans croix, c'est une maison sans fenêtres, il manque un bout du décor. Un espoir. Ces pensées simplettes me sont venues tandis que je tournais à Saint-Pardoux dans les allées du cimetière pour repérer çà et là des modèles à proposer au marbrier. Francis s'est entendu avec lui. Je ne reculerai pas.

– Il te prépare un croquis et le devis. J'ai bien précisé sans croix, une stèle mais pas de croix... Je crois qu'il a compris ce que tu veux.

Francis est mon allié enthousiaste. Je ne lui ai pas dit que j'hésitais, puisque de toute façon je n'oserai pas. Quitte à le regretter, je n'oserai pas. Ni Stéphane ni mon père ne croyaient en Dieu, ma mère encore moins si c'est possible, quant à moi constamment tenté par les ordres du ciel, le théâtre des églises, leurs parfums humides et brûlants, leurs coins d'ombre, la messe à l'heure dite, en latin, je n'ai jamais envisagé l'existence de Dieu. Alors ?

Une croix ferait joli, pourtant, sur cette pierre qui portera nos noms gravés.

C'est un jeune homme brun, un lycéen studieux, un livre en main à la terrasse d'un café de Montmartre, peut-être rue Berthe. L'escalier de la Butte que l'on aperçoit me rappelle ce coin-là, du côté de chez nous autrefois. On devine la pluie qui brouille le rideau de plastique transparent derrière lequel la photo a été prise. Des cinq projets de couverture pour ce journal que Pierre S. me fait parvenir ce matin du

16 par Chronopost, c'est celui-là qui m'émeut. Le jeune homme est calme, il a les jambes croisées, sa lecture le passionne. La ville peut bien s'affoler, lui ne bougera pas. Il m'attend.

C'est Stéphane qui m'attend en lisant le livre que j'écris pour lui, le titre en lettres rouges est très joli : *Il pleut, embrasse-moi.*

« En ce jour à double sens pour vous, le ying et le yang, je pense à vous et forcément aussi à lui. »

Le fax de Brigitte B. tombe sur mon bureau parmi les fleurs. Il tombe bien. J'irai avant la nuit effeuiller la marguerite de Brigitte B. à Saint-Pardoux.

20 heures. Aïda m'a accompagné là-bas. Je le lui avais proposé car je ne vois pas de personne mieux disposée qu'elle (sinon Serge T. absent) pour ces cérémonies provinciales et démodées.

Presque minuit. À cet ami si proche de nous, si longtemps, à ce joueur de guitare épuisé, je souhaite beaucoup de 16 octobre et le sourire de Stéphane sur sa conscience.

Morterolles, 17 octobre

Des biscuits fins dans des boîtes en fer peintes à la main, un kilo des chocolats préférés de la reine Astrid, une trousse de toilette du dernier chic, des eaux de Cologne, des crèmes à la fleur d'oranger... Christiane, qui déballe l'imposant colis qu'un transporteur vient de me livrer, est comme une petite fille devant un sapin de Noël. « Vous êtes aimé », me dit-elle. Toutes ces gâteries sont d'Annie, une amie belge attentive à ma littérature et à ma personne, qui m'envoyait il y a trois ans une tenue Seveso en cas d'attaque nucléaire sur Paris, qu'elle jugeait imminente. Elle semble moins inquiète cette année. Je lui ai interdit de me couvrir de cadeaux mais je ne sais pas repousser de si délicates attentions. « Pour vous l'écrivain, m'écrit-elle, voici un carnet de moleskine noire... le carnet légendaire de Matisse et d'Hemingway et, pour l'homme de Morterolles, un châle rectangulaire bleu et bronze, chiné par nous au souk arabe de Puerto Banus en Andalousie. »

Cette Annie, qui en sait des choses, m'espère à Ostende où elle possède un appartement face à la mer. « Vous adorerez, me dit-elle, il pleut sans cesse. » Ostende ! Pourquoi pas ? J'ai dans la mémoire une chanson de Ferré.

Lulu a oublié mon anniversaire. Il a la tête ailleurs et c'est bien ce qui m'inquiète. Les jeunes gens n'ont pas à se soucier de nous toujours, après tout, leurs tourments valent les nôtres. Je ne suis pas fâché, mais ce silence ne me plaît pas. Mon Lulu si attentif, comment a-t-il pu oublier ce calendrier d'octobre qui marque aussi les jours et les heures de notre amour ? Ce mot-là n'est pas trop grand, je n'en vois pas d'autre, amitié serait trop peu dire. Tendresse ? Oui.

Paris, 18 octobre

En feuilletant la version du livre de poche de *Lentement, place de l'église* qui sort cette semaine, je tombe pile à la page du 31 mai 2002 qui répond par avance à ceux que mon discours sur l'Europe fera hurler. Je la reproduis car je ne saurais mieux dire, aujourd'hui où s'emballent les passions, mon refus de filer doux. Je la reproduis au cas où l'on ne m'aurait pas bien compris. Mieux vaut deux fois qu'une.

« On est d'abord de sa rue, de son quartier, de son village, c'est un réflexe ancestral. Le discours hystérique sur la mondialisation ne fera que renforcer ce besoin que nous avons, malgré tout, d'être de quelque part. Il y a un monde entre le nord de la Haute-Vienne où j'écris et le sud de la Corrèze où j'irai peut-être me promener l'été prochain. Pas plus de cent cinquante kilomètres, mais des pierres, des arbres, des ruisseaux, des patois de différence, des églises...

« Je ne vois rien que de naturel dans cet attachement à notre enfance, l'homme a besoin de se rassurer, de garder des repères. Ce n'est pas une déviation française, sauf à être démenti par des ethnologues. Les Africains et les Esquimaux sont d'abord de leur tribu, de leur igloo. Les nomades ne le sont que par obligation, ils bougent, mais groupés, pour s'en aller reformer la tribu autour d'un feu, devant leurs roulottes ou leurs chameaux.

« Je ne me pose pas en chantre du nationalisme, qui faisait horreur à Emmanuel Berl, mais je veux pouvoir dire sans trembler sous les insultes que je ne me sens pas du tout européen et moins encore "citoyen du monde", c'est-à-dire de nulle part.

« Je suis un pauvre bonhomme parmi des milliards d'autres qui voudrait bien qu'on lui fiche la paix. Je suis français, si je n'ai pas à en être fier ni à m'en vanter, je n'ai pas non plus l'intention de m'en excuser. »

Et que l'on ne vienne pas me chercher sur la question du racisme. On ne pourrait tomber plus mal. Rien dans mes origines ni dans mes gènes ne me prédispose au rejet de l'autre, de l'étranger, mes mœurs me protégeraient s'il le fallait contre toute tentation raciste.

Paris, 19 octobre

Julien est persuadé que je note le moindre de ses mots, les plus insignifiants de ses gestes. Comme il improvisait la nuit dernière quelques contorsions malicieuses, en faisant le fou dans ma chambre, il s'interrompit brusquement et me demanda, soudain grave, avec un mélange de crainte et de fierté : « Tu vas marquer ça dans ton livre ? » J'ai dû le rassurer et, probablement, le décevoir.

Ma mère, qui devait quitter l'hôpital jeudi prochain pour un centre de rééducation en Normandie près de chez ma sœur Christiane, me dit que les infirmières pensent beaucoup de bien de moi, qu'elles m'admirent. J'en suis touché, mais c'est le monde à l'envers. Si je suis un bon garçon doué de quelques qualités, ce sont elles qui sont admirables.

Paris, 20 octobre

S'il n'était déjà le frère de l'autre, Thierry Séchan pourrait être le mien, mon frère de communion, mon compagnon de voyage et de bibliothèque. Nous aimons les mêmes livres et les mêmes chansons, la neige à Montréal ne lui fait pas peur. C'est un garçon très doux qui me suivrait, j'en suis sûr, dans les boîtes de là-bas où l'on passe des soirées charmantes entre copains du même sexe.

Thierry est d'un naturel aimable et vaguement polisson. On peut le voir se promener tout nu sur l'île du Levant. Un rien l'émoustille, mais d'abord, et avant tout, les petites filles qui deviennent des grandes filles et bientôt des jeunes filles. À chacun ses bizarreries. Après tout, mon incompétence notoire en ce domaine me permet-elle de qualifier de bizarre ce goût pour les jeunes filles partagé, semble-t-il, par des gens très bien ? Préférer les femmes et leurs fils est peut-être aussi une bizarrerie, un dérèglement du sens commun. Tout est permis, rien n'est possible. Nos bizarreries sont inavouables.

Par chance, il sort seul le plus souvent pour dîner en ville. Ce que nous avons à nous raconter n'intéresse pas les jeunes filles.

Nous nous fréquentons depuis peu, mais nous nous cherchions depuis longtemps. Nous dégoûtent les mêmes choses et les mêmes gens, ou presque, j'aurais pu signer quelques-unes des pages de son nouveau livre, *Paris Montréal express*, où il raconte aussi, de manière plaisante, sa visite à Morterolles.

La nuit dernière, dans la cave du Banana Café, où le patron de ce haut lieu de la gaieté parisienne donnait une fête en l'honneur de la bande des jeunes chanteurs révélés dans mon émission, Thierry était, disons, enjoué. La chaleur et le vacarme ambiants ne facilitaient pas la conversation, je ne comprenais pas ce qu'il voulait me dire, je craignais qu'il ne s'affale sur Jack Lang, ce qu'il fit. Après cet instant de gloire, je l'ai perdu de vue, notre ami Paucard s'est chargé de lui. Il m'appelle à l'instant.

– Je crois que j'étais pompette hier, tu ne m'en veux pas ?

Pompette, ce mot désuet, m'a fait sourire ; il est un peu ridicule aussi, alors que Thierry ne l'est jamais.

Paris, 21 octobre

Il n'y a plus de téléphone dans ma chambre, la fin du monde peut bien attendre que je me réveille.

C'est l'alarme des pompiers, la sirène hurlante des ambulances que j'entends quand il sonne au milieu de la nuit où à l'aube. Mon cœur s'emballe, je crains le pire et j'ai raison. Depuis la mort de mon père, je ne décroche plus le téléphone lorsque je ne suis pas en état d'entendre ce qu'on a à me dire. Apprendre que le malheur nous guette ou qu'il est là, les cheveux ébouriffés, les yeux fermés, à moitié nu, n'est pas la meilleure tenue pour lui faire face. Au saut du lit, je ne suis bon à rien.

Paris, 22 octobre

Je m'emportais violemment lorsque j'étais un jeune con, quand j'entendais dire que les gens de droite n'ont pas forcément tort et ceux de gauche pas toujours raison, qu'il y a « du bon des deux côtés ». Cette évidence me révoltait, je renversais les tables. Je votais communiste. Quand on est un jeune con, on est de gauche et ça ne se discute pas.

Quand on est un vieux con, c'est beaucoup moins drôle, mais on a enfin compris deux ou trois choses qui nous avaient échappé et, d'abord, qu'on ne change pas la vie. C'est elle qui nous change. Ai-je tellement changé depuis ces années de mon adolescence où je m'en allais vendre *L'Huma Dimanche* sur le marché d'Antony ?

Ah, ce portrait de Che Guevara au mur de ma chambre ! Les couleurs de ma bibliothèque, en revanche, étaient plus nuancées que mes emballements progressistes, mes foucades intempestives. L'homme que je suis devenu se tenait là, entre Sartre et Camus, mais enivré déjà par Chardonne et Maurice Sachs, plus louches ; Mauriac et Genet allaient très bien ensemble. Je ne voyais pas de mal à ça. On comprend mieux ma passion pour Mitterrand quand on sait que la bibliothèque de ma jeunesse n'était pas bêtement rose.

Il ne faut donc pas s'effarer de me trouver d'accord avec Philippe de Villiers sur l'Europe et intraitable avec Chevènement sur la République laïque. Sur la question des mœurs, la gauche a toujours eu une longueur d'avance, je marche donc avec elle de ce côté-là de l'amour et de la liberté. Pour la sécurité, on a le droit de préférer Sarkozy, pour la culture Jack Lang et pour l'économie Madelin. Non, les gens de droite n'ont pas forcément tort, ni ceux de gauche toujours raison. C'est une lapalissade inacceptable quand on est un jeune con.

Paris, 23 octobre

On rencontre décidément n'importe qui dans ces émissions de télévision intitulées en français « talk show », où se pressent toutes sortes de gens prêts à tout pour vendre leur livre, leur film, et leurs fesses en prime. Je refuse systématiquement de me prêter à ce genre de cirque où quelques histrions prétendent nous juger, on se demande à quel titre et au nom de qui ? Je n'ai de comptes à rendre à personne et sûrement pas à eux, pauvres tâcherons de la chronique à deux balles. Il faut les voir et les entendre débattre de l'avenir de l'humanité qui passe, comme on le sait, entre les cuisses des sauteuses dans le vent, qu'elles soient femmes de footballeur, filles d'Yves Montand, gendarmes ou diseuses de bonne aventure. Je n'ai rien à faire dans ce monde-là où l'on n'évite pas les beaufs de gauche homophobes, pires encore que les beaufs de droite, ce qui n'est pas peu dire.

Dans le genre gros balourd content de lui, il y en avait un hier au soir chez Thierry Ardisson, qui tenta vainement d'attirer mon attention et de me gêner à coups d'allusions équivoques. Je ne joue pas dans les caniveaux. Si j'ai quitté la table, c'est pour ne pas me compromettre. En jetant mon micro, j'étais d'abord fâché après moi. Je ne veux pas que l'on puisse m'imaginer le partenaire de ces gens-là, ni complice de leurs guignolades de camping.

Leur morale de cabinet réchauffée dans les soupières des « Restos du cœur », je la vomis.

Je n'avais répondu à l'invitation, pressante, d'Ardisson que par courtoisie pour parrainer Allan, le jeune homme qui a gagné la première place à « L'Entrée des artistes » de mes dimanches. J'ai eu tort.

Paris, 24 octobre

Nous nous parlons tous les jours depuis dix ans, matin, midi et soir. Pierre S. et moi avons toujours quelque chose à nous dire de drôle ou de gentil, ou presque rien : bonjour, bonsoir, je pense à vous.

Nous nous entendons parfois à demi-mot. Notre amitié n'est pas banale. S'il sourit de mes toquades et de mes enthousiasmes, il n'en partage aucun ; au mieux, ce qu'il appelle « mes idées simples » le mettent en joie. Il pense exactement le contraire de ce que je crois, il ne me prend pas pour un idiot, ma littérature ne le laisse pas indifférent, mais je me demande ce qui l'attache si affectueusement à l'homme que je suis. Exactement son contraire. Un type inconsolable et gai. Difficile à suivre.

Pierre S. se sent « comme chez lui » à Istanbul. Pour un peu, il m'expliquerait que la Turquie est la plus belle image de l'Europe, une évidence. « Saint-Flour ça ne tient pas à côté », il n'a pas dit Morterolles, mais il aurait pu. On comprend bien qu'il n'aime pas la France. Qu'il se sente avant tout méditerranéen suffirait à nous inquiéter, il adore les palmiers, les plages, le vent du désert lui va mieux que la pluie à Édimbourg. C'est moi qui ai du sang espagnol plein les veines et c'est lui que la corrida enivre. Comment peut-on aimer tellement mes livres et le sang des taureaux, le linge aux fenêtres des rues pourries de Naples, le Sud et son folklore bariolé ?

Plus grave. Pierre S. prétend que sa chatte est l'incarnation du mystère et de l'éternité, qu'elle est en somme une tragédie antique à elle seule. Autant dire une déesse ; il n'est pas dérangé, juste un peu déçu par les femmes. Les hommages répétés que je rends à leur courage l'agacent – « Vous l'avez déjà dit » –, il me préférerait misogyne, comme lui. Que cet homme-là, incompréhensible et fraternel, s'intéresse à mes humeurs, à mes fredaines, à mon chagrin, ne laisse pas de me surprendre, de m'émouvoir.

Paris, 25 octobre

La table ronde en marbre blanc des dimanches soir rue de Bièvre a été vendue aux enchères.

« Si elle pouvait parler ! » s'est écrié le commissaire-priseur. Elle ne peut pas. Seuls les malades mentaux croient que les tables parlent, mais, en effet, si elle pouvait parler ! François Mitterrand posait ses mains sur elle et c'est la terre qu'il faisait tourner sous ses doigts. La table comme une mappemonde, nous autour d'elle, et lui qui parlait enfin.

Paris, 26 octobre

« Beauf homophobe. » J'avais dit ça en répondant vite à une journaliste pressée. Le type visé voudrait que je retire le mot homophobe, pas très tendance ces jours-ci. Je le retire. Beauf suffira. Beauf homophobe, c'est un pléonasme.

Dîner avec Christine Clerc hier chez Lipp. Nous avons souri de l'arrogance de ces gens-là qui prennent le monde pour un théâtre de marionnettes et nous pour leurs sujets. Si elle l'avait voulu, j'aurais pu épouser Christine Clerc dans une autre vie, on ne s'ennuie pas avec une femme indocile que les hommes qui posent des bombes n'intimident pas, une femme libre qui prend des risques avec les mots qu'elle choisit bien. Christine ne tire pas sur les ambulances, elle vise là où il faut. Elle a comme ça un petit côté Françoise Giroud. La méchanceté en moins.

Nous avons parlé de littérature et de politique, donc de Mitterrand qui nous manque, de Chevènement et de Sarkozy qui nous plaisent bien, de Bertrand. Je lui ai conseillé de lire d'urgence un chef-d'œuvre de Chardonne que Grasset a le bon goût de rééditer : *Tout ce que je voulais vous dire aujourd'hui.* À propos de l'affaire du réfectoire débaptisé au conseil régional de Poitou-Charentes qui la scandalise, elle tombe des nues. « Mitterrand n'aurait pas laissé faire ça », me dit-elle, désolée comme moi de la petitesse de ses héritiers.

Morterolles, 1er novembre

L'enseigne de la poste n'était pas éclairée, je ne veux pas me réjouir aussi vite que je m'emballe car ils ont peut-être simplement oublié de l'allumer, mais la pénombre retrouvée sur ma promenade solitaire la nuit dernière m'a apaisé l'âme.

Le Laurent de la mairie, qui décide plus ou moins de ce qui est bon ou pas pour Morterolles, a enfin fait désherber la méchante plate-bande censée enjoliver l'entrée du bureau de poste. Le monument aux morts est prêt pour les fêtes de la Toussaint et de la Victoire. Les chrysanthèmes ont remplacé les géraniums. La belle saison peut commencer.

Morterolles, 2 novembre

Reçu le devis du marbrier. Le prix exact de ma dernière demeure. Je me surprends à écrire cela sans frémir, presque détaché de moi. Je me regarde organiser ce qui est impensable, comme s'il s'agissait des détails d'une partie de plaisir : la couleur, la forme de la pierre qui me recouvrira. Ma dernière demeure, ça ne veut rien dire du tout. Si je croyais un seul instant à ma mort, comment pourrais-je me préoccuper de son cérémonial ? Elle n'a aucune réalité. Je ne cesse d'y penser, mais je n'y crois pas. C'est parce que nous ne croyons pas à notre mort que nous pouvons lire le devis de nos obsèques et prévoir la suite des événements sans défaillir.

Avec une TVA à 19,6 %, ma drôle d'idée va quand même chercher dans les dix mille euros déduction faite des deux mille euros que me concède le marbrier pour la reprise du marbre de la tombe élevée par lui il y a six ans.

– Vous comprenez, me dit-il, je ne suis pas certain de la replacer à l'identique, il faudra sûrement que je la retravaille, tous les gens n'ont pas les mêmes goûts...

Nous marchions lentement dans les allées du cimetière, j'avais décidé cette fois de réfléchir, de comparer la qualité des pierres, les assemblages possibles, de discuter au centimètre près de la hauteur de la stèle.

– Ce qui ferait le mieux pour obtenir le caractère ancien que vous souhaitez, c'est une croix. Ça finit bien l'ensemble une croix.

Il aurait pu ajouter : « Ça ne se démode pas. » J'y pensais justement.

Un splendide soleil d'automne s'évanouissait sur des cascades de chrysanthèmes, une odeur de feu de bois parfumait la fraîcheur du soir. L'éternité me paraissait possible. J'ai dû me ressaisir pour dire non. Je ne peux pas faire ça à ma mère. Comme de lui poser la question serait indécent, j'ai répondu pour elle. Non.

« Quand je partirai, nous dit-elle souvent, vous ferez comme vous voudrez, ce sera bien, ça n'aura pas d'importance, ça m'est égal. »

Nous ne trouverons pas de consignes dans son testament, ma mère n'a pas de ces lubies qui finissent par m'obséder. Ça ne me donne pas le droit pour autant de faire poser une croix sur sa tombe. Le marbrier va me proposer un nouveau croquis plus précis, « selon vos indications », et, par conséquent, un devis « remanié ». Remanié ?

De toute façon, je le signerai, je suis pressé maintenant, je veux en finir avec ce chambardement. Francis, mon beau-frère, que mon projet enthousiasme, a eu ce cri du cœur quand nous quittions Saint-Pardoux : « L'essentiel, c'est de te faire plaisir ! »

Le mot « plaisir » n'est pas le premier qui me vient à l'esprit au milieu d'un cimetière, c'est un mot léger pour l'amour et les Folies-Bergère, mais c'est vrai, j'étais content de moi, fier de mon audace, étonné d'être en vie.

Morterolles, 3 novembre

La réélection triomphale de George Bush est un bras d'honneur de l'Amérique profonde à la délicate attention du reste du monde et plus particulièrement des Européens qui feraient mieux de se mêler de ce qui les regarde. On a beau ne trouver aucun charme à ce monsieur Bush, détester sa morale de cow-boy, son prie-Dieu et sa chaise électrique, on avait presque envie de se réjouir la nuit dernière, non pas de son triomphe, mais du dépit de nos élites vexées que les Américains ne tiennent aucun compte de leurs conseils. De quoi ont-ils l'air ceux-là qui nous expliquent à longueur de temps que George Bush est un abruti complet et pourquoi il serait battu ? Ils ont l'air de ce qu'ils sont : d'insupportables donneurs de leçons démocrates affligés et souvent affligeants. Des guignols de l'intox.

Quand on est partisan du peuple, convaincu qu'il a forcément raison, on ne fait pas une tête de croque-mort quand le peuple décide. Et cette pauvre fille, correspondante de Canal +, s'effondrant en larmes pour nous annoncer que le triomphe de Bush était une catastrophe planétaire, nous avons eu honte d'elle. De son chagrin en solde, nous ne voulons pas.

George Bush est président des États-Unis pour les quatre ans à venir, les Européens que cela défrise peuvent toujours aller se faire voir chez les Turcs.

Ma mère va mieux, elle n'est pas près de remarcher, mais elle ne souffre pas trop. Je me sens un peu coupable de ne pouvoir l'embrasser chaque jour. Nous venons de bavarder au téléphone quelques minutes, elle m'a conseillé de marcher, beaucoup : « Profite de tes jambes, mon grand ! » De l'élection de George Bush, elle ne m'a rien dit.

Morterolles, 4 novembre

23 heures 30. Être seul ici.

La maison est en ordre, il y a du bois dans les granges pour les hivers à venir, j'allume chaque soir la bougie sur la cheminée qui tremble devant la photo de Stéphane. N'avoir pas d'autre désir que lui, plus de colère. Être seul ici avec le souvenir de mon chagrin et m'endormir.

Morterolles, 5 novembre

Serge T. m'appelle du cimetière de Montmartre : « J'ai déposé une rose pour notre Jouhandeau... à part nous mon pauvre petit, qui pense encore à lui ? En passant sur le pont Caulaincourt, je suis allé aussi me recueillir pour toi devant la tombe de Dalida, très fleurie heureusement. Et maintenant je me dépêche pour Ludmilla Tcherina, on m'a dit que sa sépulture est somptueuse... »

Ce bon Serge T. savoure dans les cimetières sa chance de n'avoir pas de famille. Il n'est pas l'orphelin de n'importe qui.

– Je choisis mes morts, me dit-il, j'ai l'embarras du choix.

Heureux homme que celui-là qui choisit ses morts comme si lui-même était éternel, il est le fantôme de l'Opéra, le bedeau de Notre-Dame de Paris.

Le nez de Cyrano, la moustache de Proust et les dents de Mistinguett, il finira à Pigalle en dansant le tango dans les bras d'un grand nègre.

Heureux homme que celui-là qui ne demande pas mieux.

Morterolles, 6 novembre

Julien s'ennuie à La Baule, il me dit que j'ai de la chance d'avoir dans ma vie un beau lascar comme lui qui s'ennuie de moi. Il me dit que les filles de la fac sont plutôt connes finalement, à part une ou deux... qu'il s'est fait « brancher » hier en cours de géo par un mec, mais il préfère le professeur de philo, il dit « la prof », qui n'arrête pas de le mater. Une super-nana de vingt-huit ans.

Julien me dit aussi qu'il a de la chance que je l'aime encore, il me dit des choses si tendres qu'on ne les croirait pas.

Je n'aurais pas juré à la Pentecôte qu'il serait là à la Toussaint et sans doute à Noël.

Morterolles, 7 novembre

Pierre S. a été saisi par la tranquille beauté de l'endroit à la seconde même où il l'a découvert. Lui, l'homme revenu de tout ou feignant de l'être, m'a paru saisi. Il a sorti de sa poche un appareil et m'a photographié de dos, là où personne n'avait osé, ni Serge T. ni aucun journaliste, penché parmi les fleurs sur la tombe à Saint-Pardoux. Son geste furtif ne m'a pas gêné, il y avait dans son empressement beaucoup de tendresse. Pierre S. m'avait demandé de m'accompagner au cimetière le jour même où j'allais justement le lui proposer pour la première fois. C'était le moment, l'heure qu'il vienne avec moi là où il m'a si souvent suivi en pensée.

Il a cueilli des branches de houx, une pour Stéphane et deux autres qu'il offrira à sa petite fiancée, qui parle le chinois couramment et saute en parachute le samedi et le dimanche.

Morterolles, 8 novembre

Le mot foire et le mot livre ne vont pas très bien ensemble, sauf une fois l'an à Brive, sur la place du marché aux bestiaux où une foule de gens se pressent pour voir des écrivains en vrai. C'était hier après-midi, un rendez-vous d'automne qui tombe juste avant mon dernier chapitre.

J'ai embrassé sur leurs joues de nacre Nathalie Rheims et Marie Rouanet qui repartaient, j'ai pu faire part à Denis Tillinac de mon enthousiasme pour ce qu'il dit, ce qu'il écrit. Tillinac est l'écrivain majeur de ma génération. Et puis Amélie Nothomb s'est levée. Une reine en deuil, la bouche en sang. Je me suis agenouillé sur son passage, j'ai touché le bas de sa robe. Elle ne m'a pas vu. Comme elle est grande ! Je suis allé discrètement m'asseoir sur la chaise qu'elle venait de laisser au suivant. Il se trouve que le suivant, c'était moi.

Des dames qui venaient de me voir danser à la télévision me proposèrent de les retrouver le soir au bal des châtaignes qui se donnait dans la région ; un apprenti rugbyman de dix-sept ans, qui finira tout nu sur un calendrier, m'a demandé une photo pour sa mère ; un jeune professeur de lettres à Périgueux m'a confirmé ce que je craignais : la littérature n'intéresse personne à l'école, ni les maîtres ni les élèves, « à part quelques originaux dans mon genre », me dit-il.

Je ne regrette jamais de rencontrer les gens qui me lisent. Du beau monde, forcément.

Morterolles, 9 novembre

Ce journal commencé à Venise s'achève comme chaque année place de l'église où je m'extasie devant la splendeur retrouvée du monument aux morts. Deux drapeaux français sont plantés fièrement parmi les chrysanthèmes fauves assoupis, les cailloux blancs bien ratissés, les massifs d'arbustes taillés en lignes parfaites, les projecteurs allumés. Tout est en place pour demain. La guerre de 14-18 aura au moins servi à ça : redonner un peu de gloire et de beauté à Morterolles quelques jours en novembre.

Après les cérémonies officielles qui le retiendront à Paris toute la matinée, Bertrand viendra passer la soirée du 11 novembre à Morterolles. Son train arrivera en gare de Limoges à 16 heures 40, j'irai le chercher et nous rentrerons ici pour faire le tour du parc avant la nuit.

Paris, 10 novembre

« Stéphane, votre bel amour enfin, m'a appris un mot d'autrefois, attrapé au vol dans l'une de ses chansons : “baguenauder”. Je ne fais que cela dans ma vie désormais : baguenauder. J'aurais voulu avoir le même sourire intelligent que lui. On ne me remarque pas, je passe. Je ne vous rencontrerai jamais, et c'est mieux ainsi, votre caractère est tellement fort, tellement écrasant que je serais invisible. Mon caractère est comme mon écriture : minuscule. »

Il me faut une loupe, en effet, pour déchiffrer les lettres quotidiennes, depuis un mois, de ce jeune lecteur de trente ans dont je ne sais rien sinon qu'il « adore » sa petite sœur, qui lui envoie des boîtes de chocolats qu'il donne à une mendiante de son quartier, et les jeunes garagistes : « des anges aux mains noires ».

Il ne me demande rien, même pas de lui répondre, non, il m'écrit sans laisser d'adresse des choses drôles, émouvantes et désabusées.

Apparemment, je lui fais peur. Je suis toujours sidéré que l'on puisse avoir peur de moi. Mon caractère n'est pas minuscule, mais je flanche au premier sourire. Ceux qui me connaissent pourraient en abuser.

Stéphane me disait souvent : « Montre-toi comme je t'aime. »

Morterolles, 12 novembre

Il a enlevé ses chaussures avant même que je ne l'y invite.

– J'arrive du Japon, me dit-il, et là-bas on se déchausse partout y compris dans les restaurants les mieux fréquentés. Chez Kenzo, la semaine dernière à Paris, nous avons dîné en chaussettes...

À l'aise. Bertrand a passé une soirée à l'aise, quelques heures d'intimité devant la cheminée. Nous avons parlé de la vie, de l'amour, pas de la mort, de nos vies intimes. Je lui ai montré des photos de Julien qu'il a trouvé très beau. Il m'a parlé de lui. Nous étions seuls. Pas une fois il ne m'a dit : « Ceci reste entre nous. » Il n'a pas de ces prudences des hommes qui ont peur de leur ombre. Bertrand est libre, il n'a peur de rien. « Delanoë l'irrésistible ? » titre *L'Express*, et ça n'a pas l'air de le satisfaire plus que ça.

– Tu ne vas quand même pas te plaindre ?

– Non, mais tu remarqueras qu'ils ont mis un point d'interrogation.

C'est tout Bertrand, ça, un mélange de modestie et d'orgueil qui plaît aussi, semble-t-il, au-delà des boulevards périphériques. Un caractère.

Il me juge « paradoxal ». Un compliment qui lui va bien.

Que Morterolles l'enchante à ce point n'était pas écrit d'avance. Qu'il vienne même me paraissait improbable, voire extravagant. Que viendrait-il faire ici ? me disais-je. Lui, le Parisien dans l'âme, l'ordonnateur de toutes les fêtes blanches et roses de la capitale, le Méditerranéen que la tentation de Bizerte effleure parfois ? Il est venu, il reviendra. Il s'en est d'ailleurs fallu de peu qu'il n'annule ses rendez-vous cet après-midi à Paris.

Bertrand a aimé la maison en bois rouge et le rouge des lampes du salon et les tapis rouges aussi, pas le vin rouge que j'ai fait servir à table en ayant l'imprudence de le lui vanter.

J'avais invité la Baronne qui a les cheveux rouges, son mari, et Christophe, un jeune homme du canton qui portait une chemise bleue assortie à ses yeux. Le seul bleu que je supporte ici.

Beaucoup plus tard dans la nuit, Bertrand nous a expliqué longuement, très longuement, pourquoi il ne serait pas candidat à la présidence de la République. Ça nous a déçus, mais comme nous n'avons rien compris à son discours sur « le besoin, le plaisir et l'envie », on peut penser qu'il cédera un jour à la volonté populaire. Certains le croient, moi pas. La mairie de Morterolles en revanche ?

Bertrand a dormi dans la chambre de Stéphane.

Morterolles, 13 novembre

La maison de Minouche est en vente, ses filles, qui n'ont jamais vu ni un mouton ni une vache, n'ont pas l'intention de venir s'enterrer ici où les boutiques de mode sont si rares. La campagne n'est pas leur genre de beauté. Petites déjà, elles étaient très jolies. Des pestes. Stéphane, qui les adorait, leur passait tout. La maison de leur mère fut une forge au dix-neuvième siècle. C'est une solide bâtisse en pierre sur un étage où le Duc est né, il y a soixante-quinze ans. Minouche l'avait achetée dans l'enthousiasme de notre amitié.

Il ne faut jamais faire ça, acheter une maison pour avoir des voisins qu'on aime. Un jour, on ne les aime plus et la maison vide paraît trop grande. On ne sait plus ce qu'on vient faire là.

De toute façon, Minouche s'ennuyait à mourir à la campagne. Elle s'ennuyait partout. Même à Monaco.

Rue du Feu-de-la-Saint-Jean, on aperçoit encore son fiancé sur une mobylette bleue.

Il ne peut pas s'arracher de Morterolles qu'il a beaucoup aimé. Je crains qu'il ne surmonte pas son chagrin. La maison de Minouche, c'était aussi la sienne. Des volets clos maintenant. Les mauvais lierres rongent la façade, les gouttières se déglinguent.

Bientôt Daniel ne reviendra plus par ici. En passant sous ses fenêtres la nuit dernière, j'ai vu de la lumière dans la chambre. Il aura sûrement oublié de l'éteindre en partant.

Morterolles, 14 novembre

Ginou est venue chercher une centaine de mes chemises et autant de pantalons, des chaussures, une machine à café, des draps de toutes les tailles et de toutes les couleurs, des rideaux de velours, des foulards de soie, des maillots de bain que j'avais entassés à son intention dans le garage de la maison de Vincent avec des cannes à pêche, des abat-jour, des guirlandes de Noël, des affiches de l'Olympia et des photos défraîchies de moi. Trop blond.

À la brocante ! Ma jeunesse est en dépôt-vente chez Ginou sur la route de Bellac. Qui en veut ?

– Il y a des amateurs, me dit-elle, des femmes surtout...

Au passage, Francis, mon beau-frère, a voulu les sabots de Stéphane et son peignoir gris. Ça restera dans la famille. C'est bien. Ma sœur Jacqueline a emporté, avec ma permission, des tee-shirts et des pull-overs pour le petit copain de ma nièce, Émilie. J'ai rattrapé au dernier moment la veste du pyjama que Stéphane préférait. La voiture de Ginou débordait de partout, on aurait dit l'exode. Je l'ai regardée s'éloigner sans tristesse. On ne peut pas tout garder. L'essentiel est en nous et nous ne ferons pas long feu. Les cloches de l'église ne sonnent plus, mais l'heure tourne.

Morterolles, 15 novembre

Savoir si le temps qui nous reste sera bien celui qu'il nous faut ?

Stéphane s'inquiétait de nous. J'ai gardé le cahier Clairefontaine où il a écrit ces mots-là, si doucement tristes. Évidemment pour moi. Cette question en musique, je ne l'avais pas entendue. Elle m'obsède aujourd'hui. Je n'écoutais pas toujours Stéphane. Je le mangeais des yeux. Sa bouche, ses joues redevenues rondes, ses cheveux bouclés de pâtre grec.

Un ange sauvé du ciel, me disais-je. J'ai demandé au cameraman de le serrer de près, de plonger dans ses yeux verts, de nous rendre son sourire introuvable. Stéphane chantait ce jour-là sa dernière chanson d'amour. Sait-on jamais si le temps qui nous reste sera bien celui qu'il nous faut ?

DU MÊME AUTEUR

AUX ÉDITIONS ALBIN MICHEL

Le passé supplémentaire
Prix Roger Nimier, 1979

Vichy Dancing

Un garçon de France

Souvenirs particuliers

Tous les bonheurs sont provisoires

Je me souviens aussi

Mitterrand, les autres jours

La vie sans lui

Des lendemains de fêtes

On dirait qu'il va neiger

Lentement, place de l'église

On s'ennuyait le dimanche

Composition Nord Compo
Impression : Imprimerie Floch, janvier 2005
Éditions Albin Michel
22, rue Huyghens, 75014 Paris
www.albin-michel.fr

ISBN : 2-226-15668-2
N° d'édition : 23313 – N° d'impression : 62079
Dépôt légal : janvier 2005
Imprimé en France